〈김광순 소장 필사본 고소설 100선〉

김태자전

역주 박진아朴鎭我

대구에서 태어나 줄곧 대구에서 학업을 쌓았다. 경북대학교 동양어문학부(국어국문학 전공)를 졸업하고 같은 대학교 대학원에서 고소설을 전공하여 석사 학위를 받고 박사 과정을 수료하였다. 경북대학교, 안동대학교 등에서 비정규교수로 교양과정의 글쓰기와 고전문학을 강의하였고, 방과후학교(중등)에서 논술을 가르쳤으며, 현재 택민국학연구원 연구교수이다. 『군위의 구비문학』, 『합천의 구비문학』의 제작에 참여하였고, 논문으로 석사학위논문인 「〈진성운전〉의 구성 원리와 그 의미」(2001) 및 「〈스타대전 저그 초반러시 대목〉을 통한 창작 판소리의 가능성 고찰」(2006), 「진가확인구조의 양상과 그 역할 연구－쥐둔갑설화와 〈옹고집전〉을 중심으로」(2009), 「환몽구조로 본 〈조신전〉 연구」(2010), 「설화에 나타난 태아 살해의 양상과 역할」(2014) 등이 있다.

택민국학연구원 연구총서 66
〈김광순 소장 필사본 고소설 100선〉

김태자전

초판 인쇄 2020년 12월 20일
초판 발행 2020년 12월 31일

발행인 비영리법인 택민국학연구원장
역주자 박진아
주 소 대구시 동구 아양로 174 금광빌딩 4층
홈페이지 http://www.taekmin.co.kr

발행처 (주)**박이정**
대표 박찬익 ‖ 편집장 한병순
주 소 경기도 하남시 조정대로45 미사센텀비즈 F749호
전 화 031) 792-1193 ‖ **팩스** 02) 928-4683
홈페이지 www.pjbook.com ‖ **이메일** pijbook@naver.com
등 록 2014년 8월 22일 제2020-000029호

ISBN 979-11-5848-601-3 94810
ISBN 979-11-5848-593-1 (세트)

* 책값은 뒤표지에 있습니다.

택민국학연구원 연구총서 66

김광순 소장 필사본 고소설 100선

김태자전

박진아 역주

(주)박이정

간행사

21세기를 '문화 시대'라 한다. 문화와 관련된 정보와 지식이 고부가가치를 지니기 때문에, '문화 시대'라는 말을 과장이라 할 수 없다. 이러한 '문화 시대'에서 빈번히 들을 수 있는 용어가 '문화산업'이다.

문화산업이란 문화 생산물이나 서비스를 상품으로 만드는 산업 형태를 가리키는데, 문화가 산업 형태를 지니는 이상 문화는 상품으로서 생산 · 판매 · 유통 과정을 밟게 된다. 경제가 발전하고 삶의 질에 관심을 가질수록 문화 산업화는 가속도가 붙을 것이다.

문화가 상품의 생산 과정을 밟기 위해서는 참신한 재료가 공급되어야 한다. 지금까지 없었던 것을 만들어낼 수도 있으나, 온고지신溫故知新의 정신으로 오랜 세월에 걸쳐 그 훌륭함이 증명된 고전 작품을 돌아봄으로써 내실부터 다져야 한다. 고전적 가치를 현대적 감각으로 재현하여 대중에게 내놓을 때, 과거의 문화는 살아 있는 문화로 발돋움한다.

조상들이 쌓아 온 문화유산을 소중히 여기고 그 속에서 가치를 발굴해야만 문화 산업화는 외국 것의 모방이 아닌 진정한 우리의 것이 될 수 있다.

이제 고소설에서 그러한 가치를 발굴함으로써 문화 산업화 대열에 합류하고자 한다. 소설은 당대에 창작되고 유통되던 시대의 가치관과 사고체계를 반드시 담는 법이니, 고소설이라고 해서 예외일 수는 없다.

고소설을 스토리텔링, 영화, 드라마, 애니메이션, CD 등 새로운 문화 상품으로 재생산하기 위해서는 문화생산자들이 쉽게 접하고 이해할 수 있게끔 고소설을 현대어로 옮기는 작업이 선행되어야 한다.

고소설의 대부분은 필사본 형태로 전한다. 한지韓紙에 필사자가 개성있는 독특한 흘림체 붓글씨로 썼기 때문에 필사본이라 한다. 필사본 고소설을 현대어로 옮기는 작업은 쉽지가 않다. 필사본 고소설 대부분이 붓으로 흘려 쓴 글자인 데다 띄어쓰기가 없고, 오자誤字와 탈자脫字가 많으며, 보존과 관리 부실로 인해 온전하게 전승되지 못하는 경우가 많다.

그뿐만 아니라, 이미 사라진 옛말은 물론이고, 필사자 거주지역의 방언이 뒤섞여 있고, 고사성어나 유학의 경전 용어와 고도의 소양이 담긴 한자어가 고어체古語로 적혀 있어서, 전공자조차도 난감할 때가 있다. 이러한 이유로, 고전적 가치가 있는 고소설을 엄선하고 유능한 집필진을 꾸려 고소설 번역 사업에 적극적으로 헌신하고자 한다.

필자는 대학 강단에서 40여 년 동안 강의하면서 고소설을 수집해 왔다. 고소설이 있는 곳이라면 주저하지 않고 어디든지 찾아가서 발품을 팔았고, 마침내 487종(복사본 포함)의 고소설을 수집할 수 있게 되었다. 때로는 수집할 때 한 달 봉급을 투자한 일이 한두 번이 아니었지만 말없이 가정을 꾸려온 내자(금광약국 정윤주 약사)에게 이 공적(한국고소설전집84권, 3.1 문화상 등)을 돌리고 싶다. 때로는 필사본 고소설이 소중함을 알고 내어놓기를 주저할 때는 그 자리에서 밤을 세워 필사筆寫하거나(복사기가 없던 시절), 복사를 하고 소장자에게 돌려주기도 했다. 그렇게라도 하지 않았다면 지금쯤 벽지나 휴지가 되어 사라졌을 가능성이 크다. 본인이 소장하고 있는 작품 중에는 고소설로서 문학적 수준이 높은 작품이 다수 포함되어 있고 이들 중에는 학계에도 알려지지 않은 유일본과 희귀본도 있어 문화재로서의 가치가 매우 큰 작품도 많다. 필자 소장 487종을 연구원들이 검토하여 100편으로 선택하여 이를 〈김광순 소장 필사본 고소설 100선〉이라 이름 한 것이다.

〈김광순 소장 필사본 고소설 100선〉 제1차 역주본 8권에 대한 학자들의 〈서평書評〉을 보더라도 그 의의가 얼마나 큰 지를 짐작할 수 있다.

국어국문학회 전회장이고 한국고소설학회 초대회장인 소재영 박사는 『국학연구론총』(택민국학연구원) 제19집 〈서평〉에서 "고소설연구의 획기적 지평확대"라고 제목을 하고 -김광순 소장 필사본 고소설 100선에 부쳐-라고 부제를 붙이고 김광순 교수의 소설 번역은 알려지지 않은 작품이 많아서 올바른 국문학사를 다시 쓰이게 할 것이라고 극찬했다. 한국고소설학회 전 회장 건국대 명예교수 김현룡 박사는 『고소설연구』(한국고소설학회) 제39집 〈서평〉에서 "아직까지 연구된 적이 없는 작품들이 다수 포함되어 있어서 앞으로 국문학연구에 크게 기여할 것"이라 했고, 국민대 명예교수 조희웅 박사는 『고전문학연구』(한국고전문학회) 제47집 〈서평〉에서 "문학적인 수준이 높거나 학계에 알려지지 않은 유일본과 희귀본 100종만을 골라 번역했다"고 극찬했다. 고려대 명예교수 설중환 박사는 『국학연구론총』(택민국학연구원) 제15집 〈서평〉에서 "한국문화의 세계화라는 토대를 쌓음으로써 한국문학에 크게 기여할 것이라"고 했다.

제2차 역주본 8권에 대한 학자들의 〈서평〉을 보면, 한국고소설학회 전 회장 건국대 명예교수 김현룡 박사는 『국학연구론총』(택민국학연구원) 제18집 〈서평〉에서 "총서에 실린 새로운 작품들은 우리 고소설 학계의 현실에 커다란 활력소가 될 것"이라고 했고, 고려대 명예교수 설중환 박사는 『고소설연구』(한국고소설학회) 제41집 〈서평〉에서 〈승호상송기〉, 〈양추밀전〉 등은 학계에 처음 소개하는 유일본으로 문화재적인 가치는 매우 크다"라고 했다. 영남대 교육대학원 교수 신태수 박사는 『동아인문학』(동아인문학회) 31집 〈서평〉에서 전통시대의 대중이 향수하던 고소설을 현대의 대중에게 되돌려준다는 점과 학문분야의 지평을 넓히고 활력을 불어 넣는다고 하면서 "조상이 물려준 귀중한 문화재를 더 이상 훼손되지 않도록 갈무리 할 수 있는 문학관 건립이 화급하다"고 했다.

언론계의 반응 또한 뜨거웠다. 매스컴과 신문에서 역주사업에 대한 찬사가 쏟아졌다. 언론계의 반응을 소개해 보면,〈조선일보〉의 〈기사〉(2017.2.8.)에서 "古小說, 일반인도 쉽게 읽을 수 있도록"이라는 제목에서 "우리 문학의 뿌리를 살리는 길"이라고 대서특필했고, 〈매일신문〉의 〈기사〉(2017.1.25.)에서 "고소설 현대어 번역 新문화상품"이라는 제목에서 "희귀 · 유일본 100선 번역사업,

영화 · 만화재생산 토대 마련"이라고 극찬했다. 〈영남일보〉의 〈기사〉(2017. 1.27)는 "김광순 소장 필사본 고소설 100선 3차 역주본8권 출간"이라는 제목에서 "문화상품 토대 마련의 길잡이"이란 제목에서 극찬했고,〈대구일보〉의〈기사〉(2017.1.23)는 "대구에 고소설 박물관 세우는 것이 꿈"이라는 제목에서 "지역 방언 · 고어로 기록된 필사본 현대어 번역"이라고 극찬했다.

또한 2018년 10월 12일 전국학술대회에서 "〈김광순소장 필사본 고소설 100선〉 역주본의 인문학적 활용과 문학사적 위상"이란 주제로 조희웅(국민대), 신해진(전남대), 백운용(대구교대), 권영호(경북대), 신태수(영남대) 교수가 발표하고, 송진한(전남대), 안영훈(경희대), 소인호(청주대), 서인석(영남대), 김재웅(경북대) 교수가 토론했다. 김동협(동국대), 최은숙(경북대) 교수가 사회를, 설중환(고려대) 교수가 좌장을 맡아 진행했다. 이들 교수들은 역주본의 인문학적 활용과 가치를 높이 평가했고, 소설문학연구에 새로운 영역을 개척, 문학사적 가치와 위상이 매우 높고 문화재급 가치가 있는 소설들이 많아 그 가치는 매우 크다고 평가했다. 뿐만 아니라 역주사업이 전부일 수는 없다. 역주사업도 중요하지만, 고소설 보존은 더욱 중요하다고 하면서 고소설이 보존되어야 앞으로 역주사업도 가능해지기 때문이다.

고소설의 보존이 어째서 얼마나 중요한지는 『금오신화』 한 편만으로도 설명할 수 있다. 『금오신화』는 임진왜란 이전까지는 조선 사람들에게 읽히고 유통되었다. 최근 중국 대련도서관 소장 『금오신화』가 그 좋은 증거이다. 문제는 임진왜란 이후로 자취를 감추었다는 데 있다. 우암 송시열도 『금오신화』를 얻어서 읽을 수 없었다고 할 정도이니, "임란 이후에는 유통이 끊어졌다"고 해야 할 것이다. 그럼에도 『금오신화』가 잘 알려진 데는 이유가 있다. 작자 김시습이 경주 남산 〈용장사〉에서 창작하여 석실石室에 두었던 『금오신화』가 어느 경로를 통해 일본으로 반출되어 일본에서는 몇 차례 출판되었기 때문이다. 당시 일본 유학생이었던 육당 최남선이 일본에서 출판된 대총본 『금오신화

』를 우리나라로 역수입하여 1927년 『계명』 19호에 수록함으로써 비로소 한국에서 알려지게 되었다. 『금오신화』 권미卷尾에 "서갑집후書甲集後"라는 기록으로 보면 현존 『금오신화』가 을乙집과 병丙집도 있었으리라 추정되니, 현존 『금오신화』 5편이 전부가 아닐 가능성이 높다. 귀중한 문화유산이 방치되다 일부 소실되는 지경에까지 이르렀으니, 한국인으로서 부끄럽기 그지없다.

이런 문제를 해결하기 위해서는 필사본 고소설을 보존하고 문화산업에 활용할 수 있는 '고소설 문학관'이 건립되어야 한다. 고소설 문학관은 한국작품이 외국으로 유출되지 못하도록 할 뿐 아니라 개인이 소장하면서 훼손되고 있는 필사본 고소설을 체계적으로 관리하는 데 크게 기여할 수 있을 것이다.

현재 가사를 보존하는 '한국가사 문학관'은 전남에 있지만, 고소설의 경우에는 그와 같은 시설이 전국 어느 곳에도 없으므로, '고소설 문학관' 건립은 화급을 다투는 일이다.

고소설 문학관은 영남에, 그 중에서도 대구에 건립되어야 한다. 본격적인 한국 최초의 소설은 김시습의 『금오신화』로서 경주 남산 〈용장사〉에서 창작되었음을 상기할 필요가 있다. 경주는 영남권역이고 영남권역 문화의 중심지는 대구이기 때문에, 고소설 문학관은 대구에 건립되어야 한다.

고소설 문학관 건립을 통해 대구가 한국 문화 산업의 웅도이며 문화산업을 선도하는 요람이 될 것을 확신하는 바이다.

2020년 10월 1일

경북대학교명예교수 · 중국옌볜대학교겸직교수
택민국학연구원장 문학박사 **김 광 순**

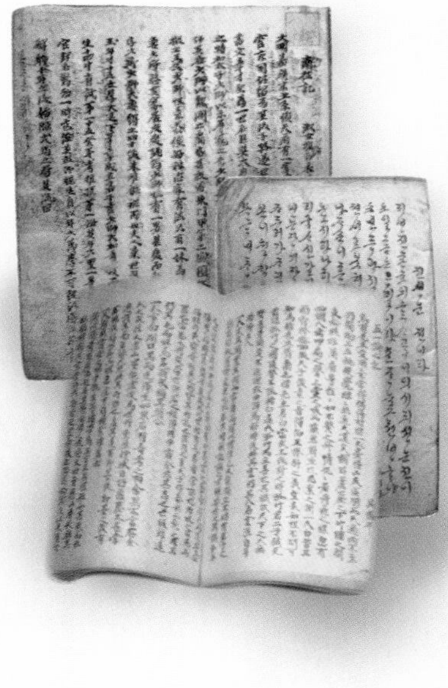

일러두기

1. 해제를 앞에 두어 독자의 이해를 돕도록 하고, 이어서 현대어역과 원문을 차례로 수록하였다.

2. 해제와 현대어역의 제목은 현대어로 옮긴 것으로 하고, 원문의 제목은 원문 그대로 표기하였다.

3. 현대어 역주사업은 김광순 소장 필사본 한국고소설 487종에서 정선한 〈김광순 소장 필사본 고소설 100선〉을 대본으로 하였다.

4. 현대어 역주사업은 독자들이 쉽게 이해할 수 있도록 한글 맞춤법에 맞게 의역하는 것을 원칙으로 하고, 어려운 한자어에는 한자를 병기하였다. 낙장 낙자일 경우 타본을 참조하여 의역하였다.

5. 화제를 돌리어 딴말을 꺼낼 때 쓰는 각설却說·화설話說·차설且說 등은 가능한 적당한 접속어로 변경 또는 한 행을 띄움으로 이를 대신할 수 있도록 하였다.

6. 낙장과 낙자가 있을 경우 다른 이본을 참조하여 원문을 보완하였고, 이본을 참조해도 판독이 어려울 경우 그 사실을 각주로 밝히고, 그래도 원문의 판독이 불가능한 경우에만 □로 표시하였다.

7. 고사성어와 난해한 어휘는 본문에서 풀어쓰고 , 그렇지 않은 경우에는 각주를 달아서 참고하도록 하였다.

8. 원문은 고어 형태대로 옮기되, 연구를 돕기 위해 띄어쓰기만 하고 원문 쪽수를 숫자로 표기하였다.

9. '해제'와 '현대어'의 표제어는 현대어로 번역한 작품명을 따라 쓰고, 원문의 제목은 원문제목 그대로 표기한다. 한자가 필요할 경우에는 한글 아래 괄호없이 한자를 병기 하였다.

예문 1) 이백李白 : 중국 당나라 시인. 자는 태백太白, 호는 청련거사青蓮居士 중국 촉蜀땅 쓰촨[四川] 출생. 두보杜甫와 함께 시종詩宗이라 함.

10. 문장 부호의 사용은 다음과 같다.

1) 큰 따옴표(" ") : 직접 인용, 대화, 장명章名.

2) 작은 따옴표(' ') : 간접 인용, 인물의 생각, 독백.

3) 『 』 : 책명册名.

4) 「 」 : 편명篇名.

5) 〈 〉 : 작품명.

6) [ ] : 표제어와 그 한자어 음이 다른 경우.

목차

김태자전

Ⅰ. 〈김태자전〉 해제

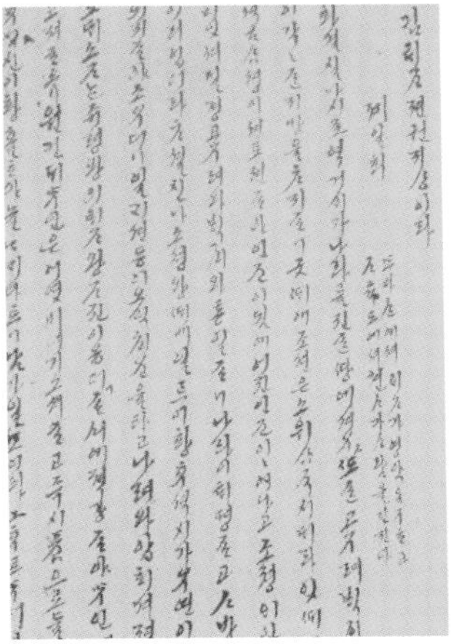

〈김태자전〉은 주인공인 신라 태자 김소선이 중국(당나라)에서 여러 가지 일을 겪고 여섯 명의 미인과 결연하여 행복한 일생을 지낸다는 내용의 전형적인 고소설이다. 본래 상권과 하권으로 구성되어 있으며 각권당 8회목이 수록되어 있어서 총 2권 16회목의 장편소설이다.

〈김태자전〉

이 번역의 저본이 된 것은 '김광순 소장 필사본 한국고소설 474종' 가운데 100종을 정선한 〈김광순 소장 필사본 100선〉 중 하나인 〈김태자전 권지상〉이다. 5회목에서 필사를 중단하고 상권을 마치면서 "이ᄉᆞᆺᄉᆞ실은 즁권에 연속ᄒᆞ야 잇ᄂᆞ이라"라고 하여 중권의 존재가 있음을 알리고 있다. 본래 각권당 8회목으로 상하권인 작품을 필사자가 각권당 5, 6회목 정도의 상중하권으로 나누어 필사했을 것이다. 중권과 하권은 망실된 것으로 보이며, 이 책에는 〈권지상〉만을 역주하여 수록하였다.

〈김태자전 권지상〉은 총 162면(81장)에 각면 11행 각행 평균 25자의 한글 흘림체로 기록되어 있다. 162면이라는 많은 분량에도 불구하고 글씨의 흐트러짐이 없으며 매우 깨끗하고 반듯한 달필로 필사되었다.

〈김태자전 권지상〉의 줄거리는 다음과 같다.

신라 소성왕의 태자인 소선은 착하고 효성이 지극하였으나 서자인 세징은 성품이 간사하고 질투심이 많아 항상 소선을 해칠 생각을 하고 있었다. 하루는 소선이 바닷가에 나갔다가 어부들이 큰 거북을 잡아서는 구워 먹으려는 것을 보고 거북을 사서 바다에 놓아 주었다.

소선이 10세가 되었을 때 왕이 병에 걸려 자리에서 일어나지 못하게 되었는데 백약이 무효하였다. 한 도인이 찾아와 진맥하고는 남해 무인도의 보타산에 있는 자죽림에서 영순을 캐어 와 달여 먹으면 낫는다고 하였다. 소선은 자신이 가기로 결심하고, 큰 배에 병졸들을 태우고 무인도로 떠났다. 이때 세징이 그를 돕는다고 핑계를 대고 무수한 병졸과 무기를 배에 싣고 뒤따라 출발하였다.

소선은 보타산에서 왕궁에 찾아왔던 도인을 만나, 그의 인도로 무사히 자죽림의 영순을 얻었다. 그러나 돌아오던 중 세징과 마주쳤고, 세징은 소선이 가져온 영순을 빼앗고 독약으로 그의 눈을 멀게 하여 바다에 던졌으며 소선이 데리고 있던 병졸들도 모두 죽여 버렸다. 홀로 돌아온 세징은 소선이 파선하여 죽었다고 아뢰었다. 왕은 영순을 먹고 병이 나았으나 소선이 죽었다는 말에 매우 슬퍼하였다.

소선은 이전에 구해 준 거북의 등에 업혀 한 무인도에 이르렀다. 소선은 그 섬의 죽림에서 죽순을 캐 먹고 대를 잘라 단소를 만들어 불며 지냈다. 이때 당의 예부상서 백문현이 유구국으로 사신 갔다가 돌아오던 중에 소선을 발견하고 구하여 집으로 데려갔다. 백문현에게는 태을성의 태몽을 꾸고 태어난 딸 운영이 있었는데, 백문현이 소선으로 운영의 배필을 삼고자 하여 음률을 듣고 시를 주고받아 언약하게 하자 부인 석씨가 원망하였다.

승상 배열영의 아들인 득영이 평소 절세가인으로 아내를 삼고자 하다가, 운영이 아름답다는 말을 듣고 혼인하려 하였다. 그러나 백문현이 거절하므로, 배열영은 우시랑 황보박을 통해 백문현을 모함하여 애주자사로 떠나보냈다. 그 틈에 석씨는 소선을 내쫓고, 동생 석시랑과 더불어 운영을 설득해서 득영과 혼사시키려 했다.

쫓겨난 소선은 걸인이 되어 돌아다니다가 신선 장과려의 인도로 음악가 이모某를 만나 그와 함께 궁중악사 하감의 집에서 머무르게 되었다. 그러던 중 소선은 하감의 소개로 천자 앞에서 단소를 불게 되고, 천자는 매우 흡족하여 소선을 궁에 머무르게 하였다. 이때 천자의 외동딸인 옥성공주는 천요성의 태몽을 꾸고 태어났는데, 음률에 뛰어나고 피리를 잘 불었다. 우연한 기회에 소선의 피리 소리를 들은 옥성공주는 소선을 불렀고, 소선은 음률만이 아니라 학문에도 뛰어났기에 옥성공주는 여러 번 소선을 청하여 이야기를 나누었다.

신라에서는 세징이 장차 자신이 왕이 될 것이라고 믿어 교만방자해지고, 왕과 왕비는 소선을 잊지 못해 눈물로 세월을 보내고 있었다. 하루는 소선이 기르던 붉은 기러기가 슬피 울자, 왕비는 소선을 찾는 편지를 써서 기러기에게 의탁하였다. 기러기는 그 편지를 가지고 당나라 황궁에 있는 소선에게 무사히 도착했고, 옥성공주가 편지를 읽어 주자 소선은 통곡하다가 멀었던 눈이 뜨여 다시 세상을 보게 되었다. 소선이 기러기에게 의탁하여 답서를 전하자 왕은 당나라에 사신을 보내어 소선을 데려오려 하였고, 세징은 소선이 돌아오는 길목에 매복하였다가 죽이려고 계획하였다. 당에서는 황제가 소선의 눈이 떠졌음을 알고 기뻐하며, 신라로 돌아가겠다는 소선에게 한림학사 벼슬을 주어 조정에서 일하게 하고 총애하였다.

석씨가 득영의 폐백을 받고는 그와 혼인할 것을 종용하자, 운영은 식음을 전폐하며 거절한 끝에 칼로 자신의 목을 찌르기에 이르렀다. 그제야 석씨는 크게 후회하고 뉘우쳐, 폐백을 돌려보내고 득영과의 혼인을 거절하였다. 석씨가 운영을 데리고 고향으로 내려가자 배열영은 자객들을 보내어 운영을 납치해 오게 하였다. 자객을 만나자 운영은 시비와 함께 물에 뛰어들었다가 한 널판을 붙잡고 흘러가 동정호에 이르렀다. 이곳에서 운영과 시비 추향은 비구니들의 구원을 받게 되고, 부친을 찾아 남장하고 강주로 떠났다. 도중에서 운영이 강도를 만난 것을 백문현의 오랜 친구인 설현이 구원하였다. 설현은 운영을 남자인 줄만 알고 자신의 딸 서란의 사위로 삼았으며, 운영은 생각하는 바가 있어 혼인을 승낙하였다. 운영은 부친이 있는 강주로 가기 위해 다시 남장하고 길을 떠났는데, 폭풍에 밀려 닿게 된 섬에서 해운암 도인의 제자가 되어 천서를 읽으며 가르침을 받게 되었다.

애주에 있던 백문현은 사람들의 숭앙을 받으면서 그곳의 선비 두연과 사귀었다. 어느 날 자객이 나타나, 배열영이 자신을 보냈으나 현철한 재상을 죽일 수 없어 그만두었으니 어서 몸을 숨기라고 알렸다. 백문현은 두연과 더불어 깊은 산 속으로 자취를 감추었고, 배열영과 황보박은 마음을 놓을 수 없었다.

신선술에 무불통지하게 된 운영은 도인의 지시를 받아 다시금 남장하고 해운암에서 나왔다가, 장안에서 한림학사가 된 소선을 다시 만났다. 그러나 소선은 눈멀었을 때 혼약했기에 운영을 알아 보지 못하여 그녀가 남자인 줄만 알고 우정을 맺었다. 소선은 자신의 과거사를 이야기하다가 전날 운영과 혼약한 것도 밝히고, 운영은 헤아리는 바가 있어 자신의 정체를 숨기기로 하였다.

〈김태자전 권지상〉은 여기서 끝난다. 이후의 내용을 요약하면 다음과 같다.

운영은 소선의 권유로 과거에 응시하여 장원급제하였다. 황제는 운영과 소선 중 누구를 옥성공주의 반려로 맞이할지에 대해 황후의 충고를 받아 같은 당나라 사람인 운영을 지목했다가, 붉은 기러기를 통해 옥성공주가 이미 소선을 만나 흠모하고 있음을 알고는 소선을 부마로 삼았다.

이때 토번이 회흘과 연합하여 당으로 쳐들어오자, 소선은 사신으로 적진에 들어갔다가 적장 찬보의 포로가 되었으나 찬보의 회유에 굽히지 않았다. 운영이 당나라 원수가 되어 출전해서는 찬보의 군사를 몰아치고 회흘의 항복을 받았으며 옥에 갇혀 있던 소선을 구출하였다. 도망치는 찬보를 추격하는 과정에서 소선은 운영의 정체를 알아보지만, 운영은 장안으로 돌아온 후 황제에게 자신이 남장한 사연과 이제 여자임이 밝혀졌으니 멀리 떠나 은신할 것이라는 내용의 표문을 올렸다. 황제는 이 표문을 보고 깨달아 간신 배열영과 황보박 등을 귀양보내고 운영을 찾았으나, 운영은 부모를 몰래 만나본 후 해운암으로 돌아가면서 소선에게 자신을 잊고 옥성공주와 결연할 것을 권하는 편지를 보냈다. 소선은 순무사가 되어 남쪽 광동 일대를 돌면서 백성을 보살피지만, 그래도

운영을 찾지 못하자 앓아눕게 된다.

황궁에서는 황후가 귀비의 모함을 받아 옥에 갇혔는데, 옥성공주가 이 일에 대해 운영의 조언을 받자고 황제에게 청했다. 소선의 병 또한 심해져 목숨이 경각에 다다른 순간 운영이 황궁으로 찾아왔다. 운영이 선약으로 소선을 살리고 황후의 억울함 또한 밝히자 황제는 운영을 양녀로 삼아 금성공주로 봉하고, 연상인 그녀가 우부인 옥성공주에게 앞서 소선의 좌부인이 되도록 해 주었다.

설현의 딸 서란은 부모가 구몰하여 외로이 지내고 있었는데, 왕씨 노파의 간계에 빠져 기녀로 팔려갈 위기에서 간신히 도망하였다. 서란은 시비 춘앵과 함께 운영을 찾아 남장하고 장안을 향해 떠났는데, 운영이 사실은 여자로서 소선의 좌부인이 되었음을 알고는 속세를 단념하고 옥천암에 들어가 은둔하였다. 운영은 우연히 옥천암을 찾아갔다가 남장한 서란과 만나고, 사연을 알게 된 황제는 서란을 소선의 3부인으로 맺어 주었다.

소선은 여섯 부인들과 함께 신라로 돌아왔는데, 세징이 도중에 매복하여 그를 죽이려 하다가 도리어 소선의 포로가 되었다. 세징이 어쩔 수 없이 자신의 죄를 자백하자 왕은 세징을 죽이고 그 어머니인 귀비 박씨도 폐서인하려고 하였다. 그러나 소선의 청으로 세징이 죽음을 면하고 박귀비도 궁에서 내쳐지지 않게 되자, 세징은 뉘우쳐 선한 사람이 되었다.

세월이 흘러 왕이 죽자 소선이 신라왕으로 즉위하여 여섯 부인들과 해로하다가, 어느 날 피리 소리와 함께 모두 승천하였다.

지금까지의 연구에 따르면 〈김태자전〉은 서유영(1801~?)이 1863년(철종 14년)에 지은 한문소설 〈육미당기六美堂記〉의 한글 번역 축약본이다. 제목의 '육미당六美堂'은 주인공 김소선이 결연하는 여섯 명의 미인, 즉 백운영(백소저), 설서란(설소저), 요화(옥성공주)와 그녀들의 시비인 추향, 춘앵, 설향을 가리키는데, 한글로 번역되면서 주인공 김소선을 내세운 〈김태자전〉으로 제목이 바뀌었다.

〈육미당기〉의 이본은 모두 필사본인데 한문본인 것과 한글본인 것이 있고, 〈김태자전〉의 이본은 필사본뿐 아니라 활자본과 활판본도 있는데 모두 한글본이다. 그리고 〈보타기문普陀奇聞〉라는 제목의 한문 필사본이 있다. 이는 〈육미당기〉의 내용이, 김소선이 병든 부왕을 위해 자죽림의 영순을 얻으러 보타산으로 향하는 것에서 시작하기 때문에 그 이름에서 따온 제목으로 여겨진다.

〈육미당기〉의 이본 간, 〈김태자전〉의 이본 간에는 별다른 차이가 나타나지 않지만, 〈육미당기〉와 〈김태자전〉 사이에는 번역과 축약을 거치며 상당한 차이가 나타난다. 그 중 눈에 띄는 것은 원작인 한문본 〈육미당기〉에는 있었던 왜구의 침공 사건이, 한글 번역본인 〈김태자전〉에서는 삭제되었다는 것이다.

원작인 한문본 〈육미당기〉에서는 소선이 즉위하기 전에 한 가지 사건이 더 일어난다. 왜구가 신라를 침공하는 사건이다. 왜구가 신라로 쳐들어오자 소선은 1만의 병력을 거느리고 장보고, 정연 등의 뛰어난 장수들을 등용해서는 운영과 함께 출전하여 왜구를 패퇴시킨다. 그래도 단념하지 않은 왜구가 다시 침략해 오자, 소선은 대마도를 점령하고 왜국 본토까지 점령하고는 왜왕의 항복을 받고 돌아온다.

사건들 사이에서 인과와 상관을 확실하게 맺고 있는 〈육미당기〉에서는, 결말이 다 된 시점에서 갑자기 튀어나오는 왜구 사건이 다소 뜬금없게 느껴지기도 한다. 물론 작중에는 오랑캐인 토번과 회흘이 당나라를 침공하는 사건이 또한 등장한다. 그러나 한반도 아닌 중국 대륙에서 신라 아닌 당나라가 이름도 생소한 오랑캐의 침공을 받는다고 하여 독자가 현실적인 그 무엇을 느끼지는 않는다. 어디까지나 이야기 속의 사건일 수 있는 것이다.

그러나 '왜구'가 등장하면, 1863년의 조선인은 곧바로 '일본'을 생각할 수밖에 없다. 2차에 걸친 왜구의 침공은 임진왜란과 정유재란을 상기시킨다. 게다가 임진왜란은 고소설 〈임진록〉으로 더 잘 알려져 있는 만큼, 일본 본토까지 점령하고 왜왕의 항복을 받는 소선의 모습에서는 곧바로 〈임진록〉의 사명당을 연상하게 된다. 게다가 김소선이 등용하는 영웅의 이름은 장보고와 정연이다.

〈육미당기〉에 등장하는 이 왜구 사건은, 〈육미당기〉를 향유하는 독자들 사이에서는 문제가 되지 않았을 것이다. 그러나 〈김태자전〉의 독자들에게는 다소 껄끄럽게 느껴졌을 것이다. 전체적인 흐름에서 다소 겉도는 부분이라는 문예미학적 문제도 있지만, 〈육미당기〉보다 〈김태자전〉은 훨씬 늦게 만들어지고 향유된 작품이다. 〈육미당기〉가 창작된 것이 1863년이므로, 경술국치는 대략 50여 년 후의 일이다. 아쉬운 일이지만 왜구 사건은, 〈김태자전〉이 향유될 당시의 사회적 분위기나 압력을 무시하고 존재하기는 어려

웠던 것으로 보인다.

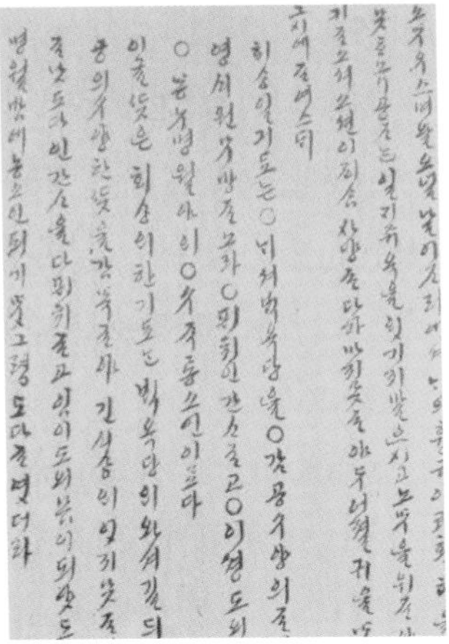

작자인 서유영은 〈육미당기〉의 서문에서, 한직에 있으면서 적막함을 달래려고 이웃의 소설들을 빌어 읽고는, 지루하고 번다한 것들을 버리고 새로운 것과 감동이 될 만한 만한 내용들을 보태어서 〈육미당기〉를 지었다고 밝혔다. 서유영이 이웃에서 빌어 읽었다는 소설의 내용이 어떠한지, 버린 것과 추가한 것은 무엇인지 정확히 밝힐 수는 없으나, 〈육미당기〉와 그 번역본인 〈김태자전〉은 치밀한 구성에 이어 독창적인 설정과 개성적인 인물 창조가 돋보이는 19세기 소설의 걸작이다.

〈김태자전〉

〈육미당기〉의 앞부분은 〈적성의전〉이나 〈선우태자전〉 같은 불교 계열 효행 이야기와 '악한 형 - 선한 동생' 사이에서 일어나는 갈등의 이야기에서 모티브를 가져왔고, 뒷부분으로 넘어가면 재자가인의 낭만적인 결연 이야기로 이어지며, 씩씩하고 통쾌한 군담 또한 빠트리지 않고 배치하였다. 치밀한 구성으로 인물 간의 갈등이나 사건의 진행이 무리 없이 이어지고, 서사의 호흡 또한 완급을 잘 조절하여 독자로 하여금 이야기에 빠져들게 한다.

배경이 중국의 성당시절이고 주인공인 김소선은 신라의 태자라는 설정은, 고전소설에서 거의 찾아볼 수 없을 만큼 독창적인 것이다. 주인공 김소선은 지극한 효성과 깊은 우애의 소유자로서 고전소설의 전형적인 선인상을 갖추고 있는데, 자신을 눈멀게 하고 바다에 던져 죽이려 한 세징의 죄를 끝내 숨기며 감싸려고 할 정도이다. 그 때문에 김소선이라는 인물 자체는 다소 평면적으로 보일 수 있다.

그러나 김소선과 결연하게 되는 여성 캐릭터들의 개성적인 면모는 주목할 만하다. 특히 백운영은 늑혼을 거부하다 못해 자신의 목을 스스로 칼로 찌를 만큼 의지가 굳은 여성이다. 비록 늑혼 모티프가 어지간한 고소설에서는 빠지지 않고 등장하는 끌리셰이기는 하나, 그 여주인공들은 죽음을 가장하고 도망치는 정도이지 정말로 치명적인 수단을 사용하여 자살을 시도하지는 않는다. 그렇기 때문에 백운영이 훗날 해운암 도사의 제자가 되어 천서를 공부하고, 남장하여 당나라의 원수가 되어서 토번과 회흘의 침공을 물리치는 내용이 조금의 무리도 없이 독자를 납득시킬 수 있는 것이다.

그래서 주인공 1인의 일대기로서는 작품이 상당히 긴 편인데도 불구하고 지루한 대목이 거의 없을 정도이다. 보은하는 거북과 편지를 전하는 기러기 같은 동물의 등장도 억지스럽지 않다. 분량이 많은데도 무의미하게 등장하여 허비되는 인물이나 사건이 없어, 서유영은 전체적으로 매우 반듯하고 깔끔하며 흠잡을 곳이 없는 이야기를 완성하였다.

소설은 본래 사대부들로부터 '가담항설' 정도의 대단치 않은 것으로 여겨지는가 하면, '어리석은 여자들이 소설에 빠져서 집안일을 하지 않고 재산마저 탕진한다'라고 할 만큼 아예 사갈시에 가까운 배격을 받았다. 그런데 19세기에 들어 서울 등에서 사대부에 의한 공공연한 소설 창작과 비평이 일어난 것은 매우 특이한 현상이다. 이병직[1]은 이런 현상에 대해 "박학한 지적 자산이나 현실에 대한 우의나 경륜 등을 총체적으로 담아낼 수 있는 장르적 가능성"을 인식한 결과라고 하였다.

이렇게 사대부들이 적극적으로 소설 창작에 뛰어든 결과 〈옥루몽〉, 〈난학몽〉, 〈삼한습유〉 등 뛰어난 수준의 한문 장편소설이 나타났다. 〈육미당기〉는 그중 하나로서, 한글로 번역된 〈김태자전〉 또한 널리 읽히며 사랑을 받았다. 이들 한문장편소설과 그 한글 번역본들은, 저자도 창작 시기도 알 수 없는 우리 고소설 작품들 사이에서 이채롭게 빛나는 보석과도 같다. 학자들의 연구 대상을 넘어 일반 독자들의 독서 대상이 될 가치 또한 충분하다 하겠다.

---

1) 이병직, 「〈육미당기〉의 작품구조와 작가의식」, 『국어국문학』 34, 국어국문학회, 1997.

Ⅱ. 〈김태자전〉 현대어역

김태자전 권지상이라

제1회

보타산寶陀山에서 태자가 영약을 구하고
자죽도紫竹島에서 천사天使가 사람을 건진다

화설話說.

신라 시조 혁거세赫居世가 나라를 진한辰韓 땅에 세우고 또한 고구려 백제 두 나라가 각각 한 지방을 차지하니 그때 조선은 소위 삼국시대였다. 이때 신라는 박, 석, 김의 삼성三姓이 서로 전하여 임금이 되매 어진 임금이 이어 나고 조정에 인재가 많이 있어 필경 고구려와 백제를 통일하니 나라가 태평하고 사방에 아무 일이 없었다.

차설且說.

신라 소성왕 때에 이르러 황후 석씨가 우연히 서안을 의지하여 졸더니, 일개 선동仙童이 오색채운五色彩雲을 타고 내려와 앞에서 절하며 말했다.

"소자는 주나라 영왕靈王의 태자 왕자진王子晉[1]이옵더니, 하세下世에 적강謫降하여 부인께 의탁하고자 하오니 원컨대 부인은 가엾이 여기소서."
하고 즉시 품으로 들어오거늘, 황후가 심신이 황홀하여 놀라 깨달으니 남가일몽南柯一夢이었다.

그 후로 잉태하여 십삭十朔만에 옥동자를 탄생하였다. 눈은 가을 물결 같고 얼굴은 백옥 같았다. 어릴 때부터 총명이 과인過人[2]하여 선생이 없어도 능히 사서삼경四書三經과 제자백가諸子百家를 통독通讀하고, 또한 단소를 잘 희롱하니 무릇 범상한 재주가 아니었다. 10세에 태자로 책봉하여 이름을 소선이라 하고 자는 자진이라 하니 이는 무릇 황후의 몽조夢兆를 의지한 것이었다. 소선의 천성이 인자하고 또한 효성이 지극하여 부모를 섬기매 매양 정성과 공경을 다하니 왕과 황후가 손 안의 구슬같이 사랑하였다.

이때 소선에게 형이 하나 있었으니, 귀인 박씨의 소생이었고 이름은 세징이었다. 나이 불과 스물인데 성품이 간사하고 음흉하여, 소선이 어진 것을 미워하고 부왕이 사랑하심을 시기하여 가만히 소선을 죽이고 태자의 자리를 빼앗을 마음을 품었으나 다른

---

1) 왕자진王子晉 : 주周(東周) 영왕靈王(?~B.C.545)은 성이 희姬이고 이름이 설심泄心이다. 그의 태자인 진晉(B.C.565~B.C.59.)은 자가 자교子喬로, 왕씨王氏 성의 한 갈래인 태원왕씨太原王氏의 시조이다. 피리를 잘 불어 봉황의 울음소리를 냈다고 한다. 일찍이 이伊와 낙洛을 순수하다가 죽었는데, 후령緱嶺)에서 신선이 되어 백학을 타고 떠났다. 그 후 아들을 그리워하던 영왕의 꿈에 나타나 부친을 모시러 왔다고 하였고, 영왕은 자다가 세상을 떠났다.

2) 과인過人 : 능력이나 재주가 보통 사람보다 뛰어남.

사람은 다들 알지 못하였다.

하루는 소선이 여러 궁인宮人들과 같이 동해 바닷가에 가서 놀았다. 어부 다섯 명이 백사장에 모여 앉아 큰 거북 한 마리를 잡아다 놓고 곧바로 삶으려고 하였다. 소선이 다가가 보니 거북의 크기가 두어 자요, 검은 껍질에 푸른 털이 있으며 안광眼光이 찬란하였다. 소선을 우러러보고는 살려달라는 듯한 거동이 있으니, 소선이 위연喟然[3] 탄식하며 어부들에게 말했다.

"이것은 이른바 청강사자淸江使者[4]라, 강과 바다에 처하여 별로 인세人世에 인연이 없거늘, 그릇되이 먹이를 탐하다가 우연히 그대들의 낚시를 물고 그만 그물에 잡힌 것이라. 어찌 가련치 아니하리오?"

하고는 즉시 종자에게 명하여 값을 후히 주고 사서는 만경창파萬頃蒼波에 놓아 보내니, 그 거북이 물 위에 떠서 머리를 들고 이윽히 소선을 바라보다가 문득 꼬리를 흔들며 물결을 따라 유연히 떠났다. 날이 저물자 소선이 궁인과 같이 궁에 돌아왔다.

마침 부왕이 우연히 득병得病하여 여러 날이 되도록 차도가 없었다. 소선이 밤낮으로 의관을 정제整齊[5]하고 곁을 떠나지 않으며, 또 하늘께 기도하여 자기 몸으로 대신하기를 발원하니, 왕과 황후

---

3) 위연喟然 : 한숨을 쉬는 모습이 서글픔.

4) 청강사자淸江使者 : 거북의 별명. 고려 후기에 이규보가 거북을 의인화하여 지은 가전假傳으로 『청강사자현부전淸江使者玄夫傳』이 있다.

5) 정제整齊 : 정돈하여 가지런히 함. 옷 등을 격식대로 차려입고 매무새를 바르게 함.

가 그 효성을 가상히 여기고 좌우에 보는 자들이 다 감복하며 탄식하지 않는 사람이 없었다.

하루는 한 도인道人이 궁문 밖에서 스스로 말했다.

"내 능히 왕의 병을 낫게 하리라."

왕이 근시近侍[6]하는 신하로 하여금 맞아들이게 하니, 나이는 오십이 넘고 풍채는 쇄락灑落[7]하여 속객俗客을 벗어난 거동이 있었다. 왕이 괴이하게 여겨 즉시 근시로 하여금 붙들게 하여 일어나 앉아 공경하여 물었다.

"과인이 병석에 누운 지 여러 달에 백약이 무효이더니, 천만의외에 선생이 누지陋地에 왕림하시니 원컨대 자비하신 마음으로 이 위태한 목숨을 구제하소서."

도인이 국궁鞠躬[8]하고는 말했다.

"빈도貧道는 천산만수千山萬水로 벗을 삼는 천종賤蹤이라. 이다지 옥체가 미령靡寧[9]하시다는 말씀을 듣고 천 리를 지척咫尺처럼 왔삽더니, 이제 대왕의 병근病根을 보오니 이미 고황膏肓[10]에 든지라.

---

6) 근시近侍 : 가까이에서 받들어 모심. 임금을 가까이에서 모시는 신하.

7) 쇄락灑落 : 기분이나 몸이 상쾌하고 깨끗함.

8) 국궁鞠躬 : 윗사람이나 위패 앞에서 존경의 뜻으로 몸을 굽힘.

9) 미령靡寧 : 어른의 몸이 병으로 인하여 편하지 못함.

10) 고황膏肓 : 심장과 횡격막의 사이. 이 부분에 병이 침범하면 낫기 어렵다고 한다. 진晉 경공이 중한 병에 걸리자 진秦에서 명의 편작을 보냈는데, 그가 도착하기 전에 경공의 꿈에서 두 아이가 나타났다. 한 아이가 "편작이 오면 쫓겨날 것이니 도망가자"라고 하자 다른 아이가 "우리가 각자 고膏의 아래와 황肓의 위에 숨는다면 어쩔 도리가 없을 것"이라고 하였다. 편작이 도착하여 경공을 진맥하고는, 과연 "병이 고의 아래와 황의 위에 있는데 이곳에는 약이

세간 범약凡藥으로는 고치지 못할 것이요, 남해 보타산寶陀山[11]에 자죽림紫竹林이 있고 그 아래 천연죽순이 있사오니, 만일 이것을 얻으면 가히 이로써 대왕의 병을 치료하리이다."

왕이 사례하여 말했다.

"선생이 친히 병근을 살피시고 또 영약을 지시하시니 감사함을 이기지 못하나이다. 감히 묻자오니, 보타산은 여기서 거리가 얼마나 되나이까?"

도인이 말했다.

"육로로는 수만여 리요, 수로로는 팔천여 리가 되오이다. 그러나 망망한 대해상에 바람이 흉흉하고 또 해적이 출몰하여 상선을 약탈하오니, 진실로 큰 역량과 큰 정성이 아니면 득달得達하기 어렵다 하나이다."

그때 소선이 곁에 있다가 도인의 말을 듣고는 절하며 말했다.

"신이 원컨대 보타산에 가서 영약을 구하여 가지고 돌아오겠나이다."

왕이 미처 대답하지 못하여 도인이 웃으며 말했다.

"만 리 풍도風濤[12]에 배도 가기 어려울 뿐 아니라 하물며 태자는 나라의 근본이오. 또 나이가 어리니 드나듦을 용이히 하리오?"

도달하지 못하니 치료할 수 없다"라고 하였다.

11) 보타산寶陀山 : 불교의 4대 성지 중 하나. 관세음보살이 있는 곳이다. 오대산五臺山에는 문수보살, 아미산峨眉山에는 보현보살, 구화산九華山에는 지장보살이 있다고 한다.

12) 풍도風濤 : 바람과 파도. 풍랑風浪.

소선이 말했다.

“진실로 영약을 얻어 부왕의 병환을 낫게 하오면 비록 죽어도 여한이 없나이다.”

왕이 노하여 꾸짖어 말했다.

“십세十世 유아幼兒가 어찌 능히 대해를 건너리오? 다시는 망령된 말을 하지 말라.”

도인이 일어나 절하여 말했다.

“정성이 지극하면 성공하지 못하는 법이 없나니, 태자는 힘쓰소서. 빈도는 청컨대 이를 좇아 하직하나이다.”

하고 표연飄然히 문을 열고 나가더니 불과 두어 걸음에 간 바를 알지 못하니, 궁중 상하가 다 크게 놀랐다.

왕이 여러 신하를 불러 도인의 일을 말하니, 제신이 모두 돈수頓首[13]하고 사례하였다. 왕이 물어 말했다.

“뉘 능히 과인을 위하여 보타산에 가서 자죽영순紫竹靈筍을 구하여 가지고 돌아올 자 있으리오?”

제신諸臣이 모두 서로 돌아보고 즉시 대답하지 못하였다. 소선이 출반出班하여 다시 여쭈어 말했다.

“대저 파도가 흉흉한 만 리 대해를 건너 영약을 구함은 실로 용이한 일이 아니오니, 어찌 제신이 능히 감당하리이까? 하물며 도인이 이미 신에게 감을 허락하였사오니, 신이 비록 나이 어릴지

---

13) 돈수頓首 : 머리가 땅에 닿도록 하는 절.

라도 부왕의 명령으로서 청컨대 홀로 보타산에 가 영순靈筍을 구하여 가지고 돌아오겠나이다."

왕이 그 지성을 보고 이윽히 생각하다가 허락하였다. 유사儒奢로 하여금 큰 배 한 척을 택출擇出하여, 배에 수용기구需用器具[14]를 많이 싣고 또 역사力士 백여 명을 골라 태자를 보호하고 가게 하였다.

소선이 장차 발행發行할 때가 되어 들어가 황후께 하직下直하니, 황후가 손을 잡고 울며 말했다.

"이제 네가 겨우 강보를 면한 십세유자十世幼子로서 어찌 능히 만여 리 바다를 건너리오? 믿는 바는 다만 너뿐이라. 정성이 지극하면 하늘이 도우사 요행僥倖 무사히 돌아옴을 얻을지니, 아무쪼록 몸조심 잘하여 빨리 영순을 얻어 돌아와서 나의 바라는 마음을 위로하라."

소선이 울며 하직하고 물러나와, 곧 배를 대어 남해로 향했다.

이때 왕자 세징이 소선의 멀리 떠나는 기회를 얻어 왕에게 고하였다.

"태자가 나이 어릴 뿐 아니라 평일에 궁문宮門 밖으로 나가 보지 못하다가 어찌 요괴妖怪한 도인의 말을 듣고 만리풍파萬里風波에 대해를 향하여 가오니, 이러한 일은 실로 천고千古에 없는 일이요, 만조백관滿朝百官이 한 사람도 간諫하는 자가 없사오니, 신이 통곡유

14) 수용기구需用器具 : 필요하여 소용되는 물건들.

체慟哭流涕[15]함을 금치 못하나이다. 만일 태자의 이러한 걸음이 조금이라도 소홀하고 보면 그 종묘宗廟와 사직社稷을 어찌하오리까? 신이 청컨대 따로 선척 하나를 갖추어 뒤를 따라가서 영순을 얻고 또한 태자를 보호하여 같이 돌아오겠나이다."

왕이 듣기를 다하더니 크게 기뻐하여 말했다.

"이제 네 말을 들으니 진실로 옳도다. 내가 다시 생각하니 후회막급이라. 네가 만일 가서 태자를 보호하여 같이 돌아오면 내가 비록 병중이라도 침석枕席이 평안하리로다."

세징이 가만히 기뻐하여, 즉시 가정家丁[16] 수백 명과 수다數多한 병기를 배에 싣고 보타산을 향하여 갔다.

각설却說.

이때 소선이 부모와 하직하고 개연介然히 배에 올라 대해로 향하여 갈 제, 동북풍을 계속 만나 표표탕탕漂漂蕩蕩 돛을 달고 가니, 다만 보이는 것은 망망茫茫한 대해에 물결과 하늘이 한 빛이었다. 가는 길은 물 밖에 또 물이요, 멀어지는 것은 다정한 고향이었다. 배 가운데 사람들이 다 객客의 회포를 금치 못하되 유독 소선은 일단성심一丹誠心에 영약을 구하기에 급하여 조금도 괴로운 빛이 없었다.

---

15) 통곡유체慟哭流滯 : 큰 소리로 울며 눈물을 흘리다.
16) 가정家丁 : 집에서 부리는 남자 일꾼.

대략 수십 일을 가니, 문득 높은 봉우리가 멀리 바다 위로 보였다. 배 가운데 한 외국 사람이 있어서 손을 들어 가리켜 말하기를,

"저기 보이는 봉이 보타산이다."

하였다. 소선이 크게 기뻐 배를 재촉하여 가다가 날이 저물어 보타산에 당도하였다.

층암절벽層巖絕壁이 칼로 깎은 듯이 천연한 석벽石壁을 이루고 있었다. 소선이 해변 평탄한 곳을 찾아 비로소 배를 대게 하고 그날 밤을 배에서 지낸 후, 이튿날 종자從者 몇 사람을 더불어 배에서 내려 수림樹林을 헤치며 칡넝쿨을 붙잡고 절벽을 기어올라 근근이 십여 리를 갔다. 높은 봉은 하늘을 찌를 듯하고 기암괴석奇巖怪石은 여기저기 흩어져 있으며 수목은 울울창창鬱鬱蒼蒼하여 다만 들리는 것은 새소리뿐이었다.

소선이 마음에 두려워하고 슬퍼하여 오래 방황하다가 향할 바를 모르더니, 문득 호랑이 두 마리가 나와 앞길을 막으며 포효하여 장차 사람을 해치려고 하였다. 종자들이 크게 두려워하여 다 혼도昏倒[17]하나, 소선은 조금도 두려운 빛이 없이 동자들을 붙들고 태연히 앞으로 나아갔다. 별안간 호랑이는 간 곳이 없고 또 사슴 한 마리가 수림 사이로 달려 나와 산비탈 좁은 길로 완연히 가는 것이었다. 소선이 그 뒤를 따라 6, 7리를 가니, 사슴이 간 곳을 알지 못하고 때는 이미 석양이었다.

---

17) 혼도昏倒 : 정신이 아득하여 까무러쳐 쓰러짐.

저근덧 해가 서산에 떨어지고 달은 동영東瀛[18]에서 나는지라. 소선이 자연히 신체가 피곤하여 바위 위에서 쉬더니, 문득 난데없는 경쇠 소리가 은은히 들렸다. 크게 기뻐 종자와 더불어 절 문 앞에 이르러 현판을 바라보니 회운암回雲庵이라 하였다. 소선이 길가에 앉아 의관을 정제하는데, 한 도인이 청려장靑黎杖을 짚고 나오며 말했다.

"멀고 먼 해로海路에 태자가 위험함을 돌아보지 아니하고 이곳을 오셨나이까?"

소선이 놀라 자세히 보니 곧 전에 보던 도인이었다. 인하여 땅에 엎드려 절하여 말했다.

"제자가 사부師父의 가르치심을 입사와 여러 날만에 이곳에 왔사오니, 복원伏願[19]컨대 사부는 급히 영약을 주시어, 돌아가 부왕의 병환을 낫게 하소서."

도인이 웃으며 말했다.

"태자의 지극한 정성은 귀신도 감동케 하니, 감히 명을 거역하리이까? 오늘은 날이 저물었으니 암자 아래에서 유숙留宿하소서. 내일 빈도貧道가 영약이 있는 곳을 지시하오리다."

인하여 뫼 아래로 맞아들여 평안히 유숙하게 하고, 동자로 하여금 선과仙果를 드리게 하니, 그 맛이 이상하여 과연 인간 세상에서 먹는 것이 아니었다.

---

18) 동영東瀛 : 동쪽에 있는, 해와 달이 떠오르는 곳.

19) 복원伏願 : 웃어른 앞에 엎드려 공손히 바람.

이날 밤에 소선이 그 암자에서 유숙하였다. 석탑이 정지淨地[20]하여 맑은 기운이 어려 있고, 또 금권옥축錦卷玉軸[21]이 겹겹이 쌓여 있었다. 소선이 한 권을 빼어 보니 다 선가의 서책이었다. 소선이 자탄自嘆하였다.

"내가 구중궁궐九重宮闕에서 성장하여 이곳에 이 같은 선방仙方이 있는 줄을 몰랐더니, 진실로 진세인생塵世人生이 연화蓮華[22]에서 번뇌를 가라앉히도다."

이튿날 일찍 일어나 산간옥수山間玉水에 목욕하고 종자와 같이 후원後園에 들어가 도인께 절했다. 도인이 즐거워하며 소선의 손을 잡고 후원의 두어 동문洞門[23]을 지나갔다.

층층層層한 봉우리는 옥을 깎은 듯하고 창창蒼蒼한 송죽松竹은 울밀鬱密하며, 기화요초琪花瑤草는 향기가 진동하고 난봉공작鸞鳳孔雀[24]은 임간林間에 배회하니, 이른바 별유천지비인간別有天地非人間이었다. 또 뒤따라 나가 본즉 자죽紫竹이 울울鬱鬱하고 죽림竹林이 밀밀密密한데 채운彩雲과 서기瑞氣가 영롱하였다. 도인이 동자에게 명하여 자죽림에 가서 죽순 십여 개를 캐어다가 소선에게 주며 말했다.

---

20) 정지淨地 : 맑고 깨끗한 곳. 절 등이 있는 곳.

21) 금권옥축錦卷玉軸 : 비단 두루마리와 옥으로 된 손잡이. 귀중하고 값진 서책을 일컬음.

22) 연화蓮華 : '연화세계蓮花世界'. 극락.

23) 동문洞門 : 동굴의 입구 또는 그곳에 세운 문.

24) 난봉공작鸞鳳孔雀 : 난새(鸞鳥)와 봉황새와 공작새.

"이곳은 곧 신선의 사는 바요, 진세塵世 사람은 수이 오지 못하는 곳이라. 다만 태자의 효성이 하늘을 감동케 하고 또 빈도와 인연이 있는 고로 이곳에 왔사오니, 이 영순靈筍을 가지고 돌아가 부왕의 병환을 속히 낫게 하소서."

소선이 다시 절하며 감사하였다. 뫼 아래로 돌아온즉 도인이 또 소선에게 말했다.

"태자가 이 길로 돌아가면 화변禍變[25]을 당할 것이나, 장래에 마땅히 외국인이 구완하여 자연히 무사함을 얻을 것이오. 그 후로는 비록 수년간 액운이 있을지라도 복록福祿이 대통大通하여 태자의 발신發身[26]됨이 반드시 외국에 있으되, 출장입상出將入相하여 왕공지위王公之位에 높이 있을 것이고 또 어진 배필이 한둘이 아닐지니, 이것은 상천옥황上天玉皇이 명하신 바요 인력人力으로 할 바가 아니라. 태자는 삼가 조심하소서."

소선이 두 번 절하고 명을 받드니, 도인이 못내 애연哀然[27]해 하며 후원 문을 닫고 들어갔다.

소선이 이날 밤에 석탑에 누워 스스로 도인의 말을 생각하니 심신이 어지러워 잠을 이루지 못하였다. 홀연 살펴보니 몸은 암석 아래에 있고 사방에 인적이 없어, 다만 들리는 것은 비금주수飛禽走獸[28]의 우는 소리뿐이었다. 소선이 크게 놀라 급히 곁을 돌아보니

---

25) 화변禍變 : 매우 심한 재난과 액운.
26) 발신發身 : 천하고 가난한 처지에서 벗어나 형편이 좋아짐.
27) 애연哀然 : 슬프고 불쌍하게 여기다.

자죽순紫竹筍 십여 개가 있었다. 그제야 소매 속에 거두어 넣고 공중을 향하여 무수히 사례하고는 종자로 더불어 다시 옛길을 찾아 해변으로 돌아왔다. 여러 사람을 대하여 사연을 이야기하니,

"이것은 다 대왕의 홍복洪福이요, 또 태자의 지성至誠한 소치所致[29] 로소이다. 그렇지 않으면 도인이 어찌 태자를 이곳으로 인도하여 영순을 주오리까?"

하였다.

함께 배에 올라 돛을 달고 본국으로 향하여 돌아왔다. 중로中路에서 역풍逆風을 만나 능히 행선치 못하고, 한 조그만 섬에 배를 대고는 순풍을 기다렸다.

난데없는 큰 배 하나가 순풍에 돛을 달고 살같이 빨리 점점 가까이 왔다. 한 소년공자少年公子가 뱃머리에 나와서 물었다.

"배에 있는 여러 사람들은 신라국 태자의 일행이 아닌가?"

배 안의 여러 사람들이 본국 배인 줄을 알고 크게 기뻐하여 다들 뱃머리에 나와 대답했다.

"그러하다."

그 소년이 또 물었다.

"그러면 태자는 어디에 있는가?"

소선이 배 안에 앉아 있다가 왕자 세징의 목소리를 듣고는 놀랍고 기쁨을 이기지 못하여 황망慌忙[30]히 나와, 세징의 손을 잡고

---

28) 비금주수飛禽走獸 : 날짐승과 길짐승.

29) 소치所致 : 어떤 까닭에서 비롯된 결과.

물었다.

"형장兄丈은 어찌하여 대양大洋을 건너 이곳에 왔나이까? 부왕의 병환은 과연 어떠하시며, 모후의 기체氣體도 안녕하시니까?"

세징이 손을 뿌리치고 일어나서는 발연勃然[31]히 변색變色하며 말했다.

"아직은 부왕의 병환을 묻지 말라. 자죽순은 과연 얻어 왔는가?"

소선이 세징의 기색이 다름을 보았으나 그 뜻을 측량치 못하고, 급히 배 안으로 들어가 자죽순을 내어 두 손으로 받들어 올렸다. 세징이 받아 소매 속에 넣고는 크게 꾸짖어 말했다.

"부왕께서 하시는 말씀이, 네가 영약을 구한다고 칭탁稱託하고 외궁外宮으로 나와 가만히 불측不測[32]한 일을 도모함으로 인하여 근심하심이 날로 깊고 병환이 날로 더하실새, 나로 하여금 중로에서 너를 죽이라 하셨다. 네 어찌 죄를 도망하리오?"

소선은 본래 천성이 양순하여 평일에 세징의 참독慘毒한 바를 몰랐다. 문득 이 말을 들으니 벽력이 머리 위에 떨어지는 듯하고 칼날이 가슴을 찌르는 듯했다. 창황망극愴怳罔極[33]하여 능히 대답하지 못하고 뱃머리에 엎드려 무수히 통곡할 뿐이었다. 세징이 데려온 가정家丁에게 명하여 죽이기를 재촉하니, 소선이 울며 말했

---

30) 황망慌忙 : 급하고 당황하여 어리둥절함.

31) 발연勃然 : 벌컥 성을 내는 태도. 무엇을 일으키는 모양이 세차고 갑작스러움.

32) 불측不測 : 마음이 음흉함.

33) 창황망극愴怳罔極 : 놀라고 당황함이 심하여 끝이 없음.

다.

"이미 부왕께서 죽으라 하셨으니 어찌 감히 살기를 바라리오? 그러나 병환이 어떠하신지를 알지 못하고 죽사오니 이것이 지원절통至冤切痛한 바로소이다."

세징이 대답하지 않고 연이어 가정을 재촉하니, 소선이 애걸하여 말했다.

"죽기는 일반이라. 원컨대 시체라도 온전히 죽이심을 바라나이다."

세징이 허락하고, 그 행탁行橐[34]에서 독약을 내어 소선의 두 눈에 바르고는 가정으로 하여금 결박하여 죽이라 하였다. 가정들이 결박은 하지 않고 만경창파萬頃蒼波 대해 가운데로 던져 버렸다.

태자의 일행이 당초에는 세징이 좋은 뜻으로 와서 영접하려 하였는데 뜻밖에 이러한 변을 당하매, 면면面面이 서로 보고 어찌할 줄을 알지 못했다. 또 태자가 무고히 해를 당하는 것을 원통히 여기고 세징이 무단히 형제를 참살함을 분하게 여겨 절치부심切齒腐心[35]하며 세징을 죽여 태자의 원수를 갚고자 하였다. 그러나 세징이 이미 왕명王命이라 하였고 또 수하에 가정을 많이 거느렸으매, 감히 움직이지 못하고 일시에 방성통곡放聲痛哭하였다. 세징이 크게 노하여 가정으로 하여금,

"모두 죽여라."

---

34) 행탁行橐 : 여행할 때 노자와 행장 등을 넣는 전대 또는 자루.
35) 절치부심切齒腐心 : 몹시 분하여 이를 갈 정도로 속을 썩임.

하니, 여러 사람들이 손에 아무런 무기가 없는지라 능히 당하지 못하고 일제히 목을 늘여 칼을 받아 한 사람도 도망하는 자가 없었다. 세징이 불을 놓아 태자가 탔던 배를 불태우고는, 의기양양하여 떠난 지 수일만에 자죽영순을 가지고 돌아왔다.

왕과 왕후가 세징의 돌아옴을 듣고 급히 불러 태자의 소식을 물었다. 세징이 엎드려 아뢰었다.

"신이 행선한 지 여러 날에 천신만고千辛萬苦를 꺼리지 않고 보타산에 이르러 그곳 백성에게 듣자온즉, 태자의 일행이 과연 보타산에 이르렀다가 풍랑에 표류한 바 되어 하룻밤에 간 곳을 알지 못한다 하고, 혹은 말하기를 해상에서 배가 침몰되었다 하옵기에, 신이 탐문한 지 여러 날만에 종적을 알지 못하고, 신이 홀로 보타산에 올라갔다가 한 노승을 만나 자죽순 있는 곳을 지시하옵기로 수십 본本을 캐어 가지고 돌아왔나이다."

왕과 왕후가 듣기를 다하더니 통곡기절慟哭氣絕하여 인사人事를 차리지 못했다. 좌우 근신이 급히 구하니 왕이 이윽히 있다가 근근이 진정한 듯하나 종일토록 통곡함을 마지않았다. 이후부터 병세가 침중하여 점점 위급한 지경이었는데, 세징이 자죽순을 내어 달여 드렸다. 왕이 영순을 먹은 후로 병세는 쾌복快復[36]하였으나, 밤낮으로 태자를 생각하여 눈에 눈물이 그칠 날이 없었다.

---

36) 쾌복快復 : 건강이 완전히 회복됨.

화설話說.

소선이 왕자 세징의 환患을 만나 바닷물에 빠져, 물길을 따라 정처 없이 흘러갔다. 문득 물속에서 한 거북이 나와 잔등에 업고 가는데, 그 빠르기가 화살 같았다. 바다 가운데 한 섬에 이르러 언덕 위에 놓고 가니, 이는 곧 소선이 본국에 있을 때 해변에 나아가 놀다가 어부에게 사서 놓아 준 큰 거북이었다.

소선이 물고기 뱃속에 들 것을 이 거북의 구함을 입어 사중구생死中求生[37]으로 요행히 인명을 보전하여, 언덕 위에서 향방向方 없이 기어다니다가 한 반석 위에 기어올라 눈을 감고 앉았다. 졸지에 맹인이 되어 예전에 보던 천사만물千事萬物[38]의 모습이 어떠한지 모르니, 왕자왕손王子王孫의 신세가 가련하였다. 또한 목마르고 굶주림이 더욱 심해지니 견디지 못하여서 하늘을 우러러 길게 부르짖으며 혼자 슬피 울었다. 만리창해萬里滄海에 파도마저 슬퍼하고 천리강산千里江山에 비금주수飛禽走獸도 슬픔을 머금었다.

이때는 추추秋구월 망간望間이었다. 가을바람은 소슬하고 바다 파도는 흉흉한데, 가만히 들으니 사면에서 소슬한 새 소리가 났다. 소선이 괴이하게 여겨 걸음을 옮겨 천천히 가다가 한 곳에 다다라서, 손으로 더듬으니 이곳은 곧 대나무밭이었다. 인하여 그 열매를 따고 죽순을 캐어 먹으니, 그나마 요기가 되어 정신이 상쾌하였다.

---

37) 사중구생死中求生 : 죽을 수밖에 없는 처지에서 한 가닥 살길을 찾다.
38) 천사만물千事萬物 : 세상의 온갖 사물.

그제야 허리에 찼던 작은 칼을 빼어 대를 베어 단소로 만들어 스스로 한 곡조를 불었더니, 그 소리가 청아淸雅[39]하여 인간에 있는 범상한 대와는 과연 달랐다. 소선이 또한 심중에 기이奇異하여 홀로 바위 위에 앉아서, 때때로 희롱하며 울적한 회포를 위로하였다.

이때는 당나라 덕종 시절이었다. 마침 덕종이 예부상서禮部尙書 백문현에게 명하여 유구국流球國[40] 왕을 봉封하고는 채단綵緞을 많이 주어 예물禮物을 후하게 하였다. 백어사가 명을 받아 남으로 갔다가 일을 마치고 돌아오던 중, 월남越南[41] 땅에 이르러 멀리 바다를 바라보니 사면이 다 죽림이었다.

홀연히 퉁소 소리가 죽림에서 나오는데, 그 소리가 애원처절哀怨凄切[42]하여 백학白鶴이 구소舊巢[43]에서 부르짖는 듯하고 봉황鳳凰이 단산丹山에서 우는 듯하였다. 어사가 크게 괴이하게 여겨 사공을 불러서 그 섬에 배를 대게 하고는 언덕 위에 올라 단소 소리 나는 곳을 찾아갔다.

한 동자가 반석 위에 높이 앉아 홀로 단소를 불고 있었다. 어사가 더욱 기이하게 여겨 물었다.

"망망대해중茫茫大海中 무인절도無人絕島[44]에 동자는 과연 어떤

---

39) 청아淸雅 : 속된 티가 없이 맑고 아름다움.

40) 유구국流球國 : 류쿠 왕국. 오키나와 일대에 있었던 옛 국가.

41) 월남越南 : 베트남. 안남安南이라고도 하였다.

42) 애원처절哀怨凄切 : 슬피 원망하며 몹시 처량함.

43) 구소舊巢 : 새의 옛 둥지. 옛 보금자리. 옛집.

44) 무인절도無人絕島 : 사람이 살지 않는 동떨어진 섬.

사람이기에 홀로 앉아 단소를 부는가?"

소선이 이 섬에 당도한 후로부터 비록 수중고혼水中孤魂은 아니 되었으나 눈이 멀어 아무 것도 보지 못하고, 또 인가人家가 없으매 여러 날을 먹지 못하여 죽기를 기다릴 뿐이었다. 홀연히 어사의 말을 듣고는 황망히 내려와 절하고 말했다.

"소자가 어려서 부모를 여의고 길에서 구걸하옵더니, 마침 진남 땅으로 가던 상선이 지나가다가 보고 가엾게 여겨서 배에 싣고 이 섬에 왔다가, 해적에게 약탈당하는 바 되어 일행이 다 참혹히 죽었으나, 소자는 나이 어리기에 요행히 참혹한 화를 면하였으되 이 섬에 버리고 갔사옵니다. 원컨대 대인大人은 자비慈悲하신 마음으로 이 잔명殘命을 구원하소서."

어사가 소선의 처지를 듣고는 가엾게 여겨 말했다.

"나는 당나라 사신으로서 외국에 갔다가 지금 회정回程[45]하는 길이라. 네가 유리표박流離漂泊[46]하여 의지할 곳이 없으면 나를 따라 같이 갈지어다."

소선이 크게 기뻐하며 절하고 무수히 치사致謝[47]하였다. 어사가 종자로 하여금 배에 부축하여 앉히고 다시 한 달여를 갔다.

황주 땅에 이르러 그제야 육지에 내려서는, 소선을 수레에 태우고 황성皇城에 당도하여, 소선을 먼저 본집으로 보내고는 황제에게

---

45) 회정回程 : 돌아오는 길. 돌아옴.
46) 유리표박流離漂泊 : 일정한 거처가 없이 이리저리 떠돌아다님.
47) 치사致謝 : 고맙다는 뜻을 나타냄.

들어가 다녀온 사실을 복명復命[48]하였다. 덕종이 특별히 벼슬을 더하여 태자소부太子少傅를 삼으니, 소부少傅가 사은謝恩하고 나와 본부로 돌아왔다.

무릇 소부少傅는 당조當朝[49]의 어진 재상이라 그 덕망德望이 일세一世에 진동振動하고, 부인 석씨는 예부시랑禮部侍郎 석도임의 딸이었다. 소부의 나이가 사십이 넘었으되 슬하膝下에 일점혈육一點血肉이 없어 부인 석씨와 더불어 밤낮으로 근심하고 두루 명산대천名山大川에 기도하며 또한 은덕을 많이 베풀었다.

하루는 부인의 꿈에 한 선녀가 손에 옥함玉函을 들고 부인의 침방寢房에 들어와 베갯머리에 앉더니 부인에게 고했다.

"첩妾은 옥황상제의 시녀이옵거니와, 이 옥함에 든 것은 곧 태을성太乙星[50]의 정기精氣입니다. 전생에 부인과 더불어 인연이 있사온 까닭으로 상제께서 명하여 귀댁貴宅에 점지하였습니다. 타일에 복록이 무량無量[51]하고 또한 큰 사업을 이루어, 공이 우주宇宙[52]에 떨치고 이름이 죽백竹帛[53]에 드리울 것이옵니다. 또 주령왕의 태자 왕진과 선가仙家의 인연이 있사오니, 부인은 가엾게 여기시고 이

---

48) 복명復命 : 명령을 받고 일을 처리한 사람이 그 결과를 보고함.

49) 당조當朝 : 지금의 조정.

50) 태을성太乙星 : 음양가에서, 북쪽 하늘에 있으면서 병란, 재화, 생사 등을 다스린다고 여기는 신령한 별. 이 별의 움직임에 따라 길흉을 점치는 것이 태을점太乙占 또는 태일점太一占이다.

51) 무량無量 : 헤아릴 수 없이 많음.

52) 우주宇宙 : 천지사방과 고금왕래. 세상과 천지간. 만물이 있는 공간.

53) 죽백竹帛 : 서적. 특히 역사책.

말씀을 잊지 마옵소서."

부인이 절하고 두 손으로 옥함을 받은 후 홀연히 깨달으니 남가일몽이었다. 마음에 크게 괴이하여 그 꿈을 소부에게 알리니, 소부가 기뻐하며 말했다.

"꿈은 옥황께서 우리 부부의 정성에 감동하신 바이니, 어찌 남녀를 의논하리오?"

그 후로 부인이 잉태하여, 십삭만에 한 딸을 낳았다. 붉은 기운이 방안에 가득하고 이상한 향기가 사람을 침노侵擄하였다. 부인이 혼몽昏懜한 와중에 완연히 전날의 옥녀玉女[54]가 향탕香湯으로 새로 난 아이를 목욕시켜 산석産席에 편히 누이고는 다시 공중으로 향하여 갔다. 3일이 지난 후 소부가 처음으로 산실産室에 들어와 아이를 보니, 용모가 단정하고 골격이 청수淸秀[55]하였다. 소부가 크게 기뻐하며 부인에게 말했다.

"이 아이가 비록 남자는 아닐지라도 그 용모가 비범한 것을 보니, 타일에 반드시 우리 가문을 창성昌盛[56]케 할지라."

그 이름을 군영이라 하였다.

세월이 여류如流하여 소저의 나이가 벌써 10세에 이르렀다. 덕성이 단아하고 총명이 과인하여 시서백가詩書百家[57]와 의약복서醫藥

54) 옥녀玉女 : 선녀.
55) 청수淸秀 : 외모나 모습 등이 깨끗하고 빼어남.
56) 창성昌盛 : 일이나 기세 등이 크게 일어나 잘되어 나감.
57) 시서백가詩書百家 : 시경詩經과 서경書經 및 제자백가諸子百家의 책들.

卜筮[58])를 무불통지無不通知[59])하고, 일동일정一動一靜[60])이 예법에 벗어나지 아니하였다. 소부가 사랑하기를 손안의 구슬같이 하고 반드시 어진 배필을 얻고자 하여, 빈부귀천貧富貴賤을 물론하고 널리 구하였으나 뜻에 합당한 사람이 없었다.

이날 소부가 유구국으로부터 돌아와, 내당內堂으로 들어가 석부인을 보고 각각 적조積阻[61])한 회포를 이야기하다가, 소저의 손을 잡고 그 등을 어루만지며 희색喜色이 만면滿面하였다. 이윽고 외당外堂에 나와 빈객賓客을 접대하다가 밤이 깊은 후에야 마쳤다.

소부가 소선을 만난 후로 마음에 그가 비상한 인물인 줄을 알고 특별히 사랑하기를 친자식과 다를 바 없이 하였다. 후원 서당에 거처하게 하고 매양 여가가 있으면 서당으로 가서 소선과 더불어 이야기하였다.

하루는 소부가 우연히 불러 말했다.

"네 비록 나이는 어리나 너의 총명이 과인함을 보니 일찍이 문한文翰[62])에 종사하였느냐?"

소선이 대답하였다.

"소자 어릴 적에 학업을 닦을 길이 없었사오니, 어찌 문한을 알리이까? 그러나 일찍 들은즉 문한이라 함은 본래 부유腐儒[63])의

---

58) 의약복서醫藥卜筮 : 의술과 점술.
59) 무불통지無不通知 : 널리 알아 꿰뚫지 못하는 것이 없음.
60) 일동일정一動一靜 : 사람이 하는 일상 모든 행위들 하나하나.
61) 적조積阻 : 서로 오래 떨어져 소식이 막힘.
62) 문한文翰 : 문필에 관한 일. 또는 글을 잘 짓는 사람.

심장尋章[64]과 음풍농월吟風弄月이 아니라 마땅히 육경六經으로 근본을 삼을지니이다."

소부가 놀라 물었다.

"육경으로 근본을 삼는 뜻이 과연 어떠한가?"

소선이 대답하였다.

"대개 천지간에 육경을 귀하게 아는 바는 주역周易으로써 음양陰陽을 알게 하고 시전詩傳으로써 성정性情을 말하고 상서尙書로서 정사政事를 기록하고 춘추春秋로써 상벌賞罰이 분명하고 예악禮樂으로써 상하귀천上下貴賤과 인정풍속人情風俗의 선악善惡을 말하였으니, 하늘에 비하면 일월성신日月星辰과 풍운뇌정風雲雷霆이요, 땅에 비하면 강하산악江河山岳과 금수초목禽獸草木인 까닭으로, 성인이 천지天地로 글을 삼고 육경으로 천기天機에 배합하여 학술의 대도大道가 전함이라. 이제 문학에 착실한 자가 만일 육경에 전심치지專心致之[65]하면 이단異端의 학문을 물리치고 성현의 도를 전하리이다."

소부가 듣기를 다하고는 크게 놀라, 소선의 손을 잡고 다시 탄복하여 말했다.

"네가 십세유아十世幼兒로서 지식과 의견이 이 같은 줄 몰랐으니, 참으로 나의 선생이로다."

이후로 더욱 공경하고 사랑하였으나, 다만 그 행적과 내력을

---

63) 부유腐儒 : 생각이 낡고 완고해 쓸모없는 선비.

64) 심장尋章 : 심장적구尋章摘句. 남의 글귀를 따서 글을 지음.

65) 전심치지專心致之 : 오직 한마음을 가지고 한길로만 나아감.

몰라 항상 의심하였다.

하루는 소부가 우연히 서당에 갔다가, 소선이 홀로 앉아 얼굴에 눈물 흔적이 있음을 보고 물었다.

"네가 부모를 생각하느냐?"

소선이 꿇어앉으며 대답하였다.

"유리천종流離賤蹤이 자연히 비감한 눈물을 금치 못하였다가 대인의 자문諮問하심을 입었사오니 황송함을 이기지 못하나이다."

소부가 이윽히 생각하다가 또 물었다.

"내가 너를 더불어 평초萍草[66]같이 서로 만나 심간心肝이 서로 비추니, 의義로 말하면 붕우朋友 같고 정情으로 말하면 부자父子 같은지라. 설혹 말하기 어려운 일이 있을지라도 무슨 은휘隱諱[67]할 바 있으리오? 내 너의 기색을 보고 너의 동정을 살피니 정녕 부귀한 집에 나서 자랐고 거리의 심상한 아이는 아니로다. 너의 문벌과 성씨와 지나간 환란을 진정으로 말하여 나의 의혹을 풀게 하라."

소선이 이윽히 듣다가 문득 보타산 도인의 말을 생각하고 자연히 마음에 감동하여, 일어나 재배하고 말했다.

"대인이 이같이 물으시니 어찌 감히 은휘하오리까? 소자는 본래 중국 사람이 아니라 신라국 태자 김소선이로소이다. 일찍 부왕의 병환을 위하여 남해 보타산에 가서 영약을 가지고 오다가 도중에서 도적을 만나 영약영순을 빼앗고 소자를 해중海中에 던지매, 표류하

---

66) 평초萍草 : 부평초浮萍草. 개구리밥. 정처 없이 떠돌아다니는 신세를 비유함.
67) 은휘隱諱 : 꺼려서 감추거나 숨김.

여 무인절도에 있다가 천행으로 대인의 구제하심을 입사와 오늘까지 잔명을 보존하였으나, 불행히 두 눈이 풍도風濤[68]에 상한 바 되어 아무것도 보지 못하고, 고국을 생각하니 운산雲山이 첩첩疊疊하고 창해滄海가 난번亂飜[69]이라, 능히 마음대로 돌아가 슬하에서 모시지 못하고 또 부왕의 병환이 어떠하신지, 이미 수년이 지났으므로 밤낮 근심스러울 뿐이오, 조금도 세상에 나갈 생각이 없나이다."

눈물이 앞을 가려 능히 말을 다하지 못하였다. 소부가 듣기를 다하고는 크게 놀라, 천연히 눈물을 흘리며 일어나 답례하였다.

"태자의 효성은 천고에 듣지 못한 바라. 대저 동궁의 높으신 자리에 계시어 춘추가 겨우 십 세 되시었는데 어찌 부왕의 병환을 위하여 만리창해萬里滄海를 평로平路삼아 어찌 능히 약을 구하시리이까? 천리天理로 볼지라도 왕의 병환은 쾌복快復하였을지니, 원컨대 태자는 과도히 염려하지 마옵소서. 소부가 마땅히 이 일을 황상께 주달奏達하여 태자로 하여금 본국으로 돌아가시게 하리이다."

소선이 일어나 재배하고 감사함을 마지아니하였다.

이후로부터는 소선을 공자라 하고 이름을 부르지 아니하고, 또한 이 일로써 다른 사람에게 누설하지 아니하니, 비록 부인과 소저는 알지 못하고 전과 같이 세월을 보냈다.

---

68) 풍도風濤 : 바람과 큰 물결. 풍랑.

69) 난번亂飜 : 파도가 치며 어지러이 뒤채는 모습.

제2회

부용각에서 소부가 혼인을 약정하고
양류가에서 이모가 곡조를 알음이라

일일은 소부少傅가 부인과 같이 후원 부용각芙蓉閣에서 연못을 구경하더니, 부인이 말했다.

"요사이 비복婢僕의 전하는 말을 듣자오니, 상공이 일찍 유구국流球國에 갔삽다가 돌아오시던 길에 한 동자를 데리고 오셨다 하매, 단소를 잘 분다 하오니 한번 듣기를 원하나이다."

소부가 말했다.

"과연 그런 일이 있으나, 내 근일近日에 공무公務가 바빠 한 번도 들을 여가가 없더니, 이제 날씨가 청량淸亮하고 연꽃이 만발하였으니 진실로 단소를 들을 만하도다."

인하여 시동侍童에게 명하여 소선을 불렀다.

이때 소저가 마침 상서를 곁에 모시고 앉았다가 일어나 피하려고 하니, 소부가 말했다.

"소선의 나이 방금 십일 세요, 또한 눈이 멀어 보지 못하니, 피하지 않아도 무방하다."

부인이 또한 만류하니 소저가 문득 다시 앉았으나 불안한 빛이 있거늘, 소부는 잠깐 돌아보고 웃을 뿐이었다. 이윽고 소선이 시동을 따라 부용각에 당도하자 소부가 일어나 영접하니, 부인과 소저는 그 과도히 대접함을 이상하게 여겼다. 소선이 부인에게 절하기를 마치니, 소부가 특별히 한 자리를 펴고 그 위에 앉게 하였다.

부인이 소선을 잠깐 보니 안모顔貌는 옥玉 같으나 다만 눈이 멀어 심히 애석하게 여겼다. 소부가 웃으며 소선에게 말했다.

"형처荊妻[70]가 공자께서 단소를 잘 분다는 말을 듣고 여기에 오시기를 청한 것이니, 한 곡조로서 시속의 이목耳目을 청쇄淸灑하게 하소서."

소선이 다시금 돈수頓首하고, 소매 속에서 단소 하나를 내어 옷깃을 정제하고 천연히 앉아 신세자탄곡조를 지어 불었다. 그 곡조에 하였으되,

몸을 기울여 동방을 바라봄이여
해천海天이 막막하고 갈 길이 망망하구나
어찌하면 봉조鳳鳥의 큰 나래를 얻어
만리장천萬里長天에 높이 날아 고향에 돌아갈꼬
두 해나 정성定省[71]을 못함이여
타방他邦의 객이 되어 무단히 유리流離하는도다
슬프다 내 소리여, 하늘이 듣지 못하나니
퉁소를 붊에 슬프고 또다시 슬프도다

---

70) 형처荊妻 : 또는 형실荊室. 자신의 아내를 낮추어 이르는 말. 중국 후한의 양홍梁鴻의 아내인 맹광孟光이 가시나무荊로 깎은 비녀를 꽂고 무명으로 지은 치마를 입었다는 고사에서 비롯되었다.

71) 정성定省 : 혼정신성昏定晨省. 저녁에는 부모의 잠자리를 보아 드리고 아침에는 부모에게 문안을 드리는 일.

몸을 기울여 동방을 바라봄이여
집은 아득히 일만 리요, 바다는 망망茫茫하도다
두 눈이 모두 멀어 갈 바를 알지 못함이여
돌아가기를 얻지 못하고 이 내 심사만 처량하도다
홍안鴻雁[72]이 오래 오지 못함이여
양친의 소식을 묻노니 어떠하시뇨
슬프다, 내 노래여, 사람답지 못하나니
퉁소를 붊이여, 근심하고 다시 근심이로다

소선이 단소 한 곡조를 부는데, 그 소리가 애원哀怨하고 처절하여 좌우에 듣는 사람들이 다 슬픔을 머금고 눈물을 흘렸다. 소저가 귀를 기울이고 가만히 듣다가

홍안鴻雁이 오래 오지 못함이여
양친 소식을 묻노니 어떠하시뇨

하는 곡조에서 내심으로 괴이하게 여겨 생각하였다.

'이 사람이 필경 외국의 왕자로서, 유리하여 이곳에 왔도다. 하물며 저 단소 소리가 청아하니, 생각하건대 혹여 골육지변骨肉之變[73]이 있어 그러함인가?'

소선이 곡조를 마치고 다시 일어나 옷깃을 바로잡고 앉았다.

72) 홍안鴻雁 : 큰 기러기와 작은 기러기. 소식이나 서신을 의미한다.
73) 골육지변骨肉之變 : 가까운 혈족 사이에서 일어난 변괴變怪.

소부가 웃으며 말했다.

"노부老夫가 구구히 부탁할 말이 있사오니, 아지못게라. 공자는 즐거이 허락하시와 노부의 허망지탄虛妄之嘆을 없게 하실 것인가?"

소선이 공순히 대답하였다.

"대인의 하시는 말씀이면 물과 불 속인들 소자가 감히 받들어 행하지 아니하오리까? 여러 차례 구구하실 것이 없을 듯하오이다."

소부가 말했다.

"노부가 만년에 다만 무남독녀無男獨女를 두었으니, 나이는 방금 11세요, 그 재질과 덕행이 가히 규방숙녀閨房淑女로서 족히 군자의 건즐巾櫛[74]을 받들 만한지라. 노부가 이제 공자의 재덕에 감복하여 백년가약百年佳約을 맺어 친애하는 정을 다하고자 하니, 아지못게라. 공자의 뜻이 어떠한지이다."

소선이 듣기를 다하고는 자리를 피하여 대답하였다.

"소자는 무의무탁無依無托한 천객遷客이온데, 대인이 특별히 하해河海 같은 은덕을 베풀어 문하에 두시고 기갈을 면하게 하시니 그 은혜는 태산 같은지라. 비록 대인이 하문下問하신 바이나 이 일은 감히 봉승奉承치 못하겠나이다. 하물며 소자는 앞을 보지 못하여 폐인廢人이 되었사오니, 원컨대 대인은 범사凡事를 널리 생각해 보옵소서."

---

74) 건즐巾櫛 : 수건과 빗. 얼굴을 씻고 머리를 빗음. 또는 '쇄소건즐刷掃巾櫛'의 준말로, 물을 뿌리고 비로 쓸며 낯을 씻고 머리를 빗는다는 뜻으로, 집안일을 하고 몸을 거두는 등의 잔시중을 말한다. '건즐을 받들다'라고 하면 대체로 아내가 남편의 시중을 드는 것을 뜻한다.

부인이 의외의 소부의 말을 듣고 발연변색勃然變色[75]하여 장차 그 말을 그치고자 하는데, 소부가 말했다.

"노부 일찍이 관상하는 술법을 아는 고로 세상 사람을 두루 보니 천만 명 중이라도 하나도 출중出衆한 자가 없었도다. 노부가 우연히 해외에서 공자를 만나던 때로부터 마음에 요량料量[76]한 바 있은 지 오래되었고, 또 공자의 옥모玉貌를 보니 전장前長이 만 리라. 비록 두 눈이 모두 멀어 앞을 보지 못할지라도 미구에 광명한 일월을 볼 터이요, 또 출장입상出將入相하여 왕공王公의 위位에 높이 앉아 공명사업功名事業이 죽백竹帛에 드리울지라. 그 부귀의 지극함과 자손의 창성함이 인세人世에 무쌍無雙이리라. 노부가 실로 망령妄靈된 말이 아닌 것이니, 공자는 종시 사양치 말고 노부의 소원을 허락하소서."

소선이 무수한 감상을 금치 못하여 눈물을 흘리며 억지로 사양함을 마지아니하였다. 소저가 부친의 말을 듣고 그제야 눈을 들어 소선을 자세히 보니, 미목眉目이 청수淸秀하고 골격이 비범하여 명월이 엷은 구름에 숨은 듯하고 백옥이 진토塵土에 묻힌 듯하였다. 소저가 감격하여, 겉으로는 비록 천객이 될지라도 흉중胸中에는 만고흥망萬古興亡을 품었으니 진실로 일대영걸一代英傑이요 당세當世의 군자라. 마음에 크게 놀라 부친의 지인지감知人之感[77]을 깊이

---

75) 발연변색勃然變色 : 벌컥 성을 내어 얼굴빛이 변함.

76) 요량料量 : 앞일을 잘 헤아려 생각함. 그런 생각.

77) 지인지감知人之感 : 사람의 재능이나 자질을 잘 알아보는 감식안.

탄복하였으나 일변一邊으로는 그 눈이 먼 것을 애석하게 여겼다.

소부가 웃으며 말했다.

"오늘날 이 자리에서 나의 흉금胸襟이 쾌활快活함을 금치 못하노니, 공자는 일개 주옥珠玉을 아끼지 마시고 노부를 위하여 선선히 하소서."

소선이 다시금 사양하다가 마지못하여 두어 구절을 불렀다. 그 시에 하였으되,

해상일기조海上一羈鳥는
내서백옥당來棲白玉堂이라
감공수양의感公收養義하여
영세원무망永世願毋忘하노라
폐치인간사廢置人間事하고
이성도외신已成度外身이라
봉루명월야鳳樓明月夜에
수작롱소인羞作弄笑人이로다

하였다.

이 글의 뜻인즉, 해상海上에서 한 신기한 새가, 백옥당白玉堂에 와서 길들이도다, 공의 수양收養한 뜻에 감복하여 인간 세상에 있지 못하기를 원하는도다, 인간사를 다 폐치廢置[78]하고 이미 도외度外[79]의 몸이 되었도다, 봉루鳳樓의 달 밝은 밤에 웃음거리가 되었으

78) 폐치廢置 : 그만둔 채 내버려 둠.

니 부끄럽도다, 라고 하는 것이다.

소부가 듣기를 다하매 손뼉을 치고 칭찬하여 말했다.

"이 시는 진실로 처음 보았으니, 비록 진자앙陳子昂[80]과 이태백李太白이라도 이에서 지나지 못하리라."

다시 소저에게 명하여 말했다.

"노부가 오늘날 너를 위하여 어진 배필을 얻었으니, 아비의 명을 사양하지 말고 이 시에 화답和答하여 맹세를 지어라."

소저가 얼굴에 부끄러운 빛을 띠고 오래 주저하다가, 마지못하여 필연筆硯 위에 있는 백농화지白濃和紙[81] 한 장을 펴고 답시를 썼다. 그 시에,

> 봉조출단수鳳鳥出丹岫는
> 소서비벽오所棲非碧梧라
> 막차최우익莫嗟摧羽翼하라
> 종견상천구終見上天球로다
> 울울고송질鬱鬱高松質이요
> 청청고죽심靑靑孤竹心이라
> 애자세한고愛者歲寒孤는
> 불수풍상침不受風霜侵이라

---

79) 도외度外 : 어떤 한도나 제도의 영역 바깥.

80) 진자앙陳子昂. 당나라의 시인. 〈등유주대가登幽州台歌〉로 유명하다.

81) 백농화지白濃和紙 : 농지濃紙는 미농지美濃紙. 닥나무 껍질로 만든 썩 질기고 얇은 종이이다. 일본 기후현 미노(美濃) 지방의 특산물이어서 미농지美濃紙라고 하였다. 화지和紙는 닥나무, 대마 등의 껍질을 재료로 한 질기고 얇은 종이인데, 이 또한 일본에서 만든 종이이다.

하였다.

이 글 뜻은, 봉황새가 단수丹峀에서 나왔는데, 깃들인 곳이 벽오동碧梧桐이 아니로구나, 날개가 꺾어진 것을 탄식하지 말아라, 마침내 천구天球에 올라감을 보리라, 울울鬱鬱한 것은 소나무의 성질이요, 청청靑靑한 것은 외로운 대나무의 마음이라, 세한고절歲寒孤節을 사랑하는 것은, 바람서리 침노侵擄함을 받지 아니함이라, 라고 하는 것이다.

소부가 두어 번 낭독하다가 말했다.

"여아女兒의 시격詩格이 표일飄逸[82]하고 아담雅淡[83]하니 가히 소선의 시와 더불어 서로 백중지간伯仲之間[84]이 될 것이며, 만일 남자가 되었으면 마땅히 금방장원金榜壯元을 얻을지로다. 그러나 시 뜻이 스스로를 송죽松竹의 절개에 비한 것은 일후에 반드시 시참詩讖[85]이 되지 않을까 두려워하노라."

이때 소선이 비록 눈이 멀어 소저의 안모顔貌를 보지 못하나, 소부가 읽는 소저의 시구를 듣고는 그 청아淸雅함을 사랑하고 그 절개에 감복하였다. 소부가 친필로 소선의 글을 화선지畫宣紙에 써서 소저에게 주며 말했다.

---

82) 표일飄逸 : 성품이나 기상이 뛰어나게 훌륭함. 세상일을 마음에 두지 않고 태평함.

83) 아담雅淡 : 고상하고 담백함.

84) 백중지간伯仲之間 : 서로 우열을 가리기 어려운 형세.

85) 시참詩讖 : 앞서 지은 시가 의도하지 않았는데 훗날의 사건에 대한 예언이 된 것.

"네가 반드시 이 시를 깊이 간수하였다가 일후에 신표信標로 삼으라."

또 소저의 시를 소선에게 전하여 말했다.

"공자도 또한 이 시를 낭중囊中에 간수하였다가, 타일他日에 부귀하거든 이 자리 부용각에서 맹세함을 잊지 마소서."

소선과 소저가 절하고 받았다.

이윽고 소소한 이야기를 마치고 황혼이 되자 시비가 등촉을 밝혔다. 소선이 하직하고 물러나오는데, 소부가 소선을 이끌고 서당으로 돌아와서는 그 손을 잡고 말했다.

"노부가 당초에 황상께 아뢰어 공자로 하여금 조선 신라국 본국으로 돌아가시게 하고자 하였는데, 요사이 공자의 기색을 살피건대 아직도 수년간 액운이 있으니, 노부의 집에 머물러서 천천히 재액이 소진하기를 기다린 후에 금의환향錦衣還鄕함이 무방한즉, 공자는 안심하고 때를 기다리며 이 말이 허탄하다 하지 마옵소서."

소선이 절하고 무수히 치사致謝하였다.

이날 부인이 내당으로 돌아와 소저의 손을 잡고 통곡하며 말했다.

"너의 부친은 진실로 허탄한 사람이다. 어찌 나의 천금보옥千金寶玉으로 해도중海島中 거지 아이의 배필을 정하는고? 또 두 눈이 다 멀어 앞을 보지 못하고 폐인이 되었는지라. 내가 부용각에서 결단코 만류할 것을, 너의 부친이 본래 성도性度가 엄준嚴峻하고 고집불통인 까닭으로 내가 실상에 구하기 어려워 감히 만류치 못하였더니, 이제 맹약盟約을 정하였으니 도중에 파破[86]할 것을 말한들 무슨 유익함이 있으리오?"

소저가 머리를 숙이고 잠잠하게 앉아, 오래도록 모시고 있다가 침소로 돌아갔다.

각설.

이때 배열영이라 하는 승상이 있었다. 임금의 총애함을 얻어 권세가 일세에 진동하는데, 어진 사람을 모해謀害하기를 일삼았다. 공부상서工部尙書 유지라 하는 재상이 황상께 상소하여 배열영의 죄를 낱낱이 고하되 말이 심히 간절하고 강직剛直하였다. 배열영이 이 말을 듣고 크게 노하여, 천자께 참소하여 멀리 해외로 정배를 보내니, 조야朝野[87]가 다 송구悚懼[88]하여 감히 말하는 자가 없었다.

배열영의 아들로 득양이라 하는 자가 본래 어리석을 뿐 아니라 방탕하기 한이 없었다. 스스로 말하기를,

"어찌하여야 절세가인絕世佳人을 얻어서 평생소원을 이루리오?"

하는 까닭으로, 나이 이십이 되었으되 아직 실가室家[89]를 두지 못하였다.

이때 성안에 있는 여러 매파媒婆를 불러 말했다.

"경대부卿大夫의 집과 일반 백성의 집까지, 상하귀천上下貴賤을

---

86) 파破 : 약속 등을 다하지 않고 도중에 깨트림.

87) 조야朝野 : 조정과 민간.

88) 송구悚懼 : 무엇을 두려워하여 마음에 거북스럽게 여김.

89) 실가室家 : 집 또는 가정. 아내를 맞이하여 가정을 꾸림.

물론하고 만일 규수들 중 절등絕等한 자가 있거든 나를 위하여 각각 본 대로 말하라."

일시에 여러 매파가 앞다투어 나와 각각 본 바를 말하는데, 서로 자랑하고 높이고 낮추는 것이 천양지차天壤之差였고 노주지분奴主之分[90]이었다. 그 중 조파라 하는 매파가 있어 말했다.

"선화강 유사또 댁 소저는 나이가 방금 이팔二八이라, 자용姿容이 아름답고 유한幽閑[91]한 덕이 규방의 제일이라 할지니, 상공은 그 뜻이 있나이까?"

득양이 물었다.

"절세가인인가?"

조파가 말했다.

"절세가인은 되지 못하나이다."

득양이 말했다.

"만일 절세가인이 아니면 소원이 아니로다."

조파가 다시 여쭈어 말했다.

"박릉 최어사 댁 소저가 나이 지금 십오 세인데, 안색이 단려端麗[92]하고 또한 문필文筆에 능통하니 상공의 뜻이 어떠하니이까?"

득양이 말했다.

---

90) 노주지분奴主之分 : 종과 주인의 나뉨. 매우 거리가 있어 위치를 바꿀 수 없는 관계.

91) 유한幽閑 : 여자의 인품이 조용하고 그윽함.

92) 단려端麗 : 단정하고 아름다움.

"과연 절세가인인가?"

조파가 말했다.

"비록 덕행은 남음이 있으나 아직 절세가인은 못 되나이다."

득양이 머리를 흔들며 말했다.

"그러면 다 나의 소원이 아니다. 다른 것을 말하여라."

조파가 웃으며 말했다.

"늙은 몸이 나이 70이 되도록 규수 있는 집을 많이 출입하되 최소저와 유소저보다 뛰어난 소저를 보지 못하였으니, 그 밖에는 다시 구하기 어렵나이다. 비록 그러나 원컨대 상공은 어떠한 규수를 구하고자 하시니까?"

득양이 말했다.

"위나라 장강莊薑[93]과 한나라 왕소군王昭君[94] 같으면 가히 이로써 정실正室을 삼을 것이요, 오왕의 서시西施[95]와 석숭石崇의 녹주綠

---

93) 장강莊薑 : 위장강衛莊薑. 춘추시대의 미인. 제나라의 공주로서 위나라 장공(莊公)의 부인이 되었다. 시를 잘 지었고 『시경詩經』에도 등장한다.

94) 왕소군王昭君 : 또는 명비明妃. 후한 원제 때의 미인. 원제의 후궁이었는데 화가 모연수에게 뇌물을 주지 않아서 추녀로 그려지는 바람에 총애를 받지 못했다. 흉노의 선우가 한의 공주로 아내 삼기를 청하자 원제는 왕소군을 대신 가게 했다. 떠나는 날 원제가 그녀를 보니 절세미인이었고, 그제야 모연수가 농간을 부렸음을 알았으나 돌이킬 수 없었다. 왕소군이 흉노의 땅에서 살며 고향을 그리워하여 지은 '호지무화초胡地無花草 춘래불사춘春來不似春'의 시가 유명하다.

95) 서시西施 : 춘추시대의 미인. 월나라 출신으로, 오왕 부차가 월왕 구천을 사로잡았을 때 범려가 발탁하여 부차에게 보냈다. 부차는 그녀의 미모에 빠져 정치를 돌보지 않았고, 결국 구천에게 나라를 잃고 자결하였다. '경국지색傾國之色'은 오자서가 그녀를 평한 말이다.

珠[96]와 진후주陳後主의 장려화張麗華[97]와 수양제隋煬帝의 오강선吳絳仙[98] 같으면 가히 이로써 별실別室을 삼을 것이나, 만일 그렇지 아니하면 다 나의 소원이 아니라."

조파가 듣기를 다하고는 손을 어루만지며 크게 웃어 말했다.

"이제 상공의 말씀을 들으니 이는 다 경성경국傾城傾國의 절세가인이라. 비록 고금의 인물이 많을지라도 보기 어렵거늘, 하물며 지금 세상에 만물이 강쇠降衰[99]하였으니 그러한 가인을 어디서 얻으오리이까? 도로 심력만 허비하시고 마침내 얻지 못할지니, 이것은 나무에서 물고기를 얻기와 일반이라. 비록 그러나 늙은 몸이 일찍이 두루 다녀보니, 규수로 의논하자면 당금 이도방 백소부 댁 소저의 용모와 덕성이 국중에서 제일이요 천하에 무쌍이며 겸하여 총명이 과인하여 육례지문六藝之文[100]과 백가시서百家詩書를 무불능통無不能通하니, 실로 범상한 여자가 아니요 과연 천상선

---

96) 녹주綠珠 : 서진 시대의 미인. 서진의 거부巨富 석숭의 애첩이었다. 조왕 사마륜의 측근인 손수가 녹주에게 반해 자기에게 넘겨주기를 요청했지만 석숭이 끝내 거절하자, 손수는 사마륜에게 참소하여 석숭에게 역모죄를 씌웠다. 석숭을 체포하러 군사들이 오자 녹주는 석숭이 준 사랑에 보답한다는 말을 남기고 누대에서 투신하여 자살하였다.

97) 장려화張麗華 : 남북조 시대의 미인. 진 후주(진숙보)의 후궁이었다. 후주는 수나라의 군대가 쳐들어와 진나라가 망하는 순간까지도 잔치를 벌이고 있다가 장려화, 공귀빈과 함께 경양궁의 마른 우물에 들어가 숨었으나 들켜 포로가 되었다.

98) 오강선吳絳仙 : 수나라의 미인으로 양제의 후궁이었다. 수양제가 죽을 때 뒤따라 자살하였다.

99) 강쇠降衰 : 국력이나 문화, 도덕, 사람의 체질 등이 점점 시들어 쇠퇴해지다.

100) 육례지문六藝之文 : 예禮, 악樂, 사射, 어御, 서書, 수數의 글.

녀라. 나이 방금 십삼 세오니 상공은 과연 백소저로서 부인을 삼고자 하나이까?"

득양이 듣기를 다하고는 크게 기뻐하여 급히 물었다.

"노파의 말이 나를 속이지 아니하는가?"

조파가 말했다.

"백소저로 말할진대 초일初日[101]이 부상扶桑[102]에 올라온 듯하고 부용芙蓉이 녹수綠水에 나온 것 같으며 요조窈窕한 자태와 비동飛動[103]한 거동은 백태百態가 구비具備한지라. 비록 요지瑤池의 선녀와 월궁月宮의 항아姮娥라도 이에 지나지 못할 것이니, 어찌 세간 여자의 범상속태凡常俗態에 비하리이까?"

득양이 이 말을 듣고는 심신이 황홀하여 오래도록 말을 못 하다가 다시 조파에게 말했다.

"노파가 능히 나를 위하여 수고를 아끼지 아니하면 마땅히 천금으로 은혜를 갚으리라."

조파가 말했다.

"늙은 몸이 일찍이 들으니, 백소부가 소저를 사랑하되 손안의 구슬같이 하고 아름다운 사위를 널리 구하되 문장과 미모가 반드시 소저와 같기를 바라는 까닭으로, 지금 소저의 방년芳年이 장성하였

---

101) 초일初日 : 처음 떠오르는 태양.

102) 부상扶桑 : 중국 전설에서 동쪽 바다에 있다는 신령한 뽕나무. 태양이 뜨는 곳이다.

103) 비동飛動 : 나는 듯이 민첩하게 움직임.

거늘 아직 마땅한 혼처가 없다 합니다. 이것은 늙은 몸의 말이 아니라 상공이 시험으로 경재卿宰[104] 중 명망 있는 자를 보내어 말을 잘하면 혹여 만분지일萬分之一이라도 마음이 있을런지 알지 못하겠거니와, 그렇지 않으면 능히 백소부의 마음을 움직일 자 없다 합니다."

득양이 웃으며 말했다.

"우리 집 노상공老相公의 부귀가 흔천동지焮天動地[105]하시고 만조滿朝가 다 우리 집을 두려워하니, 진실로 한번 말하자면 백소부 같은 이는 비록 삼두육비三頭六臂[106]를 가졌다 한들 어찌 항거할 기세가 있으리오?"

즉시 백금을 조파에게 주어 보내고 급히 사람을 보내어 석시랑을 청했다. 석시랑이 배공자의 부른다는 말을 듣고 황망慌忙하여 배상서의 문에 이르니, 득양이 말했다.

"내 듣건대 영공令公의 생질녀는 재모才貌가 출중하고 덕행이 구비한다 하니, 영공은 나를 위하여 한번 수고를 아끼지 않음이 어떠하뇨?"

석시랑은 본래 인품이 용렬庸劣[107]하고 또한 불학무식不學無識하여, 오직 세도하는 집 권세를 따르기만 일삼았다. 일찍이 배열영에

104) 경재卿宰 : 2품 이상의 벼슬아치. 재상.

105) 흔천동지焮天動地 : 큰 소리로 천지를 뒤흔듦. 크게 세력을 떨침.

106) 삼두육비三頭六臂 : 세 개의 머리와 여섯 개의 팔. 힘이 엄청나게 센 사람을 일컫는다.

107) 용렬庸劣 : 사람이 어리석고 변변하지 못하며 옹졸하고 천하며 서투른 모습.

게 아부하여 그 전후 관직이 다 배열영의 수중에서 나온 것이었다. 이제 득양의 말을 듣고는 공손히 대답하였다.

"생질녀의 천재天才[108]와 미모는 과연 진세 사람이 아니라, 비록 그러하나 백소부는 사위를 택함에 소홀하지 않아서 끝내 마음을 같이하기 어렵습니다. 이제 들으니 이미 정혼한 곳이 있다 하는데, 하물며 자기 고집이 너무 과하여 뜻대로 성사되기 어렵다 하나이다."

득양이 말했다.

"어떻게든 잘 주선하여 기어이 성사하기를 바라노라."

석시랑이 응낙하고는 곧 몸을 일으켜 백소부의 집에 이르렀다. 소부와 부인을 만나서 인사를 마친 후, 배득양의 구혼하는 뜻으로 소부에게 전했다.

소부가 발연작색勃然作色[109]하여 말했다.

"우리 집은 본래 빈한한 선비 집이라. 권문세가로 더불어 혼인하기는 즐기지 아니하고, 더구나 여아의 혼인은 이미 약정한 곳이 있으니, 청컨대 다시 말을 말지어다."

시랑이 다시 감히 입을 열지 못하고 하릴없이 돌아와서는, 득양에게 가서 소부의 말을 자세히 전하였다. 득양이 실심낙망失心落望하여 어찌할 바를 알지 못하다가, 즉시 배열영에게 간청하여 세력

108) 천재天才 : 타고난 재주. 자신의 재주를 겸손하게 일컫는 말인 '천재淺才'일 수도 있으나 문맥상 '천재天才'가 옳을 듯하다.

109) 발연작색勃然作色 : 버럭 성내어 불쾌한 기색을 얼굴에 드러냄.

으로 늑혼勒婚[110]하고자 하였다.

배열영이 평소 득양을 가장 사랑하여 말하면 듣지 않는 일이 없었다. 이에 석시랑을 불러 말했다.

"내가 백소부와 동조同朝의 정의가 있고 또 문호門戶가 상당相當[111]하니, 만일 진진한 인연을 맺으면 어찌 아름다운 일이 아니리오? 그대는 나를 위하여 힘써 백소부에게 말하여 어떻게든 성혼成婚하는 좋은 소식을 전할지어다."

시랑이 응낙하고 이튿날 다시 백소부의 집으로 가 배열영의 말대로 소부에 전하였다. 웃으면서 말하기를,

"자씨姊氏[112]의 말을 들은즉 생질녀와 맺은 배필은 떠돌아다니며 구걸하던 한 폐인이라 하니, 이제 형님이 생질녀의 미모와 숙덕으로써 이러한 폐인의 배필이 되게 함이 어찌 가석可惜한 일이 아니리오? 이는 아름다운 옥을 진흙에 버리고 봉황으로 까막까치의 짝을 지음과 일반이라. 생각지 못함이 어찌 이같이 심한가? 당금 배승상은 가장 영총榮寵[113]을 입고 그 권위와 세력이 일세에 진동하는지라. 생질녀의 재모와 숙덕이 출중함을 듣고 그 아들 득양을 위하여 반드시 형으로 더불어 혼인코자 하니, 그 후의를 또한 가히 저버리

---

110) 늑혼勒婚 : 억지로 혼인함. 그런 혼인.

111) 상당相當 : 한국어에서는 '어지간히 많다'나 '적지 아니하다'의 뜻인데, 일본어와 중국어에서는 '합당하다', '엇비슷하다', '적당하다'를 뜻한다. 문맥상 후자의 의미인 듯하다.

112) 자씨姊氏 : 손윗누이를 부르는 말.

113) 영총榮寵 : 임금의 은총.

지 못할지라. 형님은 다시 생각하여, 일후에 큰 후회가 없게 함이 가하도다."

하였다. 소부가 듣기를 다하고는 불연히 크게 노하여 말했다.

"형님은 어찌 이같이 무식한 말을 하는가? 배열영이 비록 하늘을 찌르는 기염氣焰[114]이 있고 바다를 기울이는 수단이 있다 할지라도 나는 홀로 두려워하지 아니하고, 하물며 여아는 이미 타문他門에 허락하였은즉, 폐인인지 폐인이 아닌지를 막론하고 형님이 간여하여 알 바 아니로다."

시랑이 크게 부끄러워 감히 한 말도 내지 못하고 돌아와 배열영에게 말했다.

"백소부의 뜻이 심히 굳건하니, 비록 만단萬端으로 유세誘說[115]할지라도 가히 움직이지 못할 것입니다."

배열영이 노하여 꾸짖었다.

"요망한 백문현이 감히 내 말을 거역하는가?"

드디어 공부工部 우시랑右侍郎 황보박으로 하여금 말을 지어 아뢰기를, 평장사平章事 백문현은 비밀히 변방의 오랑캐와 협동하여 불측不測한 일을 도모한다 하니, 천자가 크게 노하여 백소부를 옥에 가두고 장차 죽이고자 하였다. 여러 대신이 글월을 올려 앞다투어 간하니 노여움이 어느 정도 풀려, 이에 소부의 벼슬을 파직하고 내쳐 애주로 원찬遠竄하되 즉일卽日로 압송押送하게 하였다. 조명朝

---

114) 기염氣焰 : 불꽃처럼 대단한 기세. 굉장히 부리는 호기.

115) 유세誘說 : 달콤한 말로 꾐.

命이 한번 내림에 만조백관滿朝百官이 두려워하여 감히 다시 간할 자가 없었다. 백소부의 집에서는 상하가 송황悚惶[116]하여 통곡함을 마지아니하나, 소부는 조금도 개의치 아니하고 태연히 귀양길에 올랐다. 장차 떠나게 되자 부인에게 말했다.

"노부의 이 길은 명천明天이 돌아보시는 바라. 머지않아 마땅히 돌아올지니, 부인은 빨리 여아의 혼사를 행하여 이로써 배가의 욕을 면하고 부용각의 맹약을 저버리지 마오."

또 소저의 등을 어루만지며 탄식하였다.

"내가 간 후에는 너의 혼사에 반드시 작해作害가 많을 것이니, 네가 부용각에서 지은 시가 어찌 미리 아는 시참詩讖이 아니리오?"

소저가 슬하에 엎드려 체읍涕泣하면서 능히 말을 잇지 못했다. 소부가 외당으로 나와 시동으로 하여금 소선을 부르게 하니, 소선이 즉시 시동을 따라왔다. 소부가 그 손을 잡고 위연히 탄식하여 말했다.

"공자가 우리 집에 들어오신 후로부터 노부가 빨리 혼례를 행하여 일찍이 봉황이 쌍으로 깃듦을 보고자 하였더니, 호사다마好事多魔라, 천공天工[117]이 이를 작희作戲[118]하여 노부로 하여금 이 길에 있게 하였으니, 차탄嗟歎한들 무엇하리오? 오직 공자는 지기志氣[119]

---

116) 송황悚惶 : 두려운 일을 당해 매우 당황함.
117) 천공天工 : 하늘의 조화로 자연히 이루어지는 일.
118) 작희作戲 : 남의 일에 훼방을 놓음.
119) 지기志氣 : 의지와 기개. 어떤 일을 이루고자 하는 뜻과 결심.

를 굳건히 하시고, 빨리 봉조鳳鳥의 날개를 펴서 능히 만 리에 날아 올라 노부의 바라는 바를 외롭게 하지 마소서."

소선이 눈물을 흘리며 그 명을 받았다. 소부가 즉시 갈건포의葛巾布衣[120]로 가동 몇 명을 데리고는 조그만 나귀를 타고 표연히 문을 나가 애주로 향해 떠났다.

재설.

이때에 배득양이, 백소부가 이미 애주로 향했다는 말을 듣고는 사람으로 하여금 석시랑을 청하여 주연을 배설하고 간곡히 대접하며 말했다.

"백소저가 만일 혼사를 기꺼이 허락하면 내가 마땅히 가친께 품달稟達[121]하여 소부로 하여금 즉일로 은사恩赦를 입어 돌아오게 하고 또 자리를 더할지니, 영공은 능히 나를 위하여 영자씨令姊氏와 백소저에게 말을 잘하여 나의 소망을 이루게 하소서."

시랑이 쾌히 승락하고 즉시 백소저의 집에 이르러, 내당으로 들어가 백소부의 부인을 보고는 득양의 말을 전했다.

"소부의 고집이 너무 과하여 내 말을 듣지 아니하다가 애주로 가는 비참한 일을 당하셨으니, 진실로 개탄할 일이라. 지금 배승상의 부귀와 권세를 돌아보건대 당조當朝의 제일이니, 자씨가 만일 소부의 없는 틈을 타서 김씨의 혼인을 물리고 배씨와 결혼하면 소부도 즉일에 은사함을 입어 돌아올 뿐 아니라 또한 영귀榮貴를

---

120) 갈건포의葛巾布衣 : 갈포 두건과 베옷. 벼슬하지 않은 선비의 옷차림.
121) 품달稟達 : 웃어른이나 상사에게 여쭈어 말함.

더할지니, 이것이 일거양득一擧兩得이 아니리오? 원컨대 자씨는 재삼 생각하여 빨리 도모하소서."

부인이 크게 기뻐하며 말했다.

"이것은 나의 소망이나 항차에 쾌히 허락하지 못한 것은 다만 소부의 고집으로 인함이라. 그러나 아지못게라, 여아의 의향이 어떠한지?"

즉시 시녀로 하여금 소저를 불렀다.

소저가 부친과 작별한 후로부터 깊이 침소에 있어 울음으로 세월을 보내고 간혹 열녀전列女傳을 보며 이로써 근심을 위로하였다. 이날 부인의 명을 받들어 그 옆으로 와 앉으니, 부인이 그 등을 어루만지며 말했다.

"우리 운영이는 용모가 단정하고 재덕이 겸비하여 장래 부귀가 쌍전雙全하고 복록이 무궁할지라. 이제 배승상이 이전 혐의를 생각하지 아니하고 또 너의 외숙을 보내어 이같이 구혼하니, 그 정의情意는 감사하다 할지라. 이제 만일 쾌히 허許하면 너의 부친이 가히 돌아오고 너의 일생이 부귀를 누릴지니, 어찌 효도가 아니리오? 너는 반드시 잘 헤아려서, 위로는 부친을 재액災厄에서 구하고 아래로는 너의 일신지계一身之計를 꾀하여 이 좋은 기회를 잃지 말아라."

소저가 머리를 숙이고 듣기를 다하더니, 다시 옷깃을 바로잡고 말했다.

"소저가 불행히 여자 몸이 되고 다른 형제가 없사온데, 부친의 망극한 화를 당하였는데 이미 궐하闕下에 글을 올려 부친을 대신하여 죽음을 청하지 못했고 또 능히 한 목숨을 결단하여 부친의 원통함을 아뢰어 호소하지 못하였으니 소녀 같은 자는 천지간의 한 죄인입니다. 비록 그러나 여자의 귀한 바는 절행節行이온데, 부친이 일찍이 소녀와 김공자에게 명하여 서로 글귀로서 화창和暢하게 하고 맹약을 이미 맺었으니, 이것은 천지신명天地神明이 내려다보는 바요, 비복들이 알고 이웃과 친지들이 아는 바입니다. 어찌 그로써 곤궁하다 하여 버리고 배반하리이까? 이제 이에 이르러 두 마음을 먹는 것은 사람의 마음에 차마 하지 못할 바입니다. 하물며 천자께서 밝고 총명하신데 비록 간사한 자들이 그 총명함을 가리는 일을 당했으나, 필경에는 반드시 깨달으시어 부친을 도로 부르실 것이니 가히 그때를 기약하여 기다릴 일입니다. 이제 배가의 권세가 비록 두려운 듯하나, 소녀의 보는 바로는 하나의 빙산氷山과 같아 만일 태양이 비치면 황연히 스스로 무너질지니, 그 이른바 부귀를 어찌 족히 믿으리이까? 원컨대 모친께서는 배가가 권세로 위협함을 두려워하지 마시고, 배가가 감언이설甘言利說로 달램에 미혹迷惑하지 마옵소서."

부인이 이 말을 듣고는 발연변색勃然變色하여 말했다.

"네가 내 품을 떠난 지 얼마 아니 되어 아직 모우毛羽[122]가 미성未成하거늘, 양육하는 은혜를 생각하지 않고 망녕되이 구구한 맹약을

122) 모우毛羽 : 길짐승의 털과 날짐승의 깃. '모우가 미성未成하다'라는 말은 '머리에 피도 안 말랐다'와 같이, 누군가의 나이가 어려서 아직 제구실을 할 수 없음을 뜻한다.

지키려 하니, 이것이 무슨 도리인고?"

석시랑이 또한 곁에 있다가 누누이 말하니, 소저가 모친의 뜻은 이미 확정되어 가히 간할 여지가 없음을 알고 침소로 물러나와 종일토록 슬피 울었다.

시비 추향은 여러 시비들 가운데 나이가 어리고 용모가 아름다우며 또한 영리하여 가장 소저의 신임과 총애를 받았다. 곁에 있다가 묻기를,

"소저는 무슨 번뇌할 일이 있어 이같이 슬피 우나이까?"

하니, 소저가 탄식하며 말했다.

"모부인母夫人[123]께서 배가의 위협함을 두려워하여 내가 작정한 심지心地[124]를 빼앗고자 하므로 슬피 우노라."

추향이 말했다.

"그러면 소저는 장차 어찌 처리하고자 하시나이까?"

소저가 이윽히 생각하다가 탄식하며 말했다.

"다만 한 번 죽음이 있을 뿐이니 다시 무슨 말이 있으리오?"

추향이 또한 눈물을 흘리고 탄식하여 마지아니하였다.

부인이 소저를 보낸 후로 스스로 마음에 헤아려 생각하되,

"여아가 내 명령을 따르지 아니함은 소선이 오히려 서당에 있는 까닭이라. 만일 소선이 내 집에 있지 아니하면 여아의 소망이 끊어지고, 배가의 혼사를 가히 이룰지라."

---

123) 모부인母夫人 : 이는 본래 남의 어머니를 존중하여 이르는 말이다.
124) 심지心地 : 마음의 본바탕.

그리하여 드디어 시비로 하여금 서당으로 가서 소선에게 말을 전하게 하였다.

"이제 가군家君이 있지 아니하매 객이 서당에 있음을 용납하기 어려우니, 공자는 깊이 생각하여 스스로 조치하라."

소선이 시비의 전하는 말을 듣고, 이미 부인이 자기와 혼인할 뜻이 없음을 알았다. 소저가 칠언절구七言絕句로써 스스로 맹세한 마음을 깊이 탄식하고 비감한 회포를 금치 못하다가 이제 시비를 대하여 사례하고 말했다.

"길거리에서 구걸하는 천한 것이 다행히 상공의 태산 같은 은혜를 입어 몸을 문하에 의탁함이 또한 오래되었습니다. 상공이 이미 계시지 아니하거늘 이 몸이 어찌 가히 문하에 머물러 있으리까? 다만 여러 해 동안 권애眷愛[125)]하신 은택을 이제 영구히 하직하오니, 슬픔을 이기지 못하나이다."

두 번 절하고는 문을 나와, 대지팡이를 의지하여 천천히 갈새, 걸음이 여의치 못하고 또한 갈 곳을 알지 못하였다. 전날 백소부에서 지내던 일을 생각하니 도리어 일장춘몽一場春夢 같고, 또 소저가 금석金石 같은 마음과 개결介潔[126)]한 행실로 맹세코 타문에 가지 아니하다가 반드시 옥이 부서지고 꽃이 떨어짐을 당할 것을 염려함에 생각이 미치니 노상에서 방황하며 탄식함을 마지아니하였다.

이로부터 소선은 일신을 머물러 붙일 곳이 없어, 풍찬노숙風餐露

125) 권애眷愛 : 보살피고 사랑하다.

126) 개결介潔 : 성품이 깨끗하고 굳다.

宿하며 손에 단소를 가지고 저자에서 구걸하며 다녔다. 보는 자들이 차탄하지 않음이 없고 그 용모가 아름다움을 기특하게 여기며, 그 눈먼 것이 애석하여 혹은 눈물을 흘리는 사람도 있었다.

하루는 소선이 전전걸식하다가 화산 아래에 이르렀다. 마침 바람이 몰아쳐 움직이기가 막막하고 대설이 분분하여 옷이 다 젖었는데 피할 곳이 없어 스스로 주저할 뿐이었다. 홀연히 산 위에서 풍경風磬 소리가 들리거늘, 소선이 그곳에 절이 있음을 알고 벼랑을 기어올라 풍경 소리를 따라서 사문寺門 밖에 당도하니 날이 이미 저물었다. 마침 한 노승이 등불을 가지고 나오다가 소선의 형용이 초췌하고 의복이 남루함을 보고는 말했다.

"이 절은 황상의 칙명勅命으로 지은 보제사普濟寺라. 예전부터 걸인의 유숙함을 용납하지 아니한즉, 쫓아내기를 기다리지 말고 빨리 다른 곳으로 가라."

소선이 땅에 엎드려 애걸하였다.

"이같이 깊은 산에 호랑이와 표범이 돌아다니고 날이 이미 저물어 투숙할 곳이 없사오니, 바라건대 사부는 잠시 낭무廊廡[127] 한 간을 내주어 하룻밤을 유숙케 하소서. 내일이면 마땅히 곧 떠나리이다."

노승이 자못 그 행색을 보고 가련하게 여겨, 종각의 서쪽 난간을 가리키며 말했다.

---

127) 낭무廊廡 : 정전 아래로 동서에 붙여 지은 건물.

"여기서 하룻밤을 지내고, 내일 아침에는 지체하지 말고 곧 갈지로다."

소선이 무수히 치사하고 이에 난간 아래에 앉았다.

점점 냉기가 뼛속에 들고 손발이 다 얼었으며 또한 굶주림을 이기지 못하여, 온몸이 떨리고 기력이 없이 초석礎石 위에 누워서 신세를 자탄하며 전전반측輾轉反側하여 잠을 이루지 못했다. 때는 장차 한밤중이라, 별안간 바람과 눈발이 그치고 흰 달이 동영東瀛에서 나오더니, 홀연히 한 도사가 흰 당나귀를 타고 낭무 아래를 지나가다가 소선을 보고 나귀에서 내려 물었다.

"너는 신라국 태자 김소선이 아닌가? 깊은 밤에 풍설風雪이 치는데 어찌하여 이에 이르렀는고?"

소선이 크게 놀라 급히 일어나 재배하고 말했다.

"소자는 과연 김소선이온데, 중국에 들어와 유리표박한 이후로 아는 자가 별로 없거늘, 선생은 어찌하여 아시나이까?"

도사가 웃으며 말했다.

"나는 곧 왕옥산王屋山 도인 장과려張果驢[128]이다. 우연히 여기를 지나다가 너의 유락流落[129]하여 있음을 보고 알아서 묻는 바라."

소선이 꿇어앉아 절하고 말했다.

"소선이 불초不肖하여 오래 부모의 슬하를 떠나 타국에서 떠돌며

128) 장과려張果驢 : 장과로張果老. 언제나 당나귀를 타고 다닌다 하여 '장과려張果驢'라고도 한다. 본래 당나라 때의 도사였고 팔선八仙의 하나로 손꼽힌다.

129) 유락流落 : 고향이 아닌 곳에서 삶.

또한 앞을 보지 못하니, 비록 돌아가고자 하나 길이 요원遼遠하여 어찌할 바를 알지 못하온즉, 바라건대 선생은 자비하신 마음으로써 특별히 지시하소서."

도사가 웃으며 말했다.

"무릇 세상만사는 다 천정天定이 있으니 가히 도망하지 못할지라. 너의 부왕의 병환은 영순을 진어進御하신 후에 즉시 쾌차하셨고, 또 너의 액운이 이미 다하여 행복이 장차 올 터이니, 이제 비록 곤궁하나 조금도 비탄하지 말고 내일 즉시 이 산을 내려와 화음현 양류가에 이르면 다시 구제할 사람을 만날 것이다. 이로부터 부귀 복록이 일세에 혁혁赫赫할지니, 힘써 일신을 보중保重하여 이 말을 잊지 말라."

소매 속으로부터 화조火棗[130] 한 개를 내어 주며 말했다.

"이것을 먹으면 가히 요기療飢하리라."

소선이 재배하고 받은 후 장차 감사하고자 하더니, 도사는 나귀를 타고 나는 듯이 가다가 인홀불견因忽不見[131]하였다. 소선이 시험 삼아 화조를 먹으니 자연히 배가 부르고 사지가 온화溫和하여, 마음에 크게 괴이하게 여기고 그가 선인仙人인 줄을 알았다.

그 이튿날 산을 내려와 수일을 가다가 화음현에 이르렀다. 산천이 가려佳麗[132]하고 누각이 으리으리하며 상려商旅[133]가 모여들고

---

130) 화조火棗 : 신선이 먹는 과일.

131) 인홀불견因忽不見 : 언뜻 보이다가 갑자기 사라짐.

132) 가려佳麗 : 경치나 사람의 외모 따위가 산뜻하고 깨끗하여 아름다움.

수레와 말이 끊이지 않는 번화한 곳이었다. 소선이 일념으로 도사의 말을 확실하게 기억하고 단소를 불며 구걸하다가, 정히 십자로十字路에 당도하였다.

양류楊柳가 좌우에 벌여 섰고 오고가는 사람이 이어져 끊임이 없었다. 여러 사람이 모여 소선을 보며 두세 겹으로 둘러쌌는데, 홀연히 한 사람이 인파 속에서 나타나니, 갈건포의葛巾布衣로서 외모가 비범하였다. 그가 소선의 손을 이끌고 길옆의 외딴 곳으로 가서는 물었다.

"아까 동자의 단소 곡조를 들으니 선인仙人 왕자진王子晉[134]의 후산조緱散調라. 이것이 진세에 전하는 바가 아니거늘, 동자는 어디로 좇아 배웠는가?"

소선이 크게 놀라 대답하였다.

"이 곡조는 소자가 어렸을 때 스스로 익힌 바요, 배운 일이 없나이다."

그 사람이 말했다.

"동자가 배우지 않고 능히 이 곡조를 부니, 진실로 왕자진의 후신後身[135]이로다."

소선이 손을 모아 읍하고 사례하여 말했다.

"여항천류閭巷賤流의 곡조를 어찌 이렇듯 과도히 칭찬하시나이

133) 상려商旅 : 상인.
134) 왕자진王子晉 : 각주 1) 참조.
135) 후신後身 : 죽은 후 다시 태어난 몸. 죽은 이의 뜻을 물려받은 사람.

까? 비록 그러나 대인이 이미 이 곡조를 알아보시니, 감히 존함을 알기를 원하나이다."

그 사람이 말했다.

"나는 곧 이원제자梨園弟子[136] 이 아무개라. 일찍이 피리 불기로 이름이 있었더니, 천보天寶[137] 연간年間에 안록산安祿山[138]과 사사명史思明의 난을 당한 후로부터 강호에 유락流落하여 승지명산勝地名山을 유람하다가, 항차 동정호洞庭湖 배 가운데에서 우연히 군산노인君山老人[139]을 만나 그 피리 부는 것을 들으매, 스스로 미치지 못할 줄을 알고 드디어 피리를 꺾은 후 다시는 젓대를 희롱하지 않았노라. 오늘 이 땅을 지나다가 또 동자의 단소 곡조를 들으니, 이 곡조가 가히 군산노인과 백중지간伯仲之間[140]이 될지라. 비로소 세간에 음률 잘하는 사람이 한둘이 아님을 알았노라."

소선이 말했다.

"소자의 성명은 김소선이온데, 어려서 부모를 여의고 도로에 떠돌며 구걸하옵더니, 어찌 대인을 만나 이같이 물으심을 기약하였

---

136) 이원제자梨園弟子 : 이원梨園은 배우가 기교를 닦는 곳이고, 제자弟子는 배우이다. 당 현종 때 장안長安의 금원禁苑 안에 이원을 두고 제자 3백 명을 선발하여 속악俗樂을 가르쳤다.

137) 천보天寶 : 당 현종의 연호 중 하나. 742년~756년이다.

138) 안록산安祿山 : 당 현종 때의 무장. 현종과 양귀비의 총애를 입으면서 양국충과 대립하였다. 훗날 반란을 일으켜 낙양과 장안을 점령하였다. 안록산은 자기 아들의 손에 죽었고, 반란은 그의 부장이었던 사사명史思明이 이어받아 9년을 더 끌었다. 이를 합하여 '안사安史의 난'이라고도 한다.

139) 출전을 알 수 없다.

140) 백중지간伯仲之間 : 서로 우열을 가리기 힘든 형세.

으리오? 이것은 진실로 삼생三生의 연분이로소이다."

이 아무개가 말했다.

"내가 들으니 황상께서 천보 연간에 이원재자가 사방으로 흩어진 것을 부르시므로 이제 강남으로 쫓아와 옛날에 가자歌者[141]로 유명했던 하감何戡[142]을 찾아 이로써 출세할 계획으로 삼고자 하니, 동자는 능히 나를 따라 장안에 놀기를 원하는가?"

소선이 재배하고 치하致賀하며 말했다.

"대인이 만일 버리시지 아니하면 마땅히 지시하는 대로 하리이다."

이 아무개가 크게 기뻐하며 장차 소선을 데리고 장안으로 향하여 갔다.

제3회

공주가 다락 위에서 단소 소리를 듣고
기러기가 바다를 지나 편지를 전하니라

화설.

이때에 당나라 덕종이 황제의 지임에 오르매, 사방이 무사하고 천하가 태평하였다. 덕종은 자못 음악과 가곡을 좋아하여, 이원재

141) 가자歌者 : 노래 부르는 사람.
142) 하감何戡 : 당나라 때의 음악가. 유우석의 시 〈여가자하감與歌者何勘〉이 있다.

자 중 사방으로 유락한 자들을 두루 찾았는데, 그 중 이구년李龜年[143], 영신永新, 장야호張野狐 같은 악사들이 지금까지 민간에 유재遺在[144]하다가 불리어 악적樂籍에 들었다. 마침 이 아무개가 황성에 이르렀다가 하감의 집에 머무르면서 소선 또한 따라와, 동서로 떠돌며 신세가 고독함을 스스로 탄식하여 매양 화조월석花朝月夕에 단소를 불면서 이로써 객회客懷를 위로하였다. 하감이 듣고 괴이하게 여겨 탄상歎賞[145]함을 마지아니하였다.

하루는 천자가 봉래전蓬萊殿에 출어出御하여 여러 신하와 같이 음악을 들었다. 하감은 악기를 희롱하고 이구년은 노래를 부르되 다만 새 곡조가 없음을 한탄하였다.

하감이 여쭈었다.

"피리 불기로 유명한 이 아무개가 새로이 강남에서 오다가 길에서 한 동자를 만나 같이 와서 지금 신의 집에 주류하옵는데, 신이 일찍이 그 단소 소리를 듣자온즉 미묘하고 신기하여 마땅히 새 소리의 제일이 되겠사옵니다. 다만 두 눈이 모두 멀어 어전으로 부르기가 황송하옵나이다."

천자가 듣고는 곧 재촉하여 소선을 부르라 하시매, 소선이 어명을 받들고 사자를 따라 봉래전에 이르러 계하階下에 부복俯伏하였

143) 이구년李龜年 : 당 현종 때의 궁정악사. 세간에서 '악성樂聖'이라 불릴 만큼 성악, 기악, 작곡에 뛰어났고 현종의 총애를 받았다.

144) 유재遺在 : 남아 있음.

145) 탄상歎賞 : 탄복하여 크게 칭찬함.

다. 천자가 그 안모顔貌를 기특히 여기시고 황문역사黃門力士[146]로 하여금 붙들어 일으켜서는 자리를 주시고 물었다.

"너는 어떤 사람이기에 떠돌다가 이에 이르렀는고?"

소선이 부복하여 여쭈었다.

"소생의 성명은 김소선이옵니다. 어려서 부모를 잃고 동서로 떠돌다가 길에서 우연히 이 아무개를 만나 따라서 황성에 이르러 하감의 집에 객이 되었나이다."

천자가 말했다.

"짐이 들은즉 네가 단소를 잘 분다 하니, 시험하여 한 곡조를 불라."

소선이 명을 받들고 옷깃을 정제한 후 소매 속으로부터 단소를 내어 대강 한 곡조를 희롱하였다. 천자가 기특히 여기어 크게 칭찬하시고, 이에 봉래전 후원에서 지내게 하여 간간이 단소 소리를 들었다.

이때에 천자가 한 공주를 두었는데, 이름은 요화이고 호는 옥황공주玉皇公主라 하였다. 황후의 꿈에 천요성天姚星[147]을 삼키고 낳은 연고였다. 나이는 방금 십삼 세이고 여화여월如花如月의 자태가

146) 황문역사黃門力士 : 황문黃門은 조선 시대에 내시부에 속하여 임금의 시중을 들거나 숙직 등의 일을 맡아 하던 거세된 남자이다. 그중에는 매우 힘센 사람도 있어서 임금의 호위를 맡기도 하였다.

147) 천요성天姚星 : 자미두수의 하나. 도화桃花와 풍류를 주관한다. 이것이 있는 사람은 언변이 능숙하고 의표가 비범하며 지혜가 높고 재주와 문채가 뛰어나다. 매력을 드러내고 사람을 미혹시키며 풍정에 빠지게 만들기도 한다.

있고, 또 천성이 총명하고 혜일慧日하여 시서백가詩書百家와 제자지문諸子之文이 한번 눈에 지나면 다시 잊지 아니하였다. 더욱이 음률에 능통하여, 어렸을 때부터 배우지 않고도 퉁소를 잘 불되 능히 미묘함을 다하였다. 일찍이 서역 우선국에서 백옥소白玉簫 한 개를 바쳤는데, 그 모양이 매우 교묘하여 다른 사람은 불어도 다 소리를 내지 못하나 유독 공주가 불면 소리가 심히 청월淸越[148]하여 범상한 퉁소와는 달랐다. 공주가 매우 애지중지하여 때때로 희롱하니, 천자가 특히 사랑하여 말하기를,

"짐의 딸은 진목공秦穆公의 농옥弄玉[149]이라. 어디서 소사蕭史 같은 사람을 얻어 옥성玉聲으로 더불어 봉황을 쌍으로 희롱할런가?"

하였다.

이에 과봉루跨鳳樓를 후원에 세우고 기화요초琪花瑤草와 진금괴석珍禽怪石을 널리 구하여 이로써 완호지물玩好之物[150]을 삼게 하였다. 공주가 매양 이 누각에 올라 궁녀들과 함께 혹은 꽃도 구경하고 시도 읊고 퉁소도 불어 스스로 즐거워하였다.

어느 날 저녁에 달빛이 명랑明朗하여, 누각에 올라 배회하며 사면

---

148) 청월淸越 : 소리가 맑고 가락이 높음.

149) 진 목공 때 소사蕭史라는 사람이 있었는데, 용모와 자태가 아름답고 초탈하여 신선과 같았다. 퉁소를 잘 불어 난새와 봉황의 소리를 낼 수 있었다. 진 목공의 딸 농옥弄玉이 피리를 잘 불었고, 목공이 그녀를 소사와 혼인시켰다. 두 사람이 피리를 불면 봉황이 날아와 머물렀다. 목공이 봉대鳳臺라는 누각을 지어 주자 두 사람은 수년에 걸쳐 그 위에 머물면서 먹지도 마시지도 않고 내려오지도 않으면서 피리를 불었다. 그러던 어느 날 농옥은 봉황을, 소사는 용을 타고 승천하였다.

150) 완호지물玩好之物 : 바라보고 좋아하며 즐기는 물건들.

을 돌아보다가 문득 퉁소를 불려고 하였는데, 홀연 난데없는 단소 소리가 멀리 들렸다. 봉황이 우소寓所[151]에서 울고 황곡黃鵠이 고향을 생각하는 듯하며, 또한 우는 듯 호소하는 듯하여 사람으로 하여금 들으매 자연히 눈물이 나는 것을 금치 못하게 하였다. 공주가 이윽히 듣다가 크게 괴이히 여겨 궁녀에게 말했다.

"궁원이 깊고 깊건만 이제 이 퉁소 소리가 어디로부터 오는가?"

궁녀 설향이 대답하였다.

"봉래전 후원에서 나는 듯하나이다."

공주가 말했다.

"네가 어떻게든 가 볼지어다."

대개 설향은 강남 여염집의 딸로, 어렸을 때 궁중으로 들어왔는데 천성이 총민하고 영리하여 자못 시문을 해득解得하는 까닭으로 공주의 사랑을 입어, 항상 공주를 모시되 잠시도 곁을 떠나지 아니하였다. 이날 공주의 명을 받들어 후원 중문을 열고 봉래전으로 향할새, 사면을 돌아보니 적연히 사람이 없고 백화가 만발하였다. 설향이 이를 다 보지 못하고 궁궐 담을 돌아 후원에 이른즉, 한 동자가 있는데 눈을 감고 단정히 앉아 단소를 불고 있었다. 설향이 보고 괴이하게 여겨 발을 멈추고 자세히 보다가 다시 갔던 길을 찾아 돌아와서 공주에게 고했다.

"소녀가 단소 소리를 따라 봉래전 후원에 이르온즉 한 동자가

151) 우소寓所 : 임시로 거주하는 곳.

있는데, 홀로 앉아 단소를 부옵더이다. 두 눈은 비록 감았으나 얼굴은 관옥 같으니 실로 범상한 세간 사람이 아니더이다."

공주가 말했다.

"이 어떠한 동자인가? 네가 시험 삼아 누구인지 물어보았느냐?"

설향이 말했다.

"소녀는 다만 멀리서 보았을 뿐이요 그것은 묻지 아니하였나이다. 비록 그러하나 저 동자는 나이 아직 어리고 또 앞을 보지 못하오니, 공주께옵서 시험하여 불러서 그 곡조를 들음이 무방하겠다 하나이다."

공주가 한동안 생각하며 묵묵부답하거늘, 설향이 또 말했다.

"후원에 사람이 없사오니 소녀가 마땅히 다시 불러서 같이 오고자 하나이다."

공주가 이를 허락하니, 설향이 바삐 후원에 이르러 소선을 대하여 말했다.

"첩은 황상의 사랑하시는 따님 옥성공주[152]의 시비 설향인데, 공주께서 지금 과봉루에 계시다가 동자의 단소 소리를 들으시고는 첩으로 하여금 동자를 영접하여 오라 하시니, 가히 나를 따라갈지어다."

소선이 놀라 말했다.

"소동은 외간 남자라. 어찌 감히 공주의 부르심을 당하리오?"

152) 앞에서는 옥황공주라 하였으나 이후에는 계속 옥성공주로 서술된다.

설향이 말했다.

"그대는 마땅히 나를 따라올 것이니, 조금도 사양치 말지어다."

소선이 감히 사양치 못하고 즉시 설향을 따라 과봉루에 이르렀다.

계하에서 절하니 공주가 궁녀로 하여금 부축하여 누각에 오르게 하고, 특별히 의자를 주어 자리에 앉게 하였다. 연후에 그 사람을 보니 비록 앞은 보지 못하더라도 미목이 청수하고 의표儀表[153]가 비범한지라, 공주가 놀라고 괴이하게 여겨 즉시 물었다.

"동자는 본래 어디 사람이건대 어린 나이에 유락遺落하여 이에 이르렀는고?"

소선이 절하고 대답하였다.

"소동은 동서남북지인東西南北之人[154]이라. 어려서 부모를 여의고 정처 없이 유리표박하옵더니, 황상께옵서 소동이 단소를 잘 분다 함을 들으시고는 대내大內[155]로 부르셨다가 봉래전 후원에 주류케 하여 이로써 새 곡조를 공봉케 하셨나이다."

공주가 말했다.

"그대의 말을 들으니 심히 가련하도다. 풍편風便에 우연히 그대의 단소 소리를 들은즉 미묘하고 신기하여 진실로 세간의 범상한 소리가 아니로다. 그대는 어디서 이것을 배웠는가?"

---

153) 의표儀表 : 몸가짐 또는 차린 모습.
154) 동서남북지인東西南北之人 : 사는 곳이 일정하지 않은 사람.
155) 대내大內 : 임금이 거처하는 곳.

소선이 대답하였다.

“이 곡조는 일찍이 배운 바 없고, 다만 어릴 때 스스로 생득한 바이옵니다.”

공주가 탄식하여 말했다.

“그대는 과연 진세의 사람이 아니로다. 대저 퉁소는 언제부터 시작하였는고?”

소선이 말했다.

“대저 퉁소라 하는 글자는 엄숙한 뜻을 포함하였으니, 그 소리가 엄숙하고 정결한 연고라. 여와씨女媧氏[156]가 처음 생황笙篁[157]을 만들어 이로써 봉황을 춤추게 하였으니 생황도 퉁소와 같고, 황제黃帝[158] 때에 이르러 영윤伶倫으로 하여금 곤계昆谿[159]의 대를 베어 피리를 만들었으니 이도 퉁소와 같은지라. 길이가 한 자 다섯 치요, 오행五行과 십이간지十二干支로써 팔음八音에 맞게 하였으니, 그 후에 순임금이 퉁소를 만들었으매 그 형상이 봉황의 날개를 모방한지라. 『서전書傳』[160]에 이르기를 소소구성簫韶九成에 봉황래의鳳凰來

156) 여와씨女媧氏 : 여와女媧. 삼황의 하나. 인간을 창조하고 번식시키며 결혼의 제도를 만들었다.

157) 생황笙簧 : 아악에 쓰는 악기 중 하나. 큰 대통에 여러 죽관을 돌려 꽂고 대통에 부리를 달아 불면서 죽관의 구멍을 막거나 열어 소리를 내게 한다. 이어지는 내용에서 퉁소의 형상이 봉황의 날개를 모방하였다고 하는데, 퉁소는 대 하나로 만든 일자형 목관악기이고 봉황의 날개 모양을 닮은 것은 생황이다.

158) 황제黃帝 : 삼황의 하나.

159) 곤계昆谿 : 영윤이 대나무를 얻은 곳. 곤륜산崑崙山의 북쪽 해계嶰谿의 골짜기이다.

儀[161]라 한 것이 이것이요, 그 후에 퉁소 잘 불기로 유명한 자는 진목공의 딸 농옥과 선인 소사[162]이온데, 이 퉁소는 한번 불면 공작백학孔雀白鶴으로 하여금 계하階下에서 춤추게 하고, 주령왕 때 태자 왕자진[163]이 또한 퉁소를 잘 불더니 학을 타고 신선이 된지라. 그런고로 퉁소라 함은 즐거운 자가 들으면 더욱 즐겁고, 슬픈 자가 들으면 더욱 슬퍼하니, 이것이 퉁소의 미묘한 소리라 하나이다."

공주가 듣기를 다하고는 놀라고 두려워하여, 공경하고 탄식하여 말했다.

"이제 높은 의론을 들으니 흉금이 쾌활快活한지라. 아까 그대가 부른 곡조를 들은즉 곧 왕자진의 후산조이니, 그대는 어찌 왕자진의 환생이 아니리오?"

소선이 가만히 놀라며 다시 꿇어앉아 대답하였다.

"여항천류의 곡조를 이같이 과도히 포장하시니 진실로 부끄러움을 이기지 못하나이다."

공주가 웃으며 말했다.

"방금 모춘삼월暮春三月에 명월이 만당滿堂하고 도화가 성개盛開[164]하였으니, 정히 왕자진의 퉁소를 듣기 적당한지라. 원컨대

---

160) 서전書傳 : 서경書經의 주해서.

161) 소소구성 봉황래의簫韶九成, 鳳凰來儀 : 연회에서 연주를 아홉 번 하여 마치니 봉황이 나타나 그 자태를 드러냈다. 『서경書經』에 나오는 구절이다.

162) 각주 149) 참조.

163) 각주 1) 참조.

그대는 한 곡조를 아끼지 말고 다시 나를 위하여 희롱하기를 바라노라."

소선이 드디어 옷깃을 여미고 단정히 앉아, 소매 속으로부터 단소를 내어 희롱하였다. 공주가 귀를 기울이고 이윽히 듣다가 손을 흔들며 탄식하여 말했다.

"그 소리가 청월하고 웅장하여 천풍해도지성天風海島之聲을 그려내니, 뜻하건대 그대의 단소를 만든 대나무는 해상선도海上仙島에서 얻음이로다."

소선이 듣고는 크게 놀라, 급히 일어나 절하고 말했다.

"진실로 공주의 말씀과 같삽나이다. 공주의 총명하심은 비록 이루離婁와 사광師曠[165]이라도 이에 더하지 못할지니, 비로소 종자기鍾子期가 백아伯牙[166]를 만나고 설담薛談이 소청素靑을 스승으로 하였으니, 대개 지음知音으로써 서로 화답하고 동정動靜으로써 서로 응함을 알렸사옵니다. 공주는 진세의 사람이 아니요, 필경 신선일진저."

공주가 웃으며 말했다.

"그 소리를 듣고 아는 것은 음률의 한 방법이니, 무슨 신선이

---

164) 성개盛開 : 꽃, 열매 등이 무성하게 피어나고 열린 모습.

165) 이루離婁는 시력이 매우 뛰어났고, 사광師曠은 청력(음감)이 매우 뛰어났다. 『맹자』 〈이루상離婁上〉에 "이루의 밝은 눈과 공수자의 손재주로도 컴퍼스와 곡척을 사용하지 않으면 네모와 원을 만들 수 없고, 사광의 밝은 귀로도 육률을 사용하지 않으면 오음을 바로잡을 수 없다(離婁之明 子之巧 不以規矩 不能成方員圓 師曠之聰 不以六律不能正五音)"라는 구절이 있다.

166) 종자기鍾子期와 백아伯牙는 '지음知音'의 주인공들이다.

되리오?"

소선이 스스로 생각하였다.

'내 일찍이 규방 가운데 지음知音하는 사람으로는 오직 백소저 한 사람인 줄 알았더니, 이러한 구중궁궐 속에 옥성공주 같은 지음이 또 있을 줄 알았으리오?'

공주가 또 물었다.

"성명은 누구라 하며 나이는 얼마이뇨?"

소선이 대답하였다.

"성명은 김소선이요, 나이는 겨우 열세 번 성상星霜[167]을 지냈사옵니다."

공주가 웃으며 말했다.

"그대가 단소를 잘 부니 마땅히 소선이라 이름할지어다. 앞으로 때때로 그대를 청할 터이니, 자주 들어옴을 아끼지 말라."

그리고는 설향에게 명하여 봉래원으로 돌려보냈다.

공주가 이로부터 의복과 음식을 보내어 이로써 객회를 위로하니, 소선이 깊이 공주의 후의를 감사하나 동시에 혐의嫌疑에 구애되어 매양 불편한 마음이 있었다.

하루는 정히 납월臘月[168]을 당하여, 설경雪景이 뜰에 가득하고 홍백매화가 섬돌 위에 난만히 피었다. 공주가 설향으로 더불어 후원에 이르러 이윽히 매화를 구경하다가, 궁녀에게 먹을 갈게

---

167) 성상星霜 : 1년의 세월.
168) 납월臘月 : 섣달. 12월.

하고 화전지 한 폭에 칠언절구 두 수를 썼다. 붓을 땅에 던지고 홀로 읊조리다가 이에 설향을 돌아보며 말했다.

"이때에 소선이 응당 무료히 홀로 앉았을 것이니, 네가 지금 봉래전 후원에 가서 영접하여 오너라."

설향이 응락하고 가더니, 오래지 않아 소선으로 더불어 함께 왔다. 공주가 흔연히 자리를 주며 말했다.

"오늘 일기日氣가 심히 차가운데, 그대가 홀로 무료할까 하여 감히 청하였거니와, 요행히 허물치 말기를 바라노라."

소선이 읍하고 사례하여 말했다.

"소동이 누차 공주의 후은과 성명을 입었사오나, 진실로 이로써 응답할 바를 알지 못하나이다."

공주가 웃으며 말했다.

"이것이 인정으로 연고緣故한 것이니, 무슨 거론할 바 있으리오? 그대의 총명이 과인하고 천재가 표일함을 보니, 또한 일찍이 사장詞章에 뜻을 두었는가?"

소선이 대답하였다.

"소신이 어려서 배우지 못하여 일찍이 사장詞章은 하지 못했나이다. 그러나 들은즉 시라 함은 천지의 마음이요 백복百福의 조종祖宗이요 만물의 문호門戶라, 그런 까닭으로 대순大舜[169]이 남풍지시南風之詩를 노래함에 천하가 크게 다스려지고, 시 삼백 편[170]에 이르

---

169) 대순大舜 : 순舜임금의 존칭.

170) 주에서 춘추전국까지 황하 일대에서 구전되던 3,000여 편의 시를 공자가

러서는 풍아송風雅頌 세 가지에 나누어 그 공을 의론하고 덕을 칭송함과, 간사함을 금하고 사특함을 막음이 비록 생각하지 아니할지라도 스스로 일어나 진실로 생령生靈에게 유익함이 많으니, 대개 선악을 분별하고 국가의 성쇠를 봄이로다. 그런 까닭으로 성정의 사정을 보고 풍토의 오륜五倫을 분변함에 이르러는 시 삼백 편을 넘을 것이 없고, 후세에 소위 가사歌詞, 악부樂府, 고금시古今詩, 잡체시雜體詩로 말하면, 한위漢魏는 너무 질박質樸하고 육조六朝는 너무 부화浮華하되 그 중도中道를 얻은 자는 오직 지금의 성당盛唐 시절이 제일이니, 심종心宗, 이태백李太白, 두자미杜子美[171] 같은 자는 가히 이로써 사장의 조종祖宗이 될지니이다."

공주가 듣기를 다하고는 크게 놀라며 탄복하여 말했다.

"이제 고명高明[172]한 의론을 들으니, 첩이 비록 고루할지라도 진실로 흠탄欽歎함을 마지못하노라. 아까 눈 속에서 홍백매화가 만발하였음을 보고 우연히 쓴 글귀가 있으니, 청컨대 삼가 보아 주기를 바라노라."

공주가 소선에게 외어 주니, 소선이 듣기를 마치고 크게 놀라 탄복하였다. 다시 공주가 청하니, 이로써 그 운을 따라 또한 시 두 구절을 지었다. 공주가 한번 읊어 보더니 칭찬함을 마지아니하

311편으로 정리하였고, 『시경詩經』에 305편이 전한다. 이를 분류한 것이 풍아송風雅頌이다. 풍風은 남녀의 사랑과 이별에 대한 노래이고, 아雅는 연회에서 쓰이는 노래, 송頌은 제사에서 쓰이는 노래이다.

171) 두자미杜子美 : 두보杜甫.

172) 고명高明 : 고상하고 현명하여 식견이 높음.

였다.

"천하기재天下奇才로다. 이제 그대가 어린 나이로서 이같이 시문에 능통함을 뜻하지 못하였노라. 다만 제2절 낙구落句는 고향 생각을 금치 못한 바 있으니, 사람으로 하여금 처연함을 깨닫지 못하리라."

드디어 설향에게 명하여 포도주 한 잔을 부어 주니, 소선이 무수히 감사하였다. 그 후 공주가 더욱 후대하여, 때때로 소선을 청하여 혹은 고금역대古今歷代를 말하고 혹은 서화書畫를 평론하여 문득 사귐이 지기知己가 되었다.

앞서 신라 국왕의 왕자 세징이 자원하여 보타산으로 갔다가 태자를 잡아 바다에 던지고, 자죽순을 빼앗아 와서 드리니 왕의 병환이 즉시 평복하였다. 이를 보고 의기가 양양하여 스스로 말하기를,

"부왕의 사랑하심이 날로 더하니 가히 태자의 자리를 얻으리라."

하고 교만방탕驕慢放蕩하였다. 왕과 왕후가 보니 세징의 기색이 예전과 다르고 행적이 수상하여, 괴이하게 여기고 자주 소선의 소식을 힐문詰問하니, 세징의 말이 바뀌고 대답이 모호하였다. 왕이 점점 의심하니 세징이 크게 두려워하여, 그때 동행하였던 여러 사람들에게 황금과 비단을 많이 내리고는 태자를 죽인 일을 누설하지 않게 하였다. 나라 사람들이 때로 가만히 공론하는 자가 있었으나, 능히 그 진실을 알지 못하였다.

일찍이 소선이 동궁東宮에 있을 때에 붉은 기러기 한 마리가

후원 태액지太液池[173] 곁에 와서 깃들었다. 소선이 깊이 사랑하여 항상 벼와 기장을 먹이매 점점 길이 들었다. 소선이 돌아오지 않은 후로 붉은 기러기가 홀로 못가를 배회하며 슬피 울었다. 왕비도 못가에 갔다가 붉은 기러기를 대하고는 문득 비창悲愴함을 금치 못하였다.

하루는 붉은 기러기가 왕비 계신 창문 앞에 와서 목을 늘이고 길게 울어, 무슨 하소연하는 바가 있는 듯하였다. 왕비가 괴이하게 여겨 그 목을 어루만지며 말했다.

"네가 비록 미물일지라도 또한 사람의 뜻을 아는도다. 네가 태자의 은혜를 받은 것이 많으니, 만일 태자가 죽지 않고 지금까지 이 세상에 살아 있을진대, 네가 능히 나의 편지를 전하고 태자의 답장을 받아올 터이냐?"

붉은 기러기가 머리를 숙이고 듣더니 응낙함이 있는 듯하였다. 왕비가 반신반의하다가 즉시 편지 한 폭을 써서 붉은 기러기의 발에 매고는 주의하여 말했다.

"네가 이로부터 태자가 있는 곳을 찾아 나의 편지를 전하고 그 답장을 받아오되, 나로 하여금 기다리는 눈물이 떨어지지 않게 하여라."

붉은 기러기가 즉시 북방으로 향하여 가니, 순식간에 보이지 않았다.

---

173) 태액지太液池 : 태액太液. 중국의 궁전에 있는 연못의 이름.

이때 옥성공주가 과봉루에서, 매양 소선을 대하여 그 재모를 사랑하고 스스로 탄식하여 말했다.

"이 사람이 이러한 준재俊才와 미모를 가졌으되 두 눈이 모두 멀었으니, 어찌 애석하지 않으리오?"

어느 날 저녁, 서리가 차가운 추운 날에 가을바람이 소슬하며, 국화는 계상階上에 가득하고 낙엽은 분분하여 정녕 추秋구월 회간晦間[174]이었다. 공주가 설향에게 말했다.

"이 시절이 정히 사람으로 하여금 심사를 비감케 하는지라. 소선이 홀로 심원에 앉아 회포가 과연 어떠하겠는가? 너는 빨리 가서 청하여 오너라."

설향이 명을 받들고 갔다가 소선과 함께 오매, 공주가 소선의 얼굴에 눈물 흔적이 있음을 보고는 이윽히 한탄하였다. 그리고는 묻기를,

"그대 얼굴에 눈물 자국이 눈에 띄니, 고국 생각을 이기지 못하여 그러한가?"

소선이 대답했다.

"소동이 본래 떠돌아다니는 해외의 천한 사람으로써, 외람이 황상의 후은을 입어 오랫동안 대내에 거처하옵고, 또한 공주의 은혜가 두텁고 사랑하심을 입어 때때로 모시고 말씀함을 얻었으니, 일신의 영화가 이에 지날 것이 없는지라, 다시 무엇을 바라리이까?

---

174) 회간晦間 : 그믐날 앞뒤의 며칠 동안.

다만 일찍 부모를 잃고 각각 동서에 있어, 이미 사 년이 지났는데 존망을 알지 못하오니, 슬픈 회포가 가득하다가 자연 밖으로 드러남을 깨닫지 못하였나이다."

공주가 측은히 여겨 말했다.

"그대의 소회를 들으니 사람으로 하여금 비창함을 금치 못할 것이라. 다만 알지 못하니, 고향이 어디에 있으며 또 어찌하여 어려서 부모를 잃었는고?"

소선이 대답했다.

"말씀드린들 나을 것이 없고 한갓 비감함만 더할 것이니, 이후에 공주께서 자연히 알게 되리오리다."

공주가 더는 억지로 묻지 않고, 슬픈 기색을 떨치고는 말했다.

"오늘 밤은 금풍金風[175]이 소슬하고 명월이 만정滿庭하니, 능히 잠을 이루지 못하리라. 잠시 단소를 불어 이로써 다른 것을 잊어버림이 어떠하뇨?"

즉시 시녀로 하여금 자리를 베풀어 소선을 가까이 앉게 하였다. 소선이 재삼 사양하자 공주가 말했다.

"다만 앉아도 무방하니, 어찌 반드시 고사하리오?"

소선이 비로소 자리에 나아갔다.

소매를 떨치고 장차 단소를 불고자 하는데, 홀연 반공중에서 한 붉은 기러기가 슬피 울다가 점점 구름 밖으로 떨어져 과봉루를

---

175) 금풍金風 : 가을바람.

향해 오는 것이었다. 소선이 단소를 땅에 던지고 귀를 기울여 들더니, 홀연 안색이 변하며 두 눈에서 눈물이 비 오듯 하였다. 이윽히 기다리니 그 붉은 기러기가 소선의 곁으로 내려와서는 목을 늘이고 슬피 울었다. 소선이 급히 두 손으로 그 목을 안고 실성통곡失性痛哭하니, 공주와 여러 궁녀들이 다 크게 놀라고 괴이하게 여겼다. 그 붉은 기러기를 보니 털빛이 선연鮮然한데, 한 서간이 그 발에 매여 있었다. 공주가 괴이하게 여겨 설향으로 하여금 가져오게 하여 떼어 보았다니 그 글에 하였으되,

모년모월모일에 신라국 왕비 석씨는 피눈물을 뿌려 글을 태자 소선에게 부치노라.

슬프다, 너의 부왕이 병환으로 계실 때에 네가 도인의 말을 듣고 해숙解叔의 효성을 본받아 홀로 바다를 건너 보타산에 가서 영약을 구하고자 하였으니, 이것이 어찌 열 살 난 어린아이의 능히 행할 바이리요? 그러나 네가 결의하고 가기를 자원하고 죽기로써 스스로 맹세하였으니, 만약 네가 가는 것을 허락하지 아니하면 네가 반드시 죽을 뜻이 있는 까닭으로 부왕이 허락하시고 나도 또한 허락함은, 대저 너의 지성효도至誠孝道에 상천이 도우시고 신명이 부지扶持하여 비록 험난한 풍도일지라도 무양無恙히 돌아오기를 예탁豫度[176]함이더니, 네가 간 후에 왕자 세징이 또한 자원하여 말하기를, 특별히 배 한 척을 준비하여 너의 뒤를 따라갔다가 너와 같이 돌아오리라 하므로, 해상만리에 파도가 흉흉한데 네가 적신赤身으로 홀로 가고 보호할 사람이 없음을 염려하여 부왕이

176) 예탁豫度 : 미리 헤아려 짐작함.

허락하시고 나도 또한 허락하였더니, 어찌 반 년이 넘어 세징은 약을 가지고 돌아왔으나 너는 한번 가고 돌아오지 아니함을 뜻하였으리오?

세징의 말은 그러하나 타인의 전하는 말을 들은즉 혹은 네가 보타산에 이르렀다가 풍파에 표류하여 간 바를 알지 못한다 하고, 혹은 네가 중도에서 파선하여 이미 어복魚腹에 장사하였다 하니, 그 전하는 말이 너무 모호하므로 나의 의혹이 여러 가지로 생겨 종시 마음이 풀어지지 아니하는도다.

슬프다, 너의 온후한 덕성과 효우孝友하는 행실로서 상천의 도우심을 받지 못하고 어찌 이 지경에 이르렀는가? 부왕의 병환은 그 영약으로 인하여 일조一朝에 회복하시니, 도인의 말이 과연 증험證驗이 되었도다. 이로써 보면 네가 살아서 고국에 돌아올 것을 또한 날을 기약하여 기다릴지어다. 비록 그러나 한번 가고 돌아오지 아니함이 우금 4년이니, 혹시 네가 큰 액운을 당하여 천수를 도망하기 어려운 까닭으로 그 도인이 나를 속여 그리함인가? 명명창천明明蒼天에 질문할 곳이 없고 운산만리雲山萬里에 소식조차 망연茫然하니, 어찌 나로 하여금 슬프게 하지 아니하리오?

슬프다, 네가 동궁에 있을 때 길들인바 붉은 기러기가, 네가 남해로 간 후로부터 옛길을 떠나지 아니하고 홀연 배회하며 매양 나를 대하여 슬피 우는 소리가 네 무사함을 묻는 소리 같으니, 뜻하건대 네가 혹 죽지 아니하고 지금까지 이 세상에 살아 있음으로써 나로 하여금 서간을 부치게 하고저 함인가? 생각이 이에 미치매 마음이 산란하여 붓을 잡아 쓰고자 하는데 구곡간장九曲肝腸이 마디마디 끊어지는도다.

이에 기러기의 발에 네 소식을 묻도니, 너는 과연 볼 수 있느냐, 없느냐? 일이 매우 허탄하니 그 전하고 전하지 못함은 가히 알지 못할지니라. 기러기가 당도하면 당일에 곧 답장을 보내어, 노모로 하여금 애써 기다리게 하지 말아라. 글로써 말을 다하지 못하고 말로써 뜻을 다하지 못하노라.

공주가 보기를 다하더니, 한숨을 쉬고 눈물을 흘리며 비로소 소선이 신라국 태자로서 타국에서 떠돌게 된 것은 왕자 세징으로 인하여 그렇게 되었음을 알았다. 이에 옷깃을 여미고 단정히 앉아 소선에게 말했다.

"이제 기러기 발에 매인 글을 보니 곧 그대의 나라 왕비의 친서親書라. 청하건대 태자를 위하여 한번 외오리다."

촛불을 밝힌 후 한 번 낭독하니, 청아한 옥성玉聲은 옥쟁반에 진주가 굴러가는 듯하고, 글자마다 뼈가 아프며 글귀마다 코끝이 찡해지니, 좌우의 궁녀들이 듣고 다 실성한 듯 눈물만 흘렸다. 소선이 또한 머리를 숙이고 듣다가 피눈물을 줄줄 흘렸다. 공주가 그 서간을 소선에게 전하니 소선이 두 손으로 받들고 어루만지며 슬피 울었다.

그때 문득 두 눈이 다시 떠져 물건을 보는 데 조금도 장애됨이 없었다.

공주가 봉황의 상으로 용모가 부용꽃 같은데 바로 자리 위에 단정히 앉아 있음을 보고는 소선이 황망히 피하여 머리를 돌이키며 손을 읍하고 섰다. 공주가 부지불각不知不覺[177]에 소선의 감았던

177) 부지불각不知不覺 : 자신도 깨닫지 못하는 겨를.

눈이 자연히 밝아졌음을 보고는 수줍어하여 능히 얼굴을 들지 못하다가, 급히 일어나 몸을 피하여 침소로 돌아왔다. 설향으로 하여금 말을 소선에게 전했다.

"첩이 본래 우매하고 무식하여 태자에게 실례함이 많사와, 지금까지의 불민不敏[178]함을 자책하나이다. 그러나 태자의 효성이 지극하심에 황천이 도우사 붉은 기러기가 글을 전하니, 만 리가 지척 같고 양전兩殿[179] 옥체가 무양無恙하시며 정녕히 멀었던 눈을 다시 떴으니, 이것은 진실로 고금의 희한한 일입니다. 구구한 정성으로 기쁨을 이기지 못하여 감히 치하하나이다."

소선이 설향을 향하여 손을 들어 사례하고 말했다.

"해외의 천한 것이 공주의 권애眷愛[180]하심을 많이 입고 여러 차례 지도하심을 받았는데 또 이같이 하문하시니, 그 은혜는 백골난망白骨難忘이로소이다."

공주가 드디어 설향에게 명하여 소선을 봉래원으로 보내니, 소선이 말했다.

"신라의 천인賤人으로서 공주께 모심을 얻고 누차 황송한 수고를 끼쳤으니, 소선이 감히 덕을 잊지 못하노라."

설향이 웃으며 말했다.

"첩이 공주의 명을 받들어 때로 태자를 청함이니, 무슨 영송하는

---

178) 불민不敏 : 어리석고 둔하여 재빠르지 못하다.
179) 양전兩殿 : 대전大殿과 중궁전中宮殿을 아울러 이르는 말. 임금과 왕비.
180) 권애眷愛 : 보살펴 사랑함.

수고가 있사오리까? 다만 공주께서 매양 태자를 대하시면 두 눈이 모두 먼 것을 보고 한탄함을 마지아니하시더니, 지금 이후로는 마음에 상쾌하고 기쁨을 이기지 못하시리이다. 비록 그러하나 공주가 깊이 궁중에 계시고 이로부터는 태자의 족적足跡이 다시 과봉루에 이르기 어려우니, 심히 아쉬운 바이로소이다."

소선이 치사함을 마지않았다.

설향이 돌아와 소선의 말을 공주에게 아뢰며 웃었다.

"첩이 소선태자를 뵈니 안광眼光이 사람을 쏘고 또한 풍채가 준수하여 다시 전일에 단소를 불던 동자가 아니더이다."

공주가 탄식하여 말했다.

"그 사람의 지모는 천하무쌍이라. 그 나이 어리고 눈먼 연고로 간혹 청하여 그 단소를 들었더니, 돌이켜 생각하면 후회막급이로다."

설향이 말했다.

"공주께서 태자를 청하여 보심을 그 누가 알리요? 붉은 기러기가 편지를 전하고 멀었던 눈이 다시 열림은 전고前古에 듣지 못한 일이오니, 무엇이 공주의 청범淸梵에 손상이 되오리까?"

공주가 말했다.

"이러한 말을 삼가 외인外人에게 누설하지 말라."

이때에 소선이 여러 해 감았던 눈을 일조一朝에 홀연히 뜨게 되니 마음이 심히 쾌활하였다. 후원에서 모후의 서간을 재삼 읽다가 비로소 부왕의 환후가 자죽영순으로 인하여 쾌복하심을 알고 일희일비一喜一悲하면서 깊이 해운암 도인의 신명함을 감복하였으나, 왕자 세징의 흉독凶毒한 일을 생각하니 자연히 모골이 송연하여 길이 탄식함을 마지아니하였다.

드디어 필연筆硯을 내어 일봉서一封書를 쓰되 지금까지 천신만고한 일을 역력歷歷히 기록하여, 기러기 발에 매고는 주의하여 일렀다.

"만 리 밖에서 모후의 친서를 받아 봄은 너의 은덕이라. 속히 이 서간을 본국 모후께 전하여, 밤낮 기다리시는 마음을 외롭게 하지 말아라."

붉은 기러기가 머리를 숙이고 듣다가 즉시 구름 사이로 날아올라, 동편을 바라보며 길이 울며 날아갔다.

이때 신라국 왕비는 붉은 기러기를 보낸 후로부터 스스로 마음에 의심하여,

"기러기 발에 글을 전함은 오직 한나라 때 소무蘇武[181] 한 사람이 있을 따름이니, 후세에 어찌 다시 이러한 일이 있으리오?"

---

181) 소무蘇武 : 전한 시절 사람. 무제 때 흉노와 한 사이에서 억류된 사신들의 교환을 위해 파견되었다가, 흉노에 귀순한 한인과 흉노의 세력 다툼에 휘말려 그 또한 억류되었다. 흉노가 귀순하기를 권했으나 소무는 끝내 거절하여, 19년 동안 들쥐를 잡아먹고 양을 치면서 목숨을 부지하였다. 흉노도 그가 죽은 줄 알았는데, 무제의 뒤를 이어 즉위한 소제가 상림원에서 잡은 기러기의 발에 소무의 이름과 있는 곳이 적힌 편지가 매여 있는 것을 보고 소무의 생존을 알았다. 한이 다시 흉노와 화친하면서 소무는 고향으로 돌아올 수 있게 되었다.

하며, 좌우를 돌아보며 어찌할 바를 알지 못하였다.

왕비가 홀로 난간에 의지하여 그 돌아오기를 바라며 눈물을 흘렸다.

하루는 저녁에 붉은 기러기가 멀리 구름 사이로부터 길게 울며 날아다니다가 곧 왕비의 앞에 이르러서는 두 날개를 드리우고 서는 것이었다. 왕비가 놀라고 기뻐하여 급히 기러기의 발을 보니 과연 서간 하나가 매여 있었다. 떼어 보니 이는 곧 태자 소선의 필적이었다. 그 글에 이르기를,

모년모월모일에 불초자 소선은 읍혈돈수백배泣血頓首百拜하고 모후 자성전하께 답서를 올리옵나이다.

오호라, 이제 신이 모후 전하의 슬하를 떠난 지 이미 4년이라. 신이 나이가 어리고 지식이 천박하여 스스로 사양치 못하고 만리 창해를 건널 새, 험난한 풍도를 지나 행선한 지 여러 날에 보타산에 이르렀는데, 돌연히 폭풍을 만나 배에 탄 일행은 모두 간 바를 알지 못하고, 신이 홀로 파도를 따라 오르내리며 명이 경각頃刻에 달했는데, 천행으로 큰 거북에게 구원받아 대해 가운데 무인절도無人絕島에 이르렀습니다. 마침 당조唐朝의 어사홍승 백문현이 외국에 봉사奉使하였다가 돌아오는 길에 신을 구제하여 같이 중국으로 돌아갔삽나이다.

신이 해도에 있을 때 장독杖毒[182]에 상한 바 되고 또한 놀라고

182) 장독杖毒 : 곤장 등으로 매를 맞아 생긴 상처의 독기. 본문에서는 '축축하고 더운 땅에서 생기는 독한 기운'으로서 전염병 등을 일으키는 원인으로 여겨졌던 '장기瘴氣'와 혼동한 듯하다.

겁내던 중 두 눈이 모두 멀어서 앞을 보지 못하였사오니, 비록 타인의 구제를 입어 죽기를 면하였사오나, 만리타향에 외로운 몸이 되어 다만 하늘에 빌며 고국을 바라나, 운산雲山이 막막하옵고, 오래 정성定省[183]을 궐闕[184]하오매 사랑할 자는 누구이리오? 스스로 가슴을 두드리고 통곡할 새 다만 속히 죽어 고혼잔백孤魂殘魄일망정 일찍 돌아가 옥루玉樓[185] 앞에 방황하여 저으기 사모하는 정성을 표할까 하였삽더니, 연명하기 막심함으로 구구히 살기를 도모하여 오늘에 이른바 위로는 부모의 근심을 해치옵고 아래로 인자人子의 도리를 위반하오니, 신같이 불효한 자가 살면 장차 무엇을 하오리까?

오호라, 백문현이 당조의 현재상이라 신의 고독함과 병신됨을 가련히 여겨 사랑하기를 친자같이 하며 대우하기를 친구같이 하되, 신에게 다른 날에 태복록대사업太福祿大事業이 있으리라 하여 이에 그 소생녀로써 신의 배필을 삼게 하고 또 황제께 주달하여 신을 본국으로 보내고자 함으로, 신은 그윽한 중에 스스로 기뻐하되 이로부터 가히 써 몸을 의지할 곳이 있고 가히 써 귀국할 날이 있다 하여 하늘께 축수하고 몸을 굽혀 기다리옵더니, 신의 명도命途[186]가 기구하고 남은 재앙이 다하지 않음이온지 문현이 당조 권가權家의 모함한 바 되어 멀리 찬축竄逐을 당하매 돌아올 기약이 없으므로, 또한 낭패狼狽[187]하여 도로에 떠돌아다니옵다가, 서쪽으로 장안에 들어가 우연히 이원령관의 집에 객客이 되었

---

183) 각주 71) 참조.

184) 궐闕 : 해야 하는 일을 빼먹고 하지 않음.

185) 옥루玉樓 : 옥으로 장식한 화려한 누각. 또는 옛날 중국의 궁중에서 사용하던, 옥으로 만든 물시계를 가리키는 '옥루玉漏'일 가능성도 있다.

186) 명도命途 : 운명과 재수.

187) 낭패狼狽 : 일이 실패로 돌아가 매우 딱하게 됨.

삽더니, 천자께서 신의 단소 잘 분다는 말을 들으시고 대내로 불러들여 봉래전 후원에 우거寓居[188]케 하매, 옥성공주는 천자의 사랑하시는 딸이라, 나이 비록 어리나 자못 음률을 해득함으로 신의 단소 소리를 듣고 크게 칭찬하여 간혹 신을 과봉루跨鳳樓로 불러 지음지인知音之人으로 대접하온바 어젯밤 밝은 달이 우연히 과봉루에 있삽다가, 고국이 요원遼遠[189]함을 그리워하고 신세의 표박함을 탄식하여 단소를 내어 한번 희롱코저 할새, 문득 붉은 기러기가 동으로부터 오다가 신의 곁에 내려 슬피 울기를 마지아니하므로, 공주가 괴이히 여겨 본즉 그 발에 한 서간이 매여 있는지라, 시녀로 하여금 그 서간을 취하여 신을 위해 한번 낭독을 하매 신이 귀를 기울이고 가만히 듣자온즉 곧 우리 자성전하의 친서라. 신이 이때를 당하여 심신이 황홀하고 정신이 비월飛越[190]하여 기러기의 발을 붙들고 스스로 통곡하다가 홀연 두 눈이 다시 밝아짐을 깨닫지 못하고 물건을 보매 이전과 다름이 없사오니, 이것은 상천이 신의 간절한 정성을 가엾게 여기사 이같이 신기한 일이 있음이요, 실로 인력으로 할 바가 아니옵니다.

신이 비로소 자성전하의 친서를 받들어 보매, 부왕의 병환은 영순으로 인연하여 쾌복하옵시고 자성전하의 옥체도 요행 강녕康寧하옵시니 신이 여러 해 슬퍼하던 마음은 일조一朝에 얼음 풀어지듯 하고 하늘같이 기쁜 마음 다시 측량할 바를 모르다가 자연히 두 줄기 눈물이 흘러내려 얼굴을 가림을 깨닫지 못하오니, 신이 비록 이제 죽을지라도 또한 여한이 없겠나이다. 신이 마땅히 이 사정으로 황제께 주달한 후 행장을 재촉하여 빨리 자성전하의

---

188) 우거寓居 : 타인의 집이나 타향에 몸붙여 삶.

189) 요원遼遠 : 무엇이 아득하게 멂.

190) 비월飛越 : 정신이 번쩍 뜨임.

슬하에 돌아가 평생으로써 소원을 이루고자 하나이다. 감히 기러기의 날개를 빌어 이만 먼저 복달伏達하옵니다.

왕비가 보기를 다하고 방성대곡放聲大哭하니 궁중이 경동驚動하였다. 왕이 왕비의 곡성을 듣고 급히 내전에 들어와 태자의 편지를 보고는 또한 통곡함을 마지아니하였다. 이 말이 전하여 하루 만에 온 나라에 퍼졌다. 태자가 죽지 않고 중국에 있다는 말을 듣고 경탄하지 아니하는 자 없으며 기뻐하는 소리가 우레 같았다. 왕비가 울며 왕에게 고하기를,

"소선이 어린아이로서 생전에 문밖으로 세 걸음을 나간 적이 없더니, 만리창해에서 심한 풍도를 만났다가 요행 천신의 보호하심을 입어 인명을 간신히 보전하고 천신만고를 다 지내어 길을 떠돌다가 중국에 들어갔으니, 이것이 어찌 사람의 견딜 바이리요? 생각이 이에 이르매 간장을 베어내는 듯하온지라. 원컨대 대왕은 빨리 사신을 보내어 소선을 데려오게 하옵소서."
하였다. 왕이 곧 외전으로 나와 중국에 사신 보내기를 의논하니, 여러 신하가 다 표를 올려 하례하였다.

이때 왕자 세징이, 태자가 이미 바다에서 죽은 줄 알고 조금도 개의하지 않았는데, 천만뜻밖에도 붉은 기러기가 왕래하며 글을 전하였고 인하여 태자가 죽지 않았고 머지않아 돌아온다는 말을 듣고는 대경실색하였다. 비록 태자가 편지 중에 자기의 말을 쓰지 아니하였을지라도 혹여 태자가 귀국한 후에는 본적이 탄로 날까

염려하여, 그 돌아옴을 기다려 중로에서 자객을 보내어 태자를 해침으로써 그 종적을 없게 하고자 하였다.

제4회

향리로 돌아갈새 초강에서 도적을 만나고
남장을 하였다가 설부의 데릴사위가 되다

각설.

이때에 천자가 봉래전에 좌정하여 대신들과 더불어 잔치를 베풀었는데, 황문黃門으로 하여금 소선을 부르게 하니 소선이 황문을 따라 어탑御榻[191]에 이르러 부복하였다. 천자가 소선의 두 눈이 떠졌음을 보시고는 놀라 그 연고를 물으니, 소선이 돈수하고 여쭈었다.

"소선이 폐하를 기망欺罔하온 죄는 만사무석萬死無惜[192]이로소이다. 신은 원래 신라국 태자이온데 당시에 부왕의 병환의 침중함으로 인하여 남해 보타산에 영약이 있다는 말을 듣삽고 스스로 가서 영약을 구하여 가지고 돌아오는 길에, 해적의 겁략劫掠을 만나 일행이 다 참살을 당하옵고 신이 홀로 표류하여 무인절도에 이르렀다가, 요행 은인의 구함을 입어 중국으로 들어온바 두 눈이 장독杖毒[193]에

191) 어탑御榻 : 임금이 앉는 상탑牀榻.
192) 만사무석萬死無惜 : 죄가 무거워 만 번 죽어도 아까울 것이 없음.

상한 바 되어 능히 물건을 보지 못하옵고, 도로로 떠돌아다니옵다가 장안에 이르러 가자歌者 하감의 천거로써 특별히 폐하의 넓으신 성은을 입어 봉래전 후원에 머물렀더니, 지난 밤에 기러기가 날아와 신의 모비母妃의 글을 전하온바 이 기러기는 신이 본국에 있을 때 일찍이 먹여 길들인 것이옵니다. 신이 홀로 신모臣母의 서간을 어루만지며 두 눈으로 보지 못함이 심히 애통하여 기러기를 안고 슬피 우는 사이에, 홀연 두 눈이 다시 열려 물건을 봄이 예전과 같사오니, 신도 또한 무슨 연고인지 알지 못하나이다. 원컨대 폐하는 신의 사정을 가엾게 여기사, 신으로 하여금 고국에 돌아가 반포反哺[194]의 정성을 다하게 하옵소서."

천자가 듣기를 다하고는 크게 기이히 여겨, 소선에게 그 모비의 서간을 올리라 하였다. 전후전말을 한번 보신 후에 손뼉을 치며 감탄하여 제신들에게 말했다.

"이것은 진실로 고금古今에 듣지 못하던 바요, 천지 간에 한 기이한 일이로다. 짐이 소선을 본즉 나이는 비록 어릴지라도 골격이 비범하고 풍도風度[195]가 단정하니 실로 국가의 주석지재柱石之材[196]이고 동량지재棟梁之材[197]가 되리로다. 하물며 십세 어린아이

---

193) 각주 182) 참조.

194) 반포反哺 : 까마귀가 장성하면 돌이켜 그 부모를 위해 먹이를 구해 온다는 속설에서 유래하여 자식이 부모를 효성으로 섬김을 말한다.

195) 풍도風度 : 풍채와 태도.

196) 주석지재柱石之材 : 나라의 기둥과 주춧돌이 될 만한 인재.

197) 동량지재棟梁之材 : 나라의 대들보가 될 만한 인재.

로서 부왕의 병으로 인하여 만리해랑萬里海浪에 홀로 가 약을 구하였으니 이것은 범인凡人의 능히 할 바가 아니라. 어찌 천명이 없으리오? 짐이 붙잡아 머무르게 하고 벼슬로써 쓰고자 하니 경들의 소견이 어떠한고?"

제신諸臣이 그 자리에 있다가 소선의 여쭈는 말을 일일이 듣고 서로 놀라며 탄식하던 중 천자가 내리시는 말씀을 듣고는 일제히 아뢰었다.

"소선의 이 일은 고금에 듣지 못한 바입니다. 또 신 등이 그 재모가 비범함을 보니 실로 보필지재輔弼之才[198]가 될지라. 성상의 뜻이 지당하옵고 신들의 소견이 같사옵니다."

소선이 머리를 조아리며 여쭈었다.

"신은 외국 사람이며 나이 어리고 몽매하여 중국에서 벼슬을 얻음을 원치 아니하옵니다. 또 신의 부모가 밤낮으로 사랑하여 거의 병이 날 듯하오니, 엎드려 바라건대 폐하께서는 신으로 하여금 고국에 돌아가 신의 소원을 이루게 하옵소서."

천자가 말했다.

"이제 짐이 너를 본즉 백 가지 아름다움을 구존하였는지라. 짐이 어찌 너를 놓으리오? 하물며 앞서 김인문金仁問[199], 김춘추金春

198) 보필지재輔弼之才 : 임금을 보좌할 만한 인재.

199) 김인문金仁問 : 신라의 왕족. 태종 무열왕의 둘째 아들이고 문무왕의 동생이다. 일찍이 숙위宿衛(볼모)로 당에 들어갔고, 신라가 백제를 정복할 때 부총관으로 종사하였으며 고구려 정복에도 참가하였다. 당나라에서 보국대장군상주국輔國大將軍上柱國에 임명되었고 그곳에서 죽었다.

秋[200]가 모두 신라 사람으로 중국에서 벼슬하여 그 위位가 장상將相에 이르렀으니, 네가 어찌 반드시 고사固辭[201]하리오? 너는 아직 머물러서 짐을 섬기고, 급히 돌아가기를 생각하지 말라. 짐이 마땅히 신라 국왕에게 통고通告하리라."

즉일로 소선에게 한림학사翰林學士를 제수하고, 또 소선에게 집이 없으므로 영풍방永豐坊에 갑제甲第[202] 한 채와 노비 수십 인을 주어 공력을 갖추게 하시니 천은天恩이 융숭하였다. 한림이 감격하여 사은謝恩하고 물러나오며 감히 다시 돌아감을 말하지 못했다. 만조滿朝가 와서 치하하고 수레와 말이 문門에 가득하며 구일 이원 자재 하감과 이 아무개 등이 또한 찾아와서 당하堂下에 이르러 보이거늘, 한림이 불러 보고 융숭히 황금과 비단을 주었다. 특히 이 아무개에게는 천금을 주어, 곤궁할 때 도와준 은혜를 사례하였다.

화설.

앞서 백소부의 부인 석씨가 소선을 내쫓은 후, 석시랑으로 더불어 서로 의논하고 가만히 배열영의 폐백幣帛[203]을 받았으나 백소저는 그것을 알지 못했다. 소저가 부인이 소선을 내쫓았다는 말을

---

200) 김춘추金春秋 : 신라의 태종 무열왕.
201) 고사固辭 : 무엇을 억지로 사양함.
202) 갑제甲第 : 크고 높게 썩 잘 지은 집.
203) 폐백幣帛 : 혼인하기 전에 신랑이 신부의 집에 보내는 예물.

듣고는 크게 놀라 눈물을 흘리며 설향에게 말했다.

"이제 모친이 김공자를 축출함은 저에게 박정薄情해서가 아니라 오직 나의 혼사로 인함이니, 박명한 인생이 이제 구차히 살아서 이 일을 보는가? 나같이 궁한 사람이 산들 장차 무엇하리오?"

설향이 말했다.

"항차 바깥사람들의 전하는 말을 들은즉 이미 배가의 폐백을 받았다 하더이다."

소저가 이 말을 듣고 더욱 놀라 슬퍼하니, 두 줄기 눈물이 얼굴을 가렸다. 드디어 자리에 눕고 일어나지 않으니, 부인이 소저가 식음食飮을 전폐全廢하고 자리에 누웠다는 말을 듣고 급히 가 본즉, 형용이 초췌하고 기색이 크게 상한 모습이었다.

부인이 그 등을 어루만지며 물었다.

"너는 어찌하여 식음을 전폐하고 자리에 누워 병들 지경에 이르렀느냐?"

소저가 억지로 일어나 앉아, 눈물을 흘리며 말했다.

"소녀의 팔자가 기구하여 항차에 부친을 따랐는데, 듣자니 김공자가 우리 문하를 떠났다 하니 다시 무엇을 바라리이까? 소녀의 일신을 이미 김공자에게 허락하였는데 지금에 배반함은 크게 신의가 없는 것이거늘, 하물며 저 천지간에 한 곤궁한 사람으로 하여금 길거리를 유리하게 함은 다만 부친의 당초 높고 넓은 성덕을 저버릴 뿐 아니라 진실로 사람이 차마 할 바가 아니로소이다. 또 모친께서 이미 배가의 빙폐聘幣[204]를 받으셨다 하오니, 소녀가 비록 불초할지라도 대강 대의를 아나이다. 부친께서 일찍이 김공자의 시전詩箋[205]으로써 소녀에게 주어 일후 신물信物을 삼게 하고 또 소녀의 글씨로써 김공자에게 전하여 약속을 이루었음에 상천이 강림하시는지라. 배가의 빙폐가 무슨 까닭으로 우리 문에 들어오리오? 그윽이 생각하면 부끄럽기 측량없는지라 무슨 낯으로 천지간에 처하며 스스로 인간이라 칭하리오? 이로부터 다만 빨리 죽어 영원히 슬하를 하직하고자 하나이다."

부인이 노하여 말했다.

"너의 소위 신물이라 함은 무엇인가? 네 부친의 손으로 김공자의 시를 등서謄書[206]함에 지나지 못하는지라. 그런 까닭으로 내가 일찍이 네 부친이 너무 도량이 없어서 이같이 낭패한 일이 있음을 한탄하였거늘, 이제 네가 또 너의 부친의 경거망동함을 본받아 구구한 언약을 고집하려 하느냐? 너의 성정이 본래 편협하여 장차 노모로 하여금 근심으로 병이 되게 하니, 평일 부모에게 효도하던 정성이 과연 어디에 있느냐? 또 오륜五倫에 오직 효도가 제일이거늘, 네가 이미 성현의 글을 많이 읽었는데 유독 여자가 어려서는 부모의 가르침을 받는다는 말을 알지 못하느냐? 노모의 말을 따르지 아니하고 이제 해외의 한 거지 아이를 위하여 스스로 너의 앞길

---

204) 빙폐聘幣 : 공경하는 뜻으로 보내는 예물. 또는 남편이 될 남자가 아내가 될 여자를 친정에서 시가로 데려가면서 처가에 주는 돈이나 예물.

205) 시전詩箋 : 시나 편지 등을 쓰는 종이.

206) 등서謄書 : 베껴 씀.

을 그르치고자 하니, 이것은 결코 어미의 원하는 바가 아니로다."

소저가 길이 탄식하여 말했다.

"대개 배가가 구혼함을 마음대로 못하니 부친을 망측한 곳으로 모함하여 이로써 영해에 찬축竄逐되게 하였는데, 이것은 불공대천지원수不共戴天之怨讎입니다. 소녀의 원통함이 골수에 들어 그 고기를 씹고자 하거늘, 저 소위 빙폐라 하는 것을 어찌 잠시라도 우리 문 안에 놓으리오? 만일 지금이라도 배가의 집으로 돌려보내면 소녀가 오히려 가히 살아날 것이어니와, 만일 그렇지 않으면 소녀의 마음이 차고 뼈가 서늘하여 이 세상에 오래 있기를 원치 아니하나이다."

소저가 스스로 그 목을 찌르니 유혈流血이 낭자하였다. 부인이 크게 놀라 급히 칼을 빼앗았으나 소저는 이미 기절하여 땅에 거꾸러졌다. 좌우의 시비들이 다 경황망조驚惶罔措[207]하여 어찌할 줄 모르다가 연하여 탕약을 입에 드리울지라도 돈연히 기색이 없거늘, 부인이 가슴을 두드리며 통곡하여 말했다.

"배승상은 나의 원수라. 운영이 이제 죽었으니 어찌 차마 홀로 살리오?"

설향이 곁에 있다가 울며 고하였다.

"소저가 김공자의 갔다는 말을 들으시고 식음을 전폐하시던 중 또 배가의 빙폐가 왔다는 말을 들으시매 죽기로써 자처하시니,

---

207) 경황망조驚惶罔措 : 놀라고 당황하여 어쩔 줄 모름.

이제 비록 탕약으로 소생함을 얻을지라도 결단코 구구히 살기를 원하지 아니하리이다."

부인이 초조하여 물었다.

"그러면 어찌할꼬?"

설향이 말했다.

"이제 김공자를 도로 부르고 배가의 빙폐를 도로 물리친 연후에 근근이 소저의 한 목숨을 구하려니와, 그렇지 않으면 소저가 비록 잠시 회생함을 얻을지라도 결코 구차히 살기를 바라지 아니하리이다."

부인이 급히 사람으로 하여금 석시랑을 불렀다.

시랑이 기별을 들으매 황망히 백소부의 집에 이르러 소저의 침소로 가 보니, 소저는 기절하였고 유혈이 자리에 가득하였다. 크게 놀라 그 연고를 물으니, 부인이 시랑을 질책하였다.

"내가 그릇되이 너의 말을 들었다가 운영으로 하여금 이 같은 참경慘景[208]을 당하게 하였으니, 이것이 다 누구의 책임인고?"

시랑이 창황망조하여 시비에게 물어보고 비로소 그 수말을 알았다. 소저를 어루만지며 무수히 통곡하는데 부인이 소리를 질렀다.

"배가의 빙폐는 곧 나의 원수라. 가히 빨리 가져가서 우리 운영을 살게 하라."

시랑이 아무 말도 못하고 곧 시비로 하여금 빙폐를 가져오게

---

208) 참경慘景 : 끔찍하고 참혹한 광경.

해서는 종자에게 내주어 배열영의 집으로 도로 보내고 즉시 돌아왔다.

이때 소저는 이윽히 기절하였다가 숨을 돌이켜, 모친이 곁에 앉아 통곡하는 것을 우러러보고 눈물이 얼굴을 가리며 다만 탄식할 뿐이었다. 부인이 연하여 부르기를,

"운영아, 운영아, 너는 나를 알아보겠느냐? 내가 이제 배가의 빙폐를 물리치고 또 김공자를 불러오고자 하니, 너는 안심하고 조섭調攝[209]하여 다시는 모진 마음을 먹지 말아라."

하였다. 소저가 말없이 있다가 정신을 수습하여 일어나 절하며 눈물을 흘렸다.

"모친이 이 불초한 소녀를 위하여 과도히 슬퍼하옵시니 죄당만사罪當萬死[210]로소이다."

부인이 그 허리를 안고 울며 말했다.

"내 이제 생각하니 너의 말이 다 옳도다. 아까 배가의 빙폐를 도로 보냈고 또 사람으로 하여금 사방으로 김공자를 탐문하게 할 것이니, 너는 정성으로 식음을 돌이켜 노모의 마음을 위로하여라."

소저가 무한히 감격하여 눈물이 비오듯 하였다.

이후로부터는 가만히 침방에 있으면서 밤낮으로 목의 상처를 치료하니, 오래지 않아 완쾌를 얻었다. 부인이 크게 기뻐하며 소저에게 말했다.

---

209) 조섭調攝 : 건강이 회복되도록 몸을 보살피고 병을 다스림.

210) 죄당만사罪當萬死 : 죄가 만 번 죽어 마땅하다.

"이제 사람으로 하여금 김공자의 소식을 두루 탐문할지라도 대해의 부평초浮萍草 같으니 졸연히 종적을 알 길이 바이 없고, 오랫동안 황성에 머무르면 배가가 늑혼할 염려도 있으니, 내가 가권家眷을 데리고 강주 향리鄕里로 돌아가서 소부의 방환放還[211]되기를 기다리며 차차 김공자의 소식을 탐문하려 한다. 너의 마음이 어떠하냐?"

소저가 대답하였다.

"모친의 가르치시는 말씀이 정히 사리에 합당하옵고, 소녀의 의향도 또한 그러하나이다."

부인이 인하여 늙은 비복 서너 명에게 명하여 집을 지키게 하고, 수로水路로서 강주로 향하여 떠났다.

이때 배득양이 백소저가 다른 데 혼인하려 하지 않고 죽기로 맹세하여 스스로 그 목을 찔렀다는 말을 들었을 뿐 아니라 또 자기의 빙폐가 도로 돌아온 것을 보고는 크게 노하여, 사람으로 하여금 석시랑을 불러 무수히 질책하니 시랑이 황겁惶怯[212]하여 능히 대답하지 못하였다. 득양이 배열영에게 말하고 또 다른 일로 석시랑을 모함하여 변방으로 정배를 보냈다.

득양이 다시 석부인이 가권을 데리고 강주로 간다는 말을 듣고는 반드시 소저를 겁탈코자 하여, 가만히 심복하는 자 수십 명을 불러서는 황금과 비단을 후하게 주면서 말했다.

"너희들은 사잇길로 쫓아가 심양강 가에 있다가, 백소저의 배가

211) 방환放還 : 귀양살이하던 죄인을 집으로 돌려보냄.

212) 황겁惶怯 : 겁내고 두려워함.

지나가기를 기다려서 인명을 상하지 말고 다만 백소저 한 사람만을 겁취劫取하여 돌아오면, 내가 마땅히 큰 상을 주리라."

제인이 다 응낙하고 떠나니, 아지못게라. 백소저의 생명이 어찌 되겠는가?

이때 석부인의 일행이 밤낮으로 회정回程[213]을 재촉하여, 행선한 지 한 달여에 강주의 경계에 이르렀다. 이곳은 심양강 상류라 촌락이 없고 사면이 다 갈대밭이었다. 마침 서풍이 크게 일어나 배를 띄우지 못하고, 남쪽 언덕에 배를 대고는 장차 바람이 그치기를 기다려 떠나기로 하였다.

이날 밤에 달빛이 낮과 같고 수면이 적적하여, 백소저가 설향으로 더불어 배의 창문을 열고 호산湖山의 풍경을 구경하였다. 문득 언덕 위로 사람의 소리가 들리더니, 난데없는 도적 수십 인이 각각 창과 칼을 가지고 배 위로 뛰어들어와서는 크게 소리쳤다.

"배공자가 우리를 명하여 인명을 상해치 말고 다만 백소저만 데려오라 하였으니 다른 사람들은 모두 놀라지 말라."

배 안에 있는 사람들이 모두 혼비백산하고 황급망조遑急罔措[214]하여 어찌할 줄을 몰랐다. 이때 소저는 호산 풍경을 구경하느라 뱃머리에 앉아 있다가, 이 광경을 보고는 벗어나지 못할 줄로 짐작하고 즉시 몸을 날려 강으로 떨어졌다. 설향이 소저가 물에 떨어지는 것을 보고는 자신도 뛰어내려 물 속으로 들어갔다.

---

213) 회정回程 : 돌아가는 길.

214) 황급망조遑急罔措 : 당황하고 급하여 어찌할 줄 모르고 갈팡질팡함.

도적들이 소저와 설향이 연이어 물에 빠지는 것을 보고는 서로 차탄하며 말했다.

"아깝도다. 배공자가 무단히 불량한 마음을 내어, 꽃 같고 옥 같은 두 미인을 그릇되이 죽이는구나."

도적들이 각자 육지에 내려서는 헤어져 떠났다.

석부인이 선창 안에 엎드려 있다가 소저와 설향이 강물에 떨어지는 것을 보았고, 또 여러 도적들의 말을 들어 배가의 소위인 줄을 알았다. 도적들이 물러가자 일어나 앉아 가슴을 두드리며 통곡하였다.

"내가 도적놈들과 더불어 무슨 큰 원수가 있기에 나의 운영을 죽였는고? 운영이 이미 죽었으니 내가 어찌 차마 홀로 살리오?"

인하여 강물에 떨어지려 하니, 곁에 있던 시비들이 급히 부인을 만류하며 다들 얼굴을 가리고 돌아서서 통곡하였다.

날이 새자 부근의 촌락에 있는 사람들이 앞다투어 다가와서 보고는, 배승상이 야밤중에 도적으로 하여금 백소저를 데려가려고 하다가 소저와 설향이 강물에 뛰어들어 죽게 되었음을 알아, 탄식하지 않는 사람이 없고 배가의 무도함을 통탄하였다.

석부인이 부근 촌민들을 다 모아서 강 상류와 하류를 돌아다니며 소저와 설향의 시체를 수색하였으나 다만 보이는 것은 표표망망漂漂茫茫한 창해벽류蒼海碧流뿐이었다. 종일토록 방황하나 찾을 곳이 망연하여, 부인이 하늘을 부르며 통곡하다가 여러 차례 기절하였다. 약간의 제물을 갖추어 강 위에서 초혼招魂하고, 날이 저물자

비로소 가권을 데리고 강주 향리를 향하여 갔다.

이때 소저와 설향이 물에 빠졌는데, 마침 큰 목판 하나가 물결을 타고 떠내려오는 것을 보고는 우연히 그 위에 올라 엎드렸다. 바람이 급하고 물결이 빨라서 하룻밤 동안 물결을 따라갔더니 동정호 남쪽 가에 이르러 문득 멎어서는 더 가지 않았다. 동정호 위에 수월암이라 하는 암자가 있었는데, 이는 곧 여승들이 사는 곳이었다.

마침 여승 몇 사람이 달밤으로 인하여 호숫가에 이르러 바야흐로 물을 긷고자 하다가, 문득 시체 둘이 목판 위에 누워 물결 따라 흔들리는 것을 보고는 괴이하게 여겨 급히 가 보았다. 두 시체가 다 처자인데 안색이 산 사람 같은지라, 인하여 동류 서너 명을 불러 언덕 위로 건져놓고 약물을 입에 드리우니, 이슥고 두 사람에게 산 기척이 나고 점점 숨을 돌이켰다.

소저가 눈을 떠 보니 좌우로 여승 너덧 명이 곁에 서서 구완하고 있었다. 이에 일어나 앉아 손을 들어 읍하고는 사례하여 말했다.

"사고師姑[215]는 어떠한 사람이온데 이같이 이미 죽은 사람을 구하시나이까?"

그 중 나이 든 여승이 말했다.

"빈도貧道의 이름은 운서라 하오. 이 근처 수월암에 있사온데, 우연히 호숫가로 왔다가 두 낭자가 이러한 수액水厄에 걸렸음을

215) 사고師姑 : 비구니.

보고 급히 구한 것이니, 무슨 사례할 바 있으리오? 이윽히 보건대 두 낭자가 다 스물도 되지 않았으니, 무슨 환란을 만나 이 지경에 이르렀나이까?"

소저가 탄식하며 말했다.

"소녀는 본래 황성 경대가 처자로서, 부친이 멀리 찬축됨으로 인하여 모친을 모시고 수로로써 장차 강주 향리로 돌아가려 하였는데, 중도에서 수적水賊을 만나 노주奴主 둘이 부득이 물에 뛰어들었으니, 풍랑을 따라 부침浮沈하던 중 이에 이르렀노라."

운서가 여러 여승들과 더불어 서로 돌아보며 크게 놀라 절하며 말했다.

"소도小道 등이 존안尊顔을 알지 못하여 실례함이 많사오니 죄송 만만이로소이다. 여기서 강주까지 서로 떨어짐이 천여 리인데, 진실로 신명의 도우심이 아니오면 어찌 두 소저가 물에 빠져 명을 잃지 않고 하룻밤 동안에 물결을 따라 이곳에 왔으리오?"

드디어 소교小轎 둘을 갖추어 소저와 설향을 태우고 수월암으로 돌아왔다. 운서와 여러 여승들이 뒤를 따르며 지성으로 간호하니, 불과 십여 일에 소저와 설향이 완전히 회복됨을 얻었다. 소저가 깊이 운서의 은혜에 감격하여 사례함을 마지아니하였다.

이로부터 수월암에 머무르면서 비록 몸이 안전함을 얻었지만, 배에서 도적을 만난 일을 생각하면 모골이 송연하고 또 모친의 안부를 알지 못하여 밤낮 근심하며 눈물로 세월을 보냈다.

설향이 말했다.

"강에서 환란을 만났을 적에 소녀가 여러 도적들의 옮기는 말을 듣사온즉, 배공자의 명령이 백소저 한 사람만 겁취하고 인명을 상하게 하지 말라 하였사오니, 이로 생각하면 부인의 일행은 환란을 면하였을 것이오니 소저는 과도히 염려치 마옵소서."

소저가 말했다.

"그때의 광경을 지금 생각하여도 마음이 놀랍고 뼈가 서늘하거늘, 하물며 모친께서 우리 둘이 물에 떨어짐을 친히 보시고 어찌 무사히 계셨으리오? 이것이 내가 주야로 염려하는 바라."

설향이 다시금 위로하매, 소저가 곧 안심하고 수개월을 지났다.

하루는 소저가 운서에게 말했다.

"우리들 노주奴主가 사고師姑의 은혜를 받음이 많은지라. 이제 병세가 회복되었기로 강주로 돌아가 모친의 안부를 탐문하고자 하나, 노주가 다 처자의 몸이라 행로에 미편할 일이 많을 것이다. 만일 남자 옷으로 바꾸어 입는다면 행로의 사람들을 무사히 지나칠 수 있을 것이라. 여기 옥지환 두 쌍이 있는데 값이 백 냥이니, 사고는 나를 위하여 저자에 팔아 수재秀才의 의복을 사올지어다."

여승이 허락하고 옥지환을 받아 나가더니, 수재의 의복 두 벌을 사서 남은 돈 팔십 금과 함께 소저에게 주었다. 소저가 말했다.

"물건은 비록 약소했을지라도 나의 작은 정을 표함이니, 사고가 이미 받기를 원치 않는다면 청컨대 이 암자에 두고 일시 향화香火의 비용에 보태 씀이 가할지라 하노라."

운서가 그제야 절하고 받으며 말했다.

"이러한 물건은 비록 산승山僧의 구하는 바가 아니오나, 소저의 후의를 잊지 못하여 이제 누추한 암자에 두옵거니와, 마땅히 소저를 위하여 장래의 복전福田[216]을 비는 비용으로 삼고자 하옵니다."

소저가 설향과 더불어 남자 옷으로 바꾸어 입으니 여러 여승들이 웃으며 말했다.

"소저가 비록 남자 옷을 입었을지라도 화용옥모花容玉貌를 감출 수 없사오니 행로의 사람들을 그저 지나가기 어려우리라."

소저가 또한 거울을 가져다 보고는 자탄자소自嘆自笑하였다.

이에 설향을 데리고 각자 나귀를 타고 장차 강주로 향하는데, 운서가 여러 여승으로 더불어 산문山門 밖에 나와 소저를 전송하니, 연연戀戀하여 떠나지 못하다가 서로 눈물을 뿌리며 작별하였다.

소저가 수월암을 떠나 강주를 바라고 가니, 형주邢州의 산천이 비록 천하제일이라 할지라도 신세를 자탄하기에 구경할 뜻이 없었다.

걸음을 재촉하여 계양현에 이르니, 산길이 극히 험준하여 층암준령層巖峻嶺 아래로 돌아나갔다. 갈수록 사람 흔적이 끊어지고 또한 기갈이 점점 심하여 극히 위급한 중에, 홀연히 길가에서 강도 수십 명이 뛰어나와서는 각각 창을 가지고 소저를 에워싸고 크게 소리쳤다.

"수재는 빨리 행장을 끌러 놓으라. 그렇지 않으면 생명을 보존하

---

216) 복전福田 : 불교에서 삼보三寶, 부모, 가난한 사람을 이르는 말. 삼보를 공양하고 부모의 은혜에 보답하고 가난한 사람에게 베풀면 복이 생긴다고 한다.

기 어려우리라."

소저와 설향이 혼비백산하여 어찌할 줄 모르는데, 여러 도적이 장차 두 사람을 결박하고 행려를 탈취하고자 하였다.

그때 멀리 바라본즉 기치가 휘날리고 사람과 말들이 많이 몰려오는 가운데 한 관원이 엄연히 수레 위에 높이 앉아 산간대로山間大路를 따라 나오는 것이었다. 여러 도적들이 놀라 모두 흩어져 도망하는데, 설향이 그 틈을 타고 길가에 서 있다가 크게 부르짖으며 사람을 살리라 하였다. 그 관원이 수레를 멈추고 물었다.

"수재는 어느 곳 사람이건대 이곳에서 곤경을 당하는가?"

설향이 급히 대답하였다.

"소생은 강주 사람으로서 동행하는 수재와 같이 이곳을 지나다가, 날이 저물고 또 강도를 만나 급히 위급한 때에, 도적이 멀리 대인의 오시는 것을 보고 다 도망하여 갔삽나이다."

그 관원이 이 말을 듣고 곧 따라오는 군졸로 하여금 도적들의 간 곳을 수색하게 하였으나 이미 종적을 알지 못했다. 그 관원이 또 물었다.

"동행한 수재는 지금 어디 있느뇨?"

이때 소저가 길가 풀숲 안으로 피신하여 그 광경을 바라보다가, 그 관원이 의심하여 묻는 것을 보고는 인하여 쫓아나와 그 앞에 서서 두 번 절했다. 관원이 눈을 들어 소저를 보니 화용월태와 소쇄청아掃灑清雅함은 진실로 인간 사람이 아닌지라, 크게 놀라고 이상히 여겨 수레에서 내려와서는 풀을 깔고 앉으며 물었다.

"수재는 어떠한 사람인가? 고성대명高姓大名을 듣고자 하노라."

소저가 마지못하여 대답하였다.

"소저의 성명은 백운경이온데, 집은 강주로소이다."

관원이 또 물었다.

"수재가 강주 사람이라 하니 또한 백소부를 아느냐?"

소저가 그 관원을 자세히 보니, 창안백발蒼顔白髮[217]에 풍모가 돈후敦厚[218]하여 진실로 군자였다. 이에 눈물을 흘리며 대답하였다.

"소부는 곧 소자의 엄친嚴親이로소이다."

그 관원이 크게 기뻐함을 이기지 못하여 황망히 소저의 손을 잡으며 탄식하였다.

"노부老夫는 곧 전임 병부상서兵部尙書 설현이로다. 일찍이 존대인尊大人과 더불어 죽마고우竹馬故友가 되어 한원에 출입하였도다. 요사이 번진藩鎭[219]이 발호跋扈[220]하고 또 권간權奸[221]이 난정亂政[222]함으로 노부가 공명에 뜻이 없어 벼슬을 사양한 후 채주 향리로 퇴거하였는데, 존대인이 권흉權凶에게 참소된바 멀리 애주로 찬축되었다는 말을 들었도다. 진실로 군자의 벼슬할 때가 아니라,

---

217) 창안백발蒼顔白髮 : 노인의 파리한 얼굴빛과 흰 머리.

218) 돈후敦厚 : 인정이 두텁고 후함.

219) 번진藩鎭 : 변방에 설치하여 군대를 주둔시키고 그 지방을 다스리는 관아. 또는 그 벼슬.

220) 발호跋扈 : 권세나 세력을 휘두르며 날뜀.

221) 권간權奸 : 권세를 가진 간신.

222) 난정亂政 : 정치를 어지럽힘.

노부도 부득이 왕명을 받들어 항주자사로 오는 길이나, 조만간 벼슬을 사양하고 채주로 돌아가고자 하노라."

소저가 두 번 절하고 말했다.

"이제 듣자오니 존대인이 가친家親으로 더불어 동연同硯[223]이 되옵거늘, 처음으로 존안을 대하니 감창感愴함을 이기지 못하나이다."

소저가 목이 메어 능히 말을 잇지 못했다. 설공이 추연惆然히 말했다.

"그대를 보니 나이 어린 서생이거늘, 어찌하여 이러한 지경이 되었느뇨?"

소저가 눈물을 흘리며 말했다.

"소자의 부친이 적소로 가신 후에 자모慈母를 뫼시고 집안 비복과 같이 배를 타고 장차 강주 향리로 돌아가는 중이었는데, 마침 심양강 상류에 이르렀더니 배열영이 가만히 도적을 보내어 소자를 죽이고자 함으로, 소자가 이 서동과 같이 강물에 떨어졌으나 사람의 구함이 되어 겨우 신명을 보전하고 형주와 초주 사이에서 떠돌다가, 장차 강주로 돌아가 노모의 소식을 탐문코자 하였습니다. 이곳을 지나다가 또 강도를 만나 다만 죽기를 기다릴 뿐이었더니, 천행으로 대인을 뵈어 잔명을 보존하오니 진실로 재생지은再生之恩을 입었나이다."

223) 동연同硯 : 같은 곳에서 함께 공부함. 그런 사람이나 관계.

설공이 위연탄식喟然歎息하여 말했다.

"이제 충신을 모해하고 또 그 아들을 모두 죽이고자 하니, 대저 소인이 나라를 어지럽게 함이 더욱 한심하도다. 이제 그대의 사정이 급하다 할지라도, 행로에 도적이 가득하여 겁탈을 자행하므로 행인이 끊어졌느니라. 노부가 이 길을 자사의 위엄으로 겨우 지나는 것이니, 그대는 일개 서생으로 어찌 도달함을 얻으리오? 노부를 따라 같이 항주 관부로 가서 머물렀다가, 사람을 강주로 보내어 존부인의 안부를 탐문하고 도적이 소탕되기를 기다려 다시 길을 떠남이 가하도다."

소저가 사례하여 말했다.

"대인의 가르치심이 이와 같으니, 어찌 명을 받들지 아니하오리까?"

설공이 크게 기뻐하며, 소저와 설향으로 더불어 같이 항주에 당도하였다.

사람을 태주에 보내어 가권을 이끌어 오게 하니, 대개 어사정승御史政丞의 후예로서 어질고 도량이 있었다. 일찍 등과하여 벼슬이 경상卿相에 오르고 숙덕과 명망이 일시에 제일이었다.

만년에 비로소 한 딸을 낳으니 이름은 서란이라 하였다. 일찍이 부인 소씨의 꿈에 한 선녀가 하늘에서 내려와 옥란玉蘭 하나를 주고 간 후로부터 잉태하여 십삭에 서란이 탄생하였다. 성도性度224)가 정정貞靜하고 자색이 일세에 드물며 시서백가詩書百家에 능통하니 설공과 부인이 사랑함을 손안의 구슬같이 하였는데, 나이

십삼 세 되도록 아직 배필을 정하지 못하였다. 이 날 설공이 백소저를 데리고 내당으로 들어가 웃으며 부인에게 말했다.

"이 수재는 곧 나의 친구 되는 백소부의 아들이라. 소부가 당초 권간에게 참소당한 바 되어 원방에 찬축되매 이 수재가 노모부인을 모시고 장차 향리로 돌아가려 하였는데, 중로에서 또 권간의 모해를 입어 물에 빠졌다가 요행히 죽지 않고 타인에게 구한 바 되어, 향남에 떠돌아다니다가 다시 강주로 돌아오는 길에 또 도적을 만나, 정히 위급한 지경에 이르렀는데 요행 노부를 만나 큰 환란을 면하고 노부와 같이 이에 왔으니, 어찌 상천이 내 지성을 강잉強仍히 여겨 이 같은 옥랑玉郎을 나에게 주어 평생의 소원을 이루게 함이 아니리오?"

이어서 백소저에게 말했다.

"그대가 이미 노부로 더불어 세교世交가 있으니, 모름지기 자질子姪[225]의 예로 뵘이 좋을까 하노라."

소저가 부인에게 재배하니, 부인이 답례하고 백소저를 보았다. 명모호치明眸皓齒에 거동이 단정하거늘, 심중에 무수히 기뻐하여 스스로 생각하였다.

'내가 일찍이 서란의 아름다움을 당세에 무쌍이라 하였는데, 이제 이 사람을 보고 비로소 세간에 저 같은 남중절색男中絕色이 있음을 알았구나. 만일 여자라 한다면 가히 서시와 모장毛嬙[226]이 일세

---

224) 성도性度 : 성품과 도량.

225) 자질子姪 : 아들과 조카.

에 같이 태어났다 할 것이다.'

부인이 물었다.

"그대의 청춘靑春이 얼마뇨?"

소저가 대답하였다.

"십삼 세로소이다."

설공이 웃으며 말했다.

"그대가 자질의 예로써 여아와 서로 봄이 옳도다."

시비로 하여금 서란 소저를 부르니, 소저가 백공자가 자리에 있다는 말을 듣고 병을 칭탁하여 사양하였다. 공이 다시 시비로 하여금 재촉하니, 소저가 마지못하여 부친의 명을 받들어 근근이 부인의 곁에 와 앉았다. 백소저가 눈을 들어 보니 단장을 아니 하였으나 얼굴이 염려하고 홍상취삼紅裳翠衫[227]은 광채가 사람을 놀라게 하였다. 마음에 심히 흠복하여 일어나 영접하거늘, 공이 소저로 하여금 백소저에게 절하게 하니 백소저가 몸을 굽혀 답례하고 예를 마쳤다.

설공이 흔연히 백소저에게 말했다.

"노부의 만년에 다른 자식이 없고 다만 딸 하나가 있는데, 재모는 비록 남과 같지 못하나 부모 된 마음에 반드시 아름다운 배필을 얻고자 하여 사방으로 구하였는데, 허다한 연소자를 보았으되 종시 눈에 드는 자가 없더니, 요행 그대로 더불어 서로 환난지중患難之中

---

226) 모장毛嬙 : 서시와 동시대에 있었던 월나라의 미인.

227) 홍상취삼紅裳翠衫 : 붉은 치마와 푸른 저고리. 젊은 여자의 단장한 옷차림.

에서 만나 같이 돌아옴을 얻었으니, 이것은 곧 하늘의 인연이라. 노부가 그윽히 여아로서 그대의 건즐巾櫛을 받들게 하노니, 그대는 사양치 말지어다."

백소저가 듣기를 다하고는 일변 놀랍고 일변 황공하여, 자리를 피하며 대답하였다.

"소자가 이미 구명하신 은혜를 입고 또 동상東床[228]의 명을 받으니 감송感悚[229]함이 끝이 없사옵니다. 그러나 일찍이 부모의 명을 받아 이미 혼인한 약정이 있사오니, 진실로 명을 받들기 어렵삽나이다."

설공이 놀라며 물었다.

"그대의 배필이 지금 어디에 있느뇨?"

소저가 말했다.

"김씨 여자로 문벌 있는 가문이로소이다."

설공이 말했다.

"그대의 옥모玉貌를 보니 타일에 공명사업功名事業할 것이 틀림없고, 방두이곽房杜二郭[230]에게 못지아니할지라. 두 부인을 둔들 무슨 해로움이 있으리오? 바라건대 그대는 노부의 간청함을 용납하여 조금도 사양치 말지어다."

---

228) 동상東床 : 남의 새 사위의 존칭.

229) 감송感悚 : 감사하고 송구스러움.

230) 방두이곽房杜二郭 : 방두房杜와 이곽二郭. 당의 장수들. 『신당서』에 『방두전房杜傳』과 『이곽양왕장우전二郭兩王張牛傳』이 있다.

소저가 다시 읍하며 말했다.

"대인의 성의는 비록 감사하오나 다만 부모의 명을 받들지 못하여, 감히 자의로 결단하기 어렵삽나이다."

설공이 말했다.

"존대인이 만일 노부의 말을 들었다면 마땅히 허락할 것이나, 수천 리 떨어져 있어 용이하게 왕복하기 어려우니, 그대는 노부의 말을 좇아 속히 허락할지어다."

소저가 스스로 생각하였다.

'만일 이 말을 들으면 앞으로 편치 못한 일이 있을 것이나, 말을 듣지 아니하면 설공의 큰 호의를 저버릴지라.'

역시 마음에 불안하여 한동안 생각에 잠겼다가, 문득 깨닫고는 다시 일어나 절하며 말했다.

"대인의 권하심이 이같이 간곡하시니, 소자 감히 당하지 못할 바이나 마땅히 명을 받들고자 하나이다."

설공과 부인이 크게 기쁨을 이기지 못하여, 이로부터 백소저를 대접하되 사위의 예로써 하니, 주위 사람들이 모두 치하하였다.

설향이 틈을 타서 소저에게 말했다.

"소저께서 이제 설소저에게 허혼許婚하시니 앞으로의 일을 장차 어찌 처리하려 하시나이까?"

소저가 탄식하여 말했다.

"앞으로 편치 못한 일들은 내가 알지 못하는 바가 아니로다. 일이 이 지경이 되었으니 이제 권도權道[231]를 따르는 수밖에 다른

방도가 없고, 또 천천히 몸을 빼낼 계책을 도모하고자 하노라."

"그러면 설소저는 어느 곳에 두고자 하나이까?"

소저가 말했다.

"나도 또한 생각하여 헤아린 바 있으니, 타일에 네가 마땅히 스스로 알리로다."

설향이 또한 그 뜻을 짐작하고 탄식함을 마지아니하였다.

제5회

백소저는 해운암에서 선도를 수련하고
김상서는 패릉교에서 고인을 만나니라

화설.

설공이 사람을 강주로 보내어 백소부의 집 소식을 탐문하더니, 한 달여에 사자가 돌아와 설공에게 고하였다.

"소인이 가다가 중로에서 병란을 만나 강주까지 도달하지는 못하옵고, 한 객점에서 마침 백소부 댁 근처에 있는 사람을 만나 석부인의 안부를 묻자오니, 황성으로부터 돌아가시는 길에 심양강에 이르렀다가 도적을 만나 그 소저를 물에 잃은 후로 석부인이 그 가권만 거느리시고 무사히 향리로 돌아갔으며 상하가 다 태평하다 하옵더이다."

---

231) 권도權道 : 목적 달성을 위한 임기응변책.

설공이 들으매 마음에 심히 괴이하여, 이 말로써 소저에게 전하며 물었다.

"너의 존부인尊婦人은 신상이 무양無恙하시다 하니 이는 다행이거니와, 소저라 함은 누구뇨?"

소저가 듣고 눈물을 흘리며 말했다.

"그때 소자가 어린 누이와 같이 물에 떨어졌거늘, 이제 촌사람이 다만 소저라 말함은 잘못 전하는 말이니, 어찌 취하여 믿으리이까?"

설공이 그제야 의심치 아니하였다.

소저가 모부인이 무사히 돌아갔다는 말을 듣고 조금 마음이 놓이나, 소부가 떠난 이후의 애주 소식을 듣지 못하여 매양 근심하다가, 항주에서 배를 타면 10여 일에 가히 애주에 도달하리라는 말을 듣고 설공에게 간청하였다.

"부친이 애주에 적거謫居하신 지 우금 3년인데 연락이 아주 끊어졌으니, 원컨대 대인은 소자의 간절한 정을 살피사 한번 가기를 허락하시면 인자人子된 정성을 다할까 하나이다."

설공이 말했다.

"이는 효자의 마음이라. 노부가 어찌 가히 만류하리오마는, 그대가 아직 어린 몸으로서 수천 리 해도에 풍도가 험악하거늘 어찌 용이하게 득달하리오? 노부가 또 마땅히 사람을 애주로 보내어 존대인의 신색을 탐문할지니, 그대는 안심하고 그런 마음을 내지 말라."

소저가 울며 간청하였다.

"부친이 평소 계실 때에도 오랜 병이 많으시거늘 이제 풍토가 좋지 못한 하방에 적거하실 새, 좌우에 부축할 사람이 없는 고로 소자가 밤낮 근심하여 침석이 불안하옵니다. 이미 이곳에서 서로 거리가 멀지 아니하거늘, 만일 풍도의 험악함을 두려워하여 찾아뵙지 않는다면 비단 인자의 정을 어길 뿐만 아니라 진실로 천지 간의 죄인이오니, 바라건대 대인은 이 구구한 사정을 헤아리소서."

설공이 그 지극한 정성을 보고는 억지로 만류하지 못하여 허락하였다. 소저가 크게 기뻐하며 설향으로 더불어 설공 부부에게 하직하고 장차 행장을 차려 떠나려 하였다. 소부인이 소저의 손을 잡고 차마 놓지 못하여, 창연히 눈물을 흘리며 말했다.

"늙은 몸에 그대가 동상東床에 처한 후로부터 비록 행례는 못하였으나 기쁘기 측량없어 오래도록 나의 회포를 위로하였더니, 이제 장차 멀리 떠나니 이 마음이 청룡도로 베어내는 듯한지라. 다만 염려하기는 늙은 몸이 이 세상에 오래 있지 못하여 다시 현서賢壻[232]를 만나기 어려울까 함이라."

소저가 깊이 부인의 후의에 감사하고 또 그 말이 상서롭지 못함을 의심하여 눈물을 흘리며 말했다.

"소자가 이 길에 오래지 아니하여 곧 돌아올 터이오니, 원컨대 부인은 과도히 염려하지 마옵소서."

소저가 외당으로 나와 배를 재촉하니, 설공이 사공에게 분부하여

---

232) 현서賢壻 : 사위의 존칭.

큰 배 한 척을 택하고 행중에 소용되는 제구를 준비하며 또 힘센 가정 대여섯 명으로 하여금 소저를 보호하여 가게 하고, 은자 백 냥을 주어 여비에 보태어 쓰게 하였다.

차설.

소저가 항주를 떠나 겨우 남해에 이르니, 홀연 폭풍이 대작하며 파도가 흉흉하여 배가 장차 뒤집히려 하였다. 배에 있는 사람들이 모두 얼굴이 흙빛이 되어 인사를 차리지 못하고 다 혼도하였으나, 배는 빠르기가 살 같아 순식간에 능히 천 리를 달아났다. 이윽고 바람이 자고 물결이 잠잠해지자 한 곳에 다다랐으니, 그제야 배에 있는 사람들이 정신을 수습하고 뱃머리에 나와서 주위를 돌아보다가 문득 놀라며 말했다.

"이곳은 남해 보타산이라. 별안간에 어찌하여 수천 리 바깥에 도달하였는가? 괴이한 일이로다."

소저가 이 말을 듣고 겨우 정신을 수습하여 뱃머리에 나오며 급히 물었다.

"그러면 여기서 애주까지 서로 떨어짐이 얼마인가?"

사공이 말했다.

"거리를 자세히 알 수는 없사오나 뱃길로 3, 4천 리는 될까 하나이다."

소저가 설향으로 더불어 묵묵히 서로 바라보며 말이 없다가 피차에 눈물이 옷깃을 적셨다.

홀연 파도가 산같이 밀려오더니 그 안에 길이가 수십 장이나 되는 큰 물고기 하나가 있어, 머리를 들고 쏜살같이 다가오는 형상이 배를 삼킬 듯하였다. 배에 있던 사람들이 모두 황급하여 도망할 바를 알지 못하니 다만 하늘을 우러러 부르짖을 뿐이었다. 문득 언덕 위에 한 도인이 있는데, 손에 청려장青藜杖을 들고 천천히 오다가 그 물고기를 벽력같이 크게 꾸짖으니, 그 물고기는 급히 물속으로 도망하여 들어가 아무런 형적形跡도 없게 되었다. 배 안에 있던 사람들이 도인에게 손을 들어 읍하고 일어나 절하며, 목숨을 건져 준 은혜를 무수히 사례하였다.

도인이 소저를 청하여 언덕 위로 올라오라 하며 말했다.

"빈도貧道가 만일 오기를 더디게 하였더라면 공자의 놀람이 과연 적지 아니하였으리로다. 여기서 빈도가 있는 암자까지 거리가 멀지 아니하니, 공자는 사양치 말고 빈도와 같이 가시기를 원하나이다."

소저가 일어나 절하며 환란을 구해 준 은혜를 사례하고, 다만 설향과 같이 도인을 따라 십여 리를 갔다. 산은 첩첩疊疊하고 물은 잔잔하며 창송은 울울鬱鬱하고 녹죽은 의의猗猗[233]한 중에 기화요초琪花瑤草는 암석 사이에 벌여 있고 비금주수飛禽走獸는 수림 사이에 출몰하니 과연 승지명소勝地名所요 선경의 별건곤別乾坤이었다.

청허淸虛하니 인사소人事少하고
적적寂寂하니 도심생道心生이로다

---

233) 의의猗猗 : 아름답고 무성함.

이 글 뜻은 맑고 공허하니 사람의 일이 적고, 적적하고 고요하니 도사의 마음이 일어난다는 뜻이다.

소저가 보기를 마치지 못하여 산문에 다다르니, 한 도동道童이 나와 영접하였다. 도인이 소저와 설향으로 더불어 수층 동문으로 들어가 내원에 이르니 그 위에 해운암海雲庵이라 세 글자를 뚜렷이 써 놓았다. 도인이 도동에게 명하여 소저에게 다과를 권하는데, 그 감미甘味가 이상하고 정신이 청량淸凉해지매 소저와 설향이 못내 칭찬하였다. 소저가 먹기를 다하고 도인에게 배사拜謝[234]하여 말했다.

"사부의 특별히 구제하신 은혜를 입사와 이 같은 선경에 왔사오니 감사하기 그지없사오이다."

도인이 말했다.

"이제 공자는 장차 어디로 가시나이까?"

소저가 말했다.

"가친家親이 지금 애주에 계시기로 근친覲親[235]하고자 가는 길이로소이다."

도인이 눈썹을 찡그리며 말했다.

"존대인尊大人이 지금 권간에게 시기한 바 되어, 가만히 자객을 보내어 자꾸 죽이려고 하매, 이미 심산으로 피하여 그 종적을 감추었으니, 공자가 비록 천신만고하여 애주에 득달할지라도 서로 만나

---

234) 배사拜謝 : 웃어른에게 삼가 사례함.
235) 근친覲親 : 바깥에 있는 사람이 돌아와 가족을 만남.

기 어려울까 하나이다."

소저가 크게 놀라 두 번 절하고 물었다.

"사부가 만 리를 통견通見[236]하시니 소자가 어찌 감히 기망하오리까? 그러면 소자가 가친과 서로 만날 곳은 과연 어디에 있으리오?"

도인이 웃으며 말했다.

"그대가 지금 나를 속이거늘, 어찌 속이지 않는다 하리오?"

소저가 말했다.

"소자의 잘못이 이러하오니, 어찌 감히 기망하리이까? 첩은 본시 여자라, 심양강에서 환란을 만났다가 근근이 도망친 후로부터 심규深閨[237]의 처자가 백주에 행로하기 미편하므로, 권도로 남복을 입고 감히 일시를 지낼 계책을 내었사오니, 이것은 진실로 사세부득이事勢不得已[238]함이로소이다."

도인이 말했다.

"내가 그대의 기색을 보고 알았노라. 또 그대의 존대인이 오히려 수년 액운이 있으나, 이것을 지나면 길상吉祥[239]이 중첩하고 복록이 무궁할지며 그대의 모부인도 회광만년回光晩年[240]의 행복이 있으리라. 김소선은 본래 신라국 태자이고 전생은 곧 선인 왕자진이

---

236) 통견通見 : 이치를 깊이 통달함.

237) 심규深閨 : 깊은 규방.

238) 사세부득이事勢不得已 : 일의 형세가 그렇게 하지 않을 수 없을 뿐임.

239) 길상吉祥 : 운수가 좋을 조짐. 경사.

240) 회광만년回光晩年 : 만년에 들어 경사가 돌아옴.

라. 그대와 더불어 속세의 인연이 있더니, 인간에 적강謫降하여 서로 만나게 하였음이라. 소선이 만일 어려서 화액禍厄을 지내지 않으면 어찌 능히 만리타국에서 결연하리오? 지금은 액운이 다하고 복록이 무궁하여, 멀었던 눈이 자연히 밝아지고 벼슬이 경상卿相에 올라, 이름이 일국에 진동하고 또한 그 천정天定의 인연이 한 곳뿐이 아님이라. 내가 그대로 하여금 여기서 일이 년을 지내게 하여, 그대의 액운이 소진하기를 기다려서 인세에 나가 큰 사업을 이루게 하고자, 해상에서 풍파를 만나 이 땅에 오게 하였노라."

소저가 이 말을 들으니 활연豁然[241]히 꿈을 깬 것 같았다. 도인의 신명함을 감복하고 또한 스스로 마음을 위로하여 일어나 두 번 절하고 말했다.

"육안범골肉眼凡骨[242]이 선인을 알지 못하다가 이제 가르치심을 받아 아득한 길을 지시하시니, 지금 이후로 죽기까지 오직 사부에게 의탁하고 진세의 마음을 쓸어버린 후 사부의 교훈을 받들고자 하나이다."

이때 배에 있던 여러 사람들이 배를 언덕에 대고 오랫동안 소저를 기다리다가, 돌아오지 않으므로 노복 등이 언덕 위에 올라 사면으로 찾았으나, 다만 보이는 것은 만학천봉萬壑千峰에 운무雲霧가 가득하고 기암괴석이 전후에 나열해 있을 뿐, 가는 길을 분별할 수 없었다. 서로 돌아보고 놀라며 종일토록 방황하다가 다시 배로

---

241) 활연豁然 : 환하게 터져 통함. 모든 의문을 밝게 깨달음.

242) 육안범골肉眼凡骨 : 겉모습만 볼 수 있는 평범한 사람.

돌아와 또 십여 일을 머물렀는데, 영영 종적이 막연한지라, 설공의 노복들이 어찌할 줄을 모르고 다만 남쪽을 바라보며 통곡하다가 하릴없이 배를 떠나 돌아왔다.

소저가 도인의 말을 들은 후로 스스로 아는 일이 있어 그 암자에서 머물고자 하다가, 서신 하나를 써서 설향으로 하여금 타고 오던 배에 가서 설공의 노복들에게는 소저가 아직 해운암에 있으니 돌아가서 설공에게 알리라 하였다. 설향이 명을 받들고 강변에 이르렀더니 배는 이미 돌아간 후였다. 설향이 망연히 돌아와 이 사실을 소저에게 고하니, 소저도 초창悄愴[243]하여 눈물을 흘렸다.

문득 도인이 후원으로부터 나와, 소매 안에서 책 세 권을 내어 소저에게 주며 말했다.

"이것은 곧 천서天書라. 하늘과 땅과 사람의 삼재三才를 응하여 세 권을 만들었으매, 그 가운데 풍운조화風雲造化와 신출귀몰神出鬼沒한 술법이 있는 까닭으로, 주나라 강자아姜子牙[244]와 춘추전국의 손무자孫武子[245], 귀곡선생鬼谷先生[246]과 한나라 장자방張子房[247]과

---

243) 초창悄愴 : 마음이 근심스럽고 슬픔.

244) 강자아姜子牙 : 강상姜尙. 주나라 때 사람으로, '자아子牙'는 자이며 별명은 '강태공姜太公', '태공망太公望'이다. 주 무왕을 도와 은 주왕을 몰아냈다.

245) 손무자孫武子 : 손무孫武. '손무자孫武子'는 존칭이다. 전국시대의 전략가로 『손자병법孫子兵法』을 지었다. 오자서의 추천으로 오왕 합려를 도와 패자霸者가 되게 하였다.

246) 귀곡선생鬼谷先生 : 왕후王詡. 전국시대 사람으로 귀곡鬼谷에 은거하면서 소진, 장의, 손빈, 방연을 길러냈다.

247) 장자방張子房 : 장량張良. 유방을 도와 한을 건국했다.

촉한의 제갈량諸葛亮이 다 이 글을 숙독熟讀하였도다. 나라를 다스리고 천하를 태평함과 천지변화天地變化와 풍운조수風雲潮水와 기문둔갑지술奇門遁甲之術과 귀신불측지법鬼神不測之法이 다 이 책에 있으되, 능히 수행하는 사람은 정직무사貞直無邪[248]하고 진세의 사욕을 벗은 후에 가히 성공할지라. 그대는 이 책을 공부하고 조금도 해타懈惰[249]한 마음을 두지 말지어다."

소저가 절하고 받았다.

이후로부터는 깊이 후원에 머물러 전심全心으로 강습講習하였다. 불과 반년에 그 신기묘술神技妙術을 무불통지無不通知하니, 대저 소저가 본래 총명이 과인하여 하나를 들으면 열 가지를 알고 한번 보면 잊지 않았다. 소저가 천서를 공부한 후로 또 선가의 수련하는 방법을 얻어, 기골이 더욱 청수하고 마음이 초연超然하며 스스로 아무런 사념이 없고 영구히 몸을 산중에 의탁하려 하여 진세로 나올 뜻이 없었다.

설향이 울며 간했다.

"소저가 비록 규중여자閨中女子라도 부모의 의탁과 문호의 보존에 관계가 지중至重하거늘, 어찌 가히 몸을 산중에 의탁하여 인간사를 하직하리이까? 원컨대 소저는 다시 생각하소서."

소저가 위연탄식喟然歎息하며 말했다.

"나도 또한 아는 바이로되, 팔자가 기박하고 창해풍파에 오래도

---

248) 정직무사貞直無邪 : 마음이 밝고 곧으며 사특한 생각이 없음.
249) 해타懈惰 : 게으름.

록 고생하다가 이제 몸이 청정한 곳에 있어 만념을 다 뜬구름에 부쳐 보냈거늘, 어찌 다시 연화세계蓮花世界를 버리고 속객俗客이 된단 말인가? 그러나 항상 잊지 못함은 부모의 은혜로다."

소저가 마음을 결단치 못하여 한탄하니 설향도 또한 탄식하여 마지아니하였다.

각설.

선시先時에 백소부가 배열영과 황보박의 참소함을 입고 애주에 처했는데, 원근의 선비와 백성이 모두 백소부의 거룩함을 듣고 있었다. 또 소부가 배열영, 황보박의 참소한 바 되어 이리로 왔다는 말을 듣고, 사람들이 팔뚝을 걷어내며 타매唾罵[250]하기를 마지아니하였다.

산림처사山林處士인 두연이라는 사람은 애주 사람이었는데, 본래 학문에 종사하여 한 고을의 선사였다. 백소부가 두연의 집에 머무르며 부자형제와 다름이 없어 적거謫居하는 고생을 잊어버렸다. 하루는 두연으로 더불어 후원을 배회하고 있었는데, 홀연의외忽然意外[251]에 한 의기당당義氣堂堂한 남자가 손에 번뜩이는 비수를 들고 앞에서 절하며 아뢰었다.

"소인은 장안의 검객으로, 평생에 의기義氣[252]를 좋아하다가 만

---

250) 타매唾罵 : 아주 더럽게 생각하고 침을 뱉어 경멸하고 욕함.
251) 홀연의외忽然意外 : 생각하지 못한 틈에 갑자기 일어남. 느닷없음.
252) 의기義氣 : 정의감에서 우러나온 꿋꿋한 기상과 절의.

일 심중에 불편한 일이 있으면 반드시 이 비수로 찔러 나의 마음을 편하게 하였습니다. 지금 배승상이 소인을 불러 이르기를, '내가 백소부로 더불어 깊은 원수가 있으니, 네가 만일 묘재妙才로써 애주에 가 백소부를 죽이고 돌아오면 내가 마땅히 천금으로 상을 주리라' 하였습니다. 하오나 소인이 장안에 있을 때부터 세상 공론을 듣자오니, 상공은 당세當世의 훌륭한 재상이라 하옵기로 소인이 한번 상공의 얼굴을 보고 이름과 실상이 합당치 못하오면 장차 상공을 해害하고 배승상에게 회답하려 하였삽더니, 잠깐 이곳에 들어와 백성의 말을 듣자오니 다 상공의 성덕을 찬송하며 이제 또 상공을 뵈오니 진실로 정직한 군자라, 소인이 비록 우매한들 어찌 가히 배승상의 말을 믿어 충신을 해하오리까? 다만 배승상이 상공을 투기함이 너무 심하여 만일 소인이 상공에게 가지 않았다는 말을 들으면 반드시 또 자객을 보내어 상공을 해치고자 할 것입니다. 상공은 조심하여 몸을 피하소서."

소부가 듣기를 다하고는 손을 들어 사례하였다.

"내가 이제 잔명을 보존함은 다 의사義士[253]의 은덕이라. 감히 묻나니, 의사의 성명은 뉘라 하느뇨?"

의사가 말했다.

"소인의 성명은 손형이온데 하남 사람입니다. 어려서 부모를 잃고 사방으로 떠돌아다닐 새 평생에 영웅호걸과 사귐을 원하옵더

253) 의사義士 : 의리와 지조를 굳게 지키는 사람. 나라와 민족을 위해 의롭게 목숨을 바친 사람.

니, 오늘날 이 땅에서 비로소 상공을 뵈오니 평생소원을 이루었나이다. 비록 그러나 소인이 이제 배승상에게 죄를 얻었사오니 일로 좇아 강호에 은적隱迹[254]하여 배승상의 해를 피하고자 하나이다."

의사가 일어나 재배하고는 표연히 가거늘, 소부가 탄식하여 말했다.

"이 사람은 진실로 의사라. 만일 이 사람이 아니었다면 내가 반드시 열영의 해하는 바 되었으리라."

두연이 또한 분개함을 이기지 못하며 말했다.

"비교하건대 소인과 군자는 원수지간이라 반드시 죽이고자 아니 하리이까? 지금 같으면 몸을 감추어 해를 자연히 피하기만 같지 못할까 하나이다. 이곳에서 거리가 수십 리 되는 땅에 심산절벽深山絕壁이 있어, 인적이 닿지 않는 가운데 청원암이라 하는 암자가 있으며, 청쇄淸灑[255]하고 유벽幽僻[256]하여 가히 은신隱身함직하니, 청컨대 상공으로 더불어 화를 피하고자 하나이다."

소부가 그 말을 옳게 여겨, 촌민의 이목을 피해 밤중에 두연과 같이 청원암에 당도하니, 다른 사람은 아는 이가 없었다.

배열영이 자객을 보낸 후로 일 년이 지났는데, 회보가 없자 마음에 심히 의심하여 사람을 보내어 백소부의 거취를 탐문하고 아직 무사함을 알았다. 비밀리에 황보박과 더불어 상의하며 말했다.

---

254) 은적隱迹 : 자취를 감춤.
255) 청쇄淸灑 : 맑고 깨끗하며 정신이 쇄락함.
256) 유벽幽僻 : 지역이 치우쳐 궁벽함.

"백문현은 현자라. 황상이 심히 영명하시니 지금은 비록 방축放逐[257]하였으나 만일 백모의 억울한 것을 깨닫고 다시 등용한다면 백모가 우리를 원망하고 반드시 보복할 염려가 있으니, 다시 자객을 보내어 영구히 후환이 없게 하기만 같지 못하도다."

황보박이 말했다.

"이 계책이 실로 내 뜻에 합하도다."

인하여 자객 수인을 불러, 천금을 주어서 애주로 보냈다. 자객들이 백소부를 탐문하니 소부가 벌써 수년 전에 가동家僮[258] 몇몇을 데리고 두연의 집을 떠났는데 온 마을이 다 간 곳을 알지 못했다. 자객들이 한 달여 동안 사면에 탐문하였으나 필경 소식을 알지 못하여, 그런 연유로 배열영과 황보박에게 회답하였다. 배열영과 황보박이 그 말을 듣고 서로 돌아보며, 능히 마음을 놓지 못하였다.

이때 백소저는 해운암에 있은 지 수년이 되었다. 도인에게 수학한 후로부터 재기가 탁월하고 도술이 고명하니 진실로 해상신선海上神仙이요 여중호걸女中豪傑이었다.

하루는 도인이 소저에게 말했다.

"내가 밤에 천문을 보니 중국에 일이 많고 또 그대의 액운이 이제 다하였으니, 그대는 빨리 인세에 나가 배운 재주를 시험하고 힘을 다하여 나랏일에 종사하면 가히 이로써 사직社稷을 편안히

---

257) 방축放逐 : 자리에서 쫓아냄.

258) 가동家僮 : 집안에서 심부름 정도를 하는 어린 사내종.

하고 환란을 평정하며, 또 부모의 얼굴을 다시 볼지니, 반드시 부용각에서의 옛 언약을 버리지 말지어다."

소저가 눈물을 흘리며 말했다.

"제자가 사부의 교양敎養[259]하신 은혜를 입사와 수도한 지 여러 해에 인간사욕은 다 쓸어 버리고 몸을 청정한 곳에 두었으니 이 산문을 떠나 다시 진세를 밟고자 아니 하나이다."

도인이 책망하여 말했다.

"대저 사람의 영욕榮辱에 정수定數[260]가 있으니, 어찌 벗어나리오? 그대는 고집불통하여 천수를 어기고자 하는가? 이제 천운이 닥쳤으니 즉시 이곳을 떠날지어다."

소저가 도인의 전지지감全知知鑑[261]이 있음을 알고 감히 지체하지 못하여 즉시 연연하직하고 산문 밖으로 나왔다. 죽장을 던지니 청룡이 되어, 소저가 설향과 함께 타고 백운을 헤치고 청천을 향하여 쏜살같이 날아갔다. 순식간에 남해를 건너 장안에 득달하여, 구름 사이로 내려와 패릉교 다리 아래에서 주저하며 방황하였다.

문득 한 연소재상年少宰相이, 얼굴은 관옥 같고 나이는 가히 십오륙 세인데, 수레를 타고 청라靑羅[262] 일산日傘을 받쳤는데 수졸이 매우 많았다. 앞길을 인도하려 적봉기赤鳳旗[263]를 들고 쌍쌍이 다가

---

259) 교양敎養 : 가르치고 길러냄.

260) 정수定數 : 정해진 운수.

261) 전지지감全知知鑑 : 널리 모든 것을 알아 사람을 알아보는 능력.

262) 청라靑羅 : 생명주실로 성글게 짠 푸른색의 얇고 가벼운 비단.

263) 적봉기赤鳳旗 : 붉은 봉황과 구름을 그린 의장기.

오니, 소저가 급히 보니 이전에 부용각에서 부친의 명을 받들어 서로 대하여 글을 짓고 맹약을 맺은 김공자 소선이었다. 집을 떠난 이후로 3년이 지나도록 존망을 알지 못하여 경경耿耿[264]한 생각으로 심간에 잊을 수가 없더니, 홀연 이곳에서 다시 만났는데, 멀었던 눈을 다시 뜨고 부귀가 혁혁하여, 일견 슬프고 일견 기뻐하여 자연히 눈물이 흐름을 깨닫지 못하였다. 급히 나무 아래로 피신하려 하는데, 소선이 수레 위에서 번뜻 소저를 보았다. 기골이 청수하고 옥용玉容이 염려艷麗[265]하여, 마음에 크게 괴이하게 여기고 수레에서 내려 소저의 앞으로 와서 손을 들어 읍하며 말했다.

"현형賢兄은 어디에 계시건대 홀로 여기서 방황하시나이까?"

소저가 진즉 피하지 못하고 황망한 중에 답례하여 말했다.

"생은 태주에 사는 백운경이온데, 어려서 부모를 잃고 사방으로 유리하던 차 우연히 이곳에 왔다가 천만의외에 상공의 하문하시는 은덕을 입사오니 감송感悚하기 그지없사오이다."

소선이 소저의 손을 잡으며 흔연히 웃었다.

"나는 예부상서 한림학사 김소선이라. 내가 천하를 주유하여도 현형 같은 미남자는 보지 못하였더니, 이제야 비로소 옛날 반악潘岳[266]과 위개衛玠[267] 같은 이가 오늘에도 있음을 알았노라. 내 집이

264) 경경耿耿 : 불빛이 조금 환하거나 깜박거림. 무엇이 걸려 마음에서 사라지지 않고 염려가 됨.

265) 염려艷麗 : 용모와 태도가 아름답고 고움.

266) 반악潘岳 : 춘추시대 사람으로 미남자의 대명사. 자가 '안인安仁'인데 자를 따서 '반안潘安'이라는 호칭으로 더 유명하다. 시를 지음에 뛰어났을 뿐 아니

여기서 멀지 아니하니, 현형은 사양치 말고 나와 같이 가심이 어떠하뇨?"

소저가 사양하여 말했다.

"생은 본래 한미한 자취라. 경상가卿相家에 몸을 의탁하기를 원치 아니하오니, 감히 명을 받들지 못하겠나이다."

상서가 웃으며 말했다.

"옛말에 일렀으되 사해의 안은 다 형제라 하였고 정의情義가 후하기로 연분이 있다 하니 사람이 세간에 나서 지기知己를 만나기 가장 어려운지라. 내가 한번 현형을 보니 장래 영귀일점榮貴一點이 서로 비추었으니, 어찌 다만 이 정도로 물러나리오?"

소저가 대답하지 못하는 동안에 종자로 하여금 소저를 붙들어 따라오는 수레에 태웠다. 소저가 이 일을 당하여 벗어날 도리가 만무하였다. 소저가 스스로 생각하였다.

'상공이 일찍 내 얼굴을 알지 못하고 나도 또한 본적을 감추었거늘, 상공이 어찌 내 모습을 알리오?'

라 그 용모가 매우 수려하고 풍채가 단아하여, 탄궁彈弓을 들고 낙양 거리로 나가면 여자들이 그를 에워쌌다. 노파들도 그를 보면 과일을 던져 주어 수레에 가득하였다고 한다.

267) 위개衛玠 : 위진시대 사람으로 미남자의 대명사. 학문이 높고 심오하며 성품이 고명하였다. 용모가 매우 뛰어나, 수레를 타고 거리에 나가면 사람들이 옥으로 깎은 조각상인 줄 알았다. 흉노의 침략으로 피난을 갔다가 건업으로 돌아오던 중 그의 명성을 알고 있던 사람들이 보려고 몰려들었는데, 피난살이로 쇠약해졌던 위개는 이 바람에 크게 놀라, 병석에 누웠다가 27세로 요절하였다. 이에 '보는 것만으로 위개를 죽였다看殺衛玠'라는 말이 생겨났다고 한다.

소저가 일어나 절한 후 사례하여 말했다.

"상공의 후의가 이같이 권권睠睠[268]하시니 어찌 감히 고사하리이까?"

상서가 크게 기뻐하여 이제 같이 영풍방 사처로 돌아왔다.

상서가 일찍이 한림에 입각한 후로부터 천자의 총애하심이 나날로 융성하사, 매양 침전으로 소대召對[269]하고 정무政務로 자문하시니 그 경륜하는 바가 모두 치국지법治國之法이었다. 천자가 상서의 도량이 넉넉함을 아시고 깊이 애중하여, 불과 수년에 은청광록대부銀靑光祿大夫[270] 예부상서禮部尙書 겸 한림학사翰林學士를 승수하신 까닭으로, 상서가 후원에 한 초막을 짓고 당호를 천은당天恩堂이라 하여 어사액御賜額을 봉안하고 그 당에서 항상 거처하였다.

이날 백소저와 상봉하여 천은당으로 영접하고 주연을 배설했다. 상서가 친히 물었다.

"현형의 설부화용雪膚花容을 보니 완연한 처자와 같으니, 방년이 얼마뇨?"

얼굴이 가득 붉어지는 것을 깨닫지 못하며 소저가 천천히 대답했다.

"금년으로 십오 세로소이다."

---

268) 권권睠睠 : 마음과 힘을 다하여 정을 두텁게 함.

269) 소대召對 : 왕명으로 입궁하여 정치에 대한 의견을 상주하는 것.

270) 은청광록대부銀靑光祿大夫 : 한나라 때 처음 설치한 관직이 '광록대부光祿大夫'로, 의론하는 일을 주로 하였다. 진晉 이후로는 본래의 관직에 더해 주는 직함이 되었다. 우리나라에서는 고려시대에 사용된 정3품 문관의 품계이다.

상서가 웃으며 말했다.

“나도 금년에 십오 세오니 형과 역시 동갑이로다. 현형의 성씨가 백씨라 하오니 혹 강주 사는 백소부와 족의族誼[271]가 어찌 되느뇨?”

소저가 말했다.

“생은 하방下方 사람이라 비록 백소부가 현재상이라 하는 말은 들었으나 족의는 있지 아니하나이다. 그러나 상공은 어찌 백소부를 물으시나이까?”

상서가 추연히 탄식하며 말했다.

“내가 현형을 보니 비록 초면이라 할지라도 심간心肝이 이제 서로 비추었으니 무슨 은휘隱諱할 일이 있으리오? 나는 중국 사람이 아니라 본래 신라국 태자로서, 10세를 당한 때에 부왕의 병환이 위중하시거늘, 도인의 말을 듣고 홀로 남해 보타산에 가 영약을 구하여 가지고 돌아오는 길에 수적水賊을 만나 영약을 잃고 일행은 다 참살을 당하였으되 나는 홀로 바닷물에 떨어져 표류하다가 요행 무인절도無人絕島에 도착하여 비록 생명은 보전하였으나 두 눈이 장독杖毒[272]에 상한 바 되어 앞을 보지 못하더니, 그때 마침 백소부가 외국에 봉사하였다가 돌아오는 길에 나의 혈혈무의孑孑無依[273]함을 가엾게 여겨 같이 중국으로 돌아와서 또한 그 귀녀貴女로 나의 배필을 허許하시니 이러한 고의高義는 고금에 처음이라. 그

271) 족의族誼 : 일가 간 서로 사이좋게 지냄.

272) 각주 182) 참조.

273) 혈혈무의孑孑無依 : 세상에 혼자뿐이고 의지할 데가 없음.

후 소부가 당조當朝 권가의 참소한 바 되어 애주로 찬축竄逐하매 나도 또한 그 처소를 편안히 하지 못하여 백소부의 집을 떠나 사방으로 표박漂迫하다가 우연히 이원 영관의 집에 객客이 되었더니, 황상이 나의 퉁소 잘 분다는 말을 들으시고 궐내로 불러들여 봉래전 후원에 거처하게 하실새, 황상의 사랑하시는 딸 옥성공주가 또한 퉁소를 불더니, 어느 날 저녁에 문득 기러기 한 마리가 동편으로 날아와 나의 곁에 앉아 슬피 우니, 이 기러기는 내가 본국 동궁에 있을 때에 항상 길들이던 기러기라. 기러기를 안고 통곡할 때에 공주가 기러기 발에 매인 서간을 보고 끌러서 읽으니, 이것은 모후가 내게 부치신 글이라. 나는 두 눈으로 능히 보지 못하여 홀로 한탄하다가 홀연 두 눈이 밝아져 전처럼 앞을 보게 되었으니, 이 일이 어찌 하늘이 하신 바 아니리오? 황상이 나의 눈이 열림을 보시고 놀라 그 연고를 물으신대, 비로소 전후 수말前後首末을 여쭈옵고 본국에 돌아가기를 청하였는데, 황상이 허락하지 않으시고 즉시 장원급제를 시키시더니 불과 수년에 정승의 반열에 오르게 하시니, 황송감사함은 말할 바 없거니와 지금 경경耿耿한 일념은 다만 백소저에게 있노라. 연전에 들으니 백소부의 가권이 장차 강주 향리로 돌아가다가 중로에서 수적을 만나 백소저와 시비 설향이는 일시에 물에 빠져 죽었다 하니, 다시 뉘를 바라리오? 그 말을 들은 후로부터 나는 항상 울울鬱鬱하여 사람 세상의 즐거운 일을 알지 못하노라."

상서가 목이 메어 말을 이루지 못하였다. 소저가 묵묵히 듣다가,

상서와 자기가 천신만고를 지나 이 땅에서 서로 만남이 다 보타산 도인의 지도인 것을 알았다. 이제 상서가 자기를 위하여 무수히 슬퍼함을 보고 자연히 눈물이 솟아남을 금치 못하다가 인하여 물었다.

"상공의 이왕 지낸 액운은 다시 말할 것이 없거니와, 지금은 고진감래로 부귀겸전하시니 어찌 다시 명문거족의 숙녀를 택하여 가약을 정치 아니하시고 한갓 구천에 돌아간 사람을 생각하여 무단無端[274]히 비감하시나이까?"

상서가 말했다.

"내가 백소저의 집에 있을 때 두 눈이 모두 멀어 백소저를 대하여 앉으면 그 용모를 보지 못하나, 그 화답한 글귀를 들으니 진실 천재요 나의 지기가 될 뿐 아니라 그 글귀 속에 절개를 지킬 뜻이 있으니 내두사來頭事[275]를 미리 아는 것 같으니 어찌 세간의 범상한 여자에 비할 바이리오? 그런 까닭으로 나는 백소저를 위하여 종신토록 배필을 구하지 아니할 마음이 있노라."

소저가 웃으며 말했다.

"상공이 너무 과하시도다. 여자가 남자를 위하여 수절守節함은 있거니와 남자가 여자를 위하여 종신불취終身不取[276]한다는 말은 듣지 못하였사오니, 상공은 어리석은 미생尾生[277]의 신의를 본받고

---

274) 무단無端 : 아무런 이유나 명령, 허락 등이 없음.
275) 내두사來頭事 : 앞으로 닥쳐올 일.
276) 종신불취終身不取 : 한평생에 걸쳐 무엇을 얻음이 없음.

자 하나이까? 비록 그러하나 백소저로 더불어 당일에 창화唱和한 글귀를 가히 얻어 들으리이까?"

상서가 주머니 안에서 화전지花箋紙[278] 한 폭을 내어 소저를 주는데, 눈물이 흘러 옷깃을 적셨다. 소저가 말했다.

"재상가 규수의 필적을 외간 남자가 볼 것은 아니오나, 상공이 이제 보기를 허락하시기로 감히 청하나이다."

받아 보니 완연한 부용각에서 자기가 지은 글이고 필적이었다. 이전 일을 생각하고 자연히 비감한 마음을 금치 못하여 눈물이 비오듯 하나, 혹 상서가 깨달을까 염려하여 간신히 억제하고 구구히 그 화전지를 도로 상서에게 주며 말했다.

"무섭다, 상공이 백소저를 잊지 못하심이 이같이 간절하시니, 진실로 신의 있는 군자라 하리로소이다."

상서가 웃으며 말했다.

"나는 들으니 백소부의 찬축됨은 배열영이 그 아들을 위하여 백소저에게 구혼하다가 여의치 못한 까닭으로 혐의嫌疑한 소치라 하니, 바삐 마땅히 글월을 올려 전후에 임금을 속이고 나라를 그르친 죄를 확론할 것이로되, 황상의 총애하심이 너무 융숭하므로

---

277) 미생尾生 : 미생지신尾生之信의 주인공. 춘추 시대 사람이다. 다리 밑에서 한 여자를 만나기로 약속하였는데 여자가 오지 않았다. 기다리는 동안 홍수가 일어났는데도 미생은 피하지 않고 다리 기둥을 끌어안은 채 버티다가 익사하였다. 이에 연유하여 '미생지신'은 우직하고 융통성이 없음을 말한다.

278) 화전지花箋紙 : 시, 편지 등을 쓰는 종이. '화전華箋'은 남의 편지를 높여 이르는 말이다.

지금까지 참고 있으면서 그 기회를 엿보노라."

소저가 말했다.

"아직 불가하나이다. 열영은 간흉奸凶이라 황제께 아첨하여 가장 은총을 얻었으니 쥐를 잡으려다 그 독을 깨트릴 혐의가 있나이다. 배적[279]은 사람을 해치고 일을 그르침이 많은지라, 저의 죄가 구천에 사무쳤으니 그 멸망함을 가히 멀지 아니하여 볼지니이다. 상공은 아직 기다리소서."

상서가 사례하였다.

"현형의 식견識見이 가히 고명한지라. 나의 요량도 또한 이 같도다."

소저가 다시 말했다.

"전일 과봉루跨鳳樓에 계시면서 기러기의 편지를 들으시고 두 눈이 밝아진 후에 다시 공주와 대면하여 서로 보셨나이까?"

상서가 말했다.

"그때 공주가 황망히 피하여 갔으므로 서로 보지는 못하였노라."

소저가 또 물었다.

"그러면 그 일을 황상이 아시나이까?"

상서가 말했다.

"내가 어찌 감히 스스로 공주를 뫼신 일을 황상께 아뢰리오? 또 공주도 이 일을 다른 사람에게 누설치 아니하였으리로다."

---

279) '적賊'은 도적盜賊 또는 역적逆賊, 원수 등이겠으나 배열영의 성인 '배'는 원문만으로 한자를 알 수 없어 생략한다.

소저가 생각하였다.

'해운암 도인이 일찍이 말하기를 태자의 가연佳緣이 한두 곳이 아니라 하더니, 이로써 생각하면 다른 날에 옥성공주도 반드시 상서에게 돌아오리로다.'

소저가 상서에게 말했다.

"생의 천성이 본래 번요煩擾[280]한 곳을 좋아하지 않는 까닭으로 한 조용한 곳을 빌어서 편안히 머물러 쉬고자 하오니, 상공은 용서하고 허락하시리이까?"

상서가 흔연히 대답하였다.

"그는 어렵지 아니하도라."

상서가 명하여 후원의 한 서당을 깨끗이 청소하고는 설향과 같이 거처하게 하고 외인의 출입을 금하니, 소저가 크게 기뻐하였다.

설향이 가만히 소저에게 말했다.

"이제 상서의 지나신 일을 들으니 다 하늘이 하신 바요, 인력人力으로 할 바가 아니며, 또 상서가 소저를 위하여 몸을 지키심이 이같이 간절하니 어찌 사람의 마음을 감동하게 하지 아니하리오? 소저는 고집하지 마시고 다시 생각하여 빨리 가연을 맺는 것이 좋을까 하나이다."

소저가 말했다.

"상공이 비록 내게 다정하다 할지라도 나는 또한 생각하는 바가

---

280) 번요煩擾 : 번거롭고 요란스러움.

있으니 이것은 너의 알 바가 아니다. 아무쪼록 경솔히 말하지 말지어다."

설향이 감히 다시 말을 하지 못했다.

상서가 소저를 만난 후로부터 공사公事 외에는 항상 소저를 대하여 피차간 정담情談을 이야기하니, 용이 구름을 타고 물고기가 물을 얻은 것 같았다. 잠시도 떠나지 아니하고 서로 보기가 늦은 것을 한탄하였다.

하루는 상서가 조회를 끝내고 집에 돌아와 후당에 들어가니 소저가 없었다. 시동에게 물으니 시동이 대답하였다.

"백상공은 후원에서 꽃을 구경하나이다."

상서가 천천히 후원에 이르니 소저가 설향과 같이 꽃 아래에 마주 앉아, 멀리 양친을 생각하여 눈물이 얼굴을 가리고 있었다. 상서가 소저를 바라보니 그 의용儀容[281]이 요조窈窕[282]하여 해당화가 아침 이슬을 머금은 듯하고 부용이 물 위에 솟아나는 것 같았다. 더욱 흔연欣然[283]함을 마지못하며 앞으로 가서 손을 잡고 말했다.

"현형은 어찌하여 이같이 번뇌煩惱하느뇨?"

소저가 읍하고 대답하였다.

"고향을 떠난 사람이 어찌 부모를 생각하는 회포가 없으리이까?"

상서가 좋은 말로 위로하고 서당으로 같이 돌아왔다.

---

281) 의용儀容 : 몸가짐. 몸을 차린 태도. 풍채.

282) 요조窈窕 : 그윽하고 정숙함.

283) 흔연欣然 : 기쁘고 반가워서 기분이 좋음.

이로써 끝나니 다음은 중권에서 이어지느니라.

〈김태자전〉 권지상 끝.

Ⅲ. 〈김태자전〉 원문

김틱ᄌ젼권지숑이라

P.1

졔회

보타순에셔 틱ᄌ가 영약을 구ᄒᆞ고

ᄌ죽도에서 쳔ᄉ가 ᄉ람을 건진다

화셜 실나시죠 혁거식가 나라를 진흔쌍에 셔우고 또흔 고구려 빅직 두 나라이 각각 흔지방을 ᄎ지ᄒᆞ니 긋쩍에 조션은 소위 솜국시디라 잇쩍 신라은 박셕금 솜셩이 셔로 젼ᄒᆞ야 인군이 됨에 어진 인군이 이여나고 조졍의 인지가 만히 잇셔 필경 고구려와 빅직와 통일ᄒᆞ니 나라이 틱평ᄒᆞ고 ᄉ방에 아모 이리 업더라 ᄎ셜 신나 소셩왕 씩에 일르어 황후 셕시가 우연이 셔안을 의지ᄒᆞ야 조우더니 일기 션동이 오ᄉᆡᆨ치운을 타고 나려와 압헤셔 졀ᄒᆞ야 갈오디 소ᄌ는 쥬령왕의 틱ᄌ 왕ᄌ진이옵더니 ᄒᆞ식에 적강ᄒᆞ야 부인쎄 의탁코져 ᄒᆞ오니 원컨디 부인은 어엿비 너기소셔 ᄒᆞ고 즉시 품으로 들거날 황후 심신이 황홀ᄒᆞ야 놀ᄂᆞ 씨다르니 남가일몽이라 그후로 부터 잉틱ᄒᆞ야

P.2

십만의 옥동주을 탄싱호니 눈은 가을물결갓고 얼골은 빅옥이라 어릴쩍부터 총명이 과인호야 션싱이 업셔도 능히 스셔삼경과 직빅 빅가을 통독호며 또호 단소을 졀 히롱호니 딕져 범승호 직조가 안일너라 십식에 틱즈을 칙봉호야 일홈은 소션이라 호고 즈는 즈진이라 호니 딕져 황후의 몽조을 의지함이너라 소션의 쳔셩이 인즈호고 또호 효셩이 지극호야 부모을 셤김이 미양 졍셩과 공경을 다호니 왕과 황후가 손의 구실갓치 스랑호더라 잇쯔에 소션의 셔 형하나이 이스니 귀인 박시의 소싱이오 일홈은 식증이라 나이 불과 이십에 셩품이 간스호고 음휼호야 소션의 어진 것을 미워호고 부왕의 스랑함을 투기호야 가만이 소션을 쥭이고 틱즈의 위을 쎽아슬 마암을 품어스느 다른 스람은 다 아지 못호더라 호로는 소션이 여러 궁인과 갓치 동히바

P.3

다가의 가셔 노더니 어부 오인이 빅스장에 모혀안즈 큰 거복 한마리을 즈바다 놋코 방금 삼고져 호거늘 소션이 나아가 본즉 거북의 긔라가 두어즈요 거문옷식 풀른터리라 안광이 찰난호야 소션을 우려보고 살여달느는 거동이 잇거늘 소션이 위연탄식호며 어부다려 갈오딕 이것은 이른바 쳥강스즈이라 강히에 쳐호야 별노 인싱의 인연이 업거날 그럿 멱기을 탐호다가 우연히 임공의 낙시을 물고 거연히 그물의 걸여시니 엇지 가련치 안이호리오 호고 즉시 종즈을 명호야 갑슬 후히 쥬고 사셔 만경충파에 노와보닉니 그

거복이 물우에 써셔 머리을 들고 이윽히 소션을 발아보다가 문듯 쏠이를 흔들며 물결을 쌀아 유연히 가더라 날이 져물미 소션이 궁인과 갓치 궁의 도라오니 맛츰 부왕이 우연득병으로 여러달이 되도록 ᄎᆞ효 업거날 소션이 밤낫으로 의관을 졍지ᄒᆞ

P.4

고 겻흘 써ᄂᆞ지 안이ᄒᆞ며 ᄯᅩ ᄒᆞ늘쎄 긔도ᄒᆞ야 몸을 ᄃᆡ신ᄒᆞ기로 발원ᄒᆞ니 왕과 황후 그 효셩을 가샹히 너기고 좌우에 보ᄂᆞᆫ ᄌᆞ 다 감복ᄒᆞ며 탄식지 안이하리 업더라 하로난 ᄒᆞᆫ 도인이 궁문 밧게 셔 스ᄉᆞ로 말ᄒᆞ되 ᄂᆡ 능히 왕의 병을 낫게 ᄒᆞ리라 ᄒᆞ거ᄂᆞᆯ 왕이 근시ᄒᆞᆫ 신ᄒᆞ로 ᄒᆞ야곰 마ᄌᆞ드리게 ᄒᆞ니 나흔 오십이 넘고 풍치ᄂᆞᆫ 쇠락ᄒᆞ야 속긱에 버셔ᄂᆞᆫ 거동이 잇거ᄂᆞᆯ 왕이 고히 역여 즉시 근시로 ᄒᆞ야곰 붓들고 이러안ᄌᆞ 공경ᄒᆞ야 물어 갈오ᄃᆡ 과인이 병셕에 누운 지 여러 달이 ᄇᆡᆨ약무효러니 쳔만의외에 션ᄉᆡᆼ이 누지에 왕임ᄒᆞ시니 원컨ᄃᆡ ᄌᆞ비ᄒᆞ신 마음으로 이 위터ᄒᆞᆫ 목숨을 구직ᄒᆞ소셔 도인이 국궁ᄒᆞ여 갈오ᄃᆡ 빈도ᄂᆞᆫ 쳔ᄉᆞᆫ만슈로 벗을 ᄉᆞᆷᄂᆞᆫ 쳔동이라 이다지 옥치가 미령ᄒᆞ시다ᄂᆞᆫ 말ᄉᆞᆷ을 듯고 쳘니을 지쳑ᄉᆞᆷ아 와ᄉᆞᆸ더니 이직 ᄃᆡ왕의 병근을 보오니 임이

P.5

고황에 든지라 ᄉᆡ간범약으로는 곳치지 못할 것이요 남히 보타ᄉᆞᆫ에 ᄌᆞ쥭임이 잇고 그 아ᄅᆡ쳔연쥭슌이 이ᄉᆞ오니 만일 이것을 어드면 가히 셔 ᄃᆡ왕의 병을 치료ᄒᆞ리이다 왕이 ᄉᆞ례ᄒᆞ야 갈ᄋᆞᄉᆞᄃᆡ 션ᄉᆡᆼ

이 친히 병근을 살피시고 쏘 영약을 지시ᄒᆞ시니 감ᄉᆞ함을 이기지 못ᄒᆞᄂᆞ이다 감히 뭇ᄌᆞ오니 보타순은 여기셔 ᄉᆞ거가 얼마 되ᄂᆞ잇ᄀᆞ 도인이 갈오ᄃᆡ 육노로ᄂᆞᆫ 수만여리오 수로로ᄂᆞᆫ 팔쳔여리가 되오니 그러ᄂᆞ 망망ᄒᆞᆫ ᄃᆡ히ᄉᆞᆼ에 풍도가 흉흉ᄒᆞ고 쏘 ᄒᆡ적이 츌몰ᄒᆞ야 ᄉᆞᆼ션을 겁탈ᄒᆞ오니 진실노 큰 역양과 큰 정셩이 안이면 득달ᄒᆞ기 어렵다 ᄒᆞᄂᆞ이다 굿ᄯᆡ 소션이 겻히 잇다가 도인의 말을 듯고 절ᄒᆞ며 갈오ᄃᆡ 신이 원컨ᄃᆡ 보타순에 가셔 영약을 구ᄒᆞ야 가지고 도라오겟ᄂᆞ이다 왕이 밋쳐 ᄃᆡ답지 못ᄒᆞ야 도인이 우셔 갈오ᄃᆡ 만리풍도ᄋᆡ 빅도 가기 어려울 ᄲᅮᆫ 안이라

P.6

하물며 ᄐᆡᄌᆞᄂᆞᆫ 나라의 근본이오 쏘 나이 어리니 츌납을 용이ᄒᆞ리오 소션이 갈오ᄃᆡ 진실노 영약을 엇어 부왕의 병환을 낫게 ᄒᆞ오면 비록 쥭어도 여한이 업ᄂᆞ이다 왕이 노ᄒᆞᄉᆞ ᄭᅮ지져 갈아ᄉᆞᄃᆡ 십식 유ᄌᆞ가 엇지 능히 ᄃᆡ히을 거ᄂᆡ리오 다시 망영된 말을 ᄒᆞ지 말ᄂᆞ 도인이 이러ᄂᆞ 절ᄒᆞ야 갈오ᄃᆡ 정셩이 지극ᄒᆞ면 셩공치 못ᄒᆞᄂᆞᆫ 법이 엄ᄂᆞ니 ᄐᆡᄌᆞᄂᆞᆫ 힘스소셔 빈도ᄂᆞᆫ 청컨ᄃᆡ 이로 좃ᄎᆞ ᄒᆞ직ᄒᆞ노이ᄃᆞ ᄒᆞ고 표연이 문을 열고 나가더니 불과 두어거럼에 간 바을 아지 못할ᄂᆡ라 궁즁ᄉᆞᆼᄒᆞ가 다 크게 놀ᄂᆞ며 왕이 여러 신ᄌᆞ을 불너 도인의 일을 말ᄒᆞ니 ᄌᆡ신이 다 돈슈ᄒᆞ고 ᄉᆞ례ᄒᆞᄂᆞᆫ지라 왕이 물어 갈오ᄃᆡ 뉘 능히 과인을 위ᄒᆞ야 보타순에 가셔 ᄌᆞ쥭영순을 구ᄒᆞ야 가지고 도라올 ᄌᆞ 잇스리오 ᄌᆡ신이 다 셔로 도라보고 쥭시 ᄃᆡ답지 못ᄒᆞ더니 소션이 츌반ᄒᆞ야 닷시 엿ᄌᆞ와 갈오ᄃᆡ ᄃᆡ져 파도가 흉흉

ᄒᆞᆫ 만

P.7

리 ᄃᆡ히을 건너 령약을 구ᄒᆞ미 실노 용이ᄒᆞᆫ 이리 안이오니 엇지
ᄌᆡ신이 능히 감당ᄒᆞ리잇ᄀᆞ 하물며 도인이 임이 신다려 감을 허락ᄒᆞ
야ᄉᆞ오니 신이 비록 나히 어릴지라도 부왕의 명영으로셔 청컨ᄃᆡ
호을노 보타산ᄋᆡ 가 영순을 구ᄒᆞ야 가지고 도라오깃나이다 왕이
그 지셩을 보고 이윽히 ᄉᆡᆼ각ᄒᆞ다가 허락ᄒᆞᄉᆞ 유ᄉᆞ로 ᄒᆞ야곰 큰ᄇᆡ
ᄒᆞᆫ쳑을 ᄐᆡᆨ츌ᄒᆞ야 쥬즁에셔 수용긔구을 만히 실고 ᄯᅩ 역ᄉᆞ ᄇᆡᆨ여명
을 ᄐᆡᆨᄒᆞ야 ᄐᆡᄌᆞ을 보호ᄒᆞ야 가게 ᄒᆞ더라 소션이 ᄌᆞᆼᄎᆞ 발ᄒᆡᆼ할ᄉᆡ
드러가 황후게 ᄒᆞ직ᄒᆞ니 황후 손을 잡고 울며 갈오ᄃᆡ 이ᄌᆡ 너가
게우 강보을 면ᄒᆞᆫ 십ᄉᆡ유ᄌᆞ로셔 엇지 능히 만여리 바다을 건ᄂᆡ리오
밋ᄂᆞᆫ 바 다만 너ᄲᅮᆫ이라 정셩이 지극ᄒᆞ면 ᄒᆞᄂᆞᆯ이 도으ᄉᆞ 요ᄒᆡᆼ 무ᄉᆞ
히 왕환함을 어들지니 아모조록 몸조심 잘ᄒᆞ야 ᄲᆞᆯ이 영순을 어더가
지고 도라와셔 ᄂᆡ의 거리ᄋᆡ 바라ᄂᆞᆫ 마음 위로ᄒᆞ라 소션이 울며
하직ᄒᆞ고 물너나와 곳 ᄇᆡ을 ᄯᅴ여 남히

P.8

로 향ᄒᆞ더라 잇ᄯᅢ에 왕ᄌᆞ ᄉᆡ즁이 소션의 멀이 써ᄂᆞᆫ 기회을 어더
왕에게 고하야 갈오ᄃᆡ ᄐᆡᄌᆞ가 나히 어릴 ᄲᅮᆫ 안이라 평일에 궁문
밧그로 나가보지 못ᄒᆞ다가 이ᄌᆡ 요괴ᄒᆞᆫ 도인의 말을 듯고 말니풍파
ᄃᆡᄒᆡᆼ을 향ᄒᆞ야 가오니 이르ᄒᆞᆫ 일은 실노 쳔고ᄋᆡ 업ᄂᆞᆫ 이리오 만조
ᄇᆡᆨ관이 ᄒᆞᆫᄉᆞ람도 간ᄒᆞᆫ ᄌᆞ가 업ᄉᆞ오니 신이 통곡유ᄎᆡ함을 금치못

ᄒᆞ나이다 만일 ᄐᆡᄌᆞ의 이러ᄒᆞᆫ 거럼이 조금이라도 소홀ᄒᆞ고 보면 그 종묘와 ᄉᆞ직을 엇지ᄒᆞ오릿ᄀᆞ 신이 청컨ᄃᆡ 별노히 션쳔 ᄒᆞᄂᆞ을 갓초와 뒤을 ᄯᆞ라가셔 령순을 엇고 ᄯᅩ한 ᄐᆡᄌᆞ을 보호ᄒᆞ야 갓치 도라오깃ᄂᆞ이다 왕이 듯기을 다ᄒᆞ더니 크게 깃거ᄒᆞ야 왈 이직 너 말을 들으니 진실노 올토다 ᄂᆡ가 다시 ᄉᆡᆼ각ᄒᆞ니 후회막급이라 너가 만일 가셔 ᄐᆡᄌᆞ 보호ᄒᆞ야 갓치 도라오면 ᄂᆡ가 비록 병즁이라도 침석이 평안ᄒᆞ리로다 ᄉᆡ증이 가만히 깃거ᄒᆞ야 즉시 가졍수ᄇᆡᆨ인과 수다ᄒᆞᆫ 병긔을 ᄇᆡ이 실고 보타ᄉᆞᆫ을 향ᄒᆞ야 가더라 각

P.9

셜 잇ᄯᆡ 소션이 부모와 하직ᄒᆞ고 ᄀᆡ연히 ᄇᆡ에 올ᄂᆞ ᄃᆡ히로 향ᄒᆞ야 갈제 동북품을 연히 맛나 표표탕탕 돗흘 달고 가니 다만 보이ᄂᆞᆫ 것은 망망ᄒᆞᆫ ᄃᆡ히에 물결과 ᄒᆞ늘이 한빗이라 가ᄂᆞᆫ 길은 물밧게 ᄯᅩ 물이오 머러지난 것은 다졍ᄒᆞᆫ 고향이로다 ᄇᆡ 가온ᄃᆡ ᄉᆞ람이 다 ᄀᆡᆨ의 회포을 금치못ᄒᆞ되 유독 소션은 일단 셩심이 영약을 구ᄒᆞ기ᄋᆡ 급ᄒᆞ야 조금도 괴로온 빗치 업고셔 ᄃᆡ략 수십일을 감ᄋᆡ 문듯 놉픈 봉이 멀이 바다 우흐로 보이난지라 ᄇᆡ 가온ᄃᆡ ᄒᆞᆫ 외국ᄉᆞ람이 이셔 손을 들어 가아쳐 갈오ᄃᆡ 져기 보이난 봉이 보타ᄉᆞᆫ이라 ᄒᆞ거ᄂᆞᆯ 소션이 크게 깃거 ᄇᆡ을 ᄌᆡ촉ᄒᆞ야 가다가 날이 져무러 보타ᄉᆞᆫᄋᆡ 당도ᄒᆞ니 층암절벽은 칼노 ᄶᅡᆨ근 덧시 쳔연ᄒᆞᆫ 셕벽을 일우어더라 소션 ᄇᆡ을 히변 평탄ᄒᆞᆫ 곳을 ᄎᆞ져 비로소 ᄇᆡ을 ᄃᆡ이게 ᄒᆞ고 그날밤을 ᄇᆡ 가온ᄃᆡ셔 지ᄂᆡᆫ 후 잇튼날 동ᄌᆞ 수인을 더부러 ᄇᆡ에 나려 수림을 힛치며 칠

P.10

기 쥴을 붓잡고 졀벽을 기여올ᄂᆞ 근근 십여리을 가니 놉흔 봉은 하날을 찌른덧고 긔암괴셕은 여기져기 헛터 잇스며 슈목은 울울창창ᄒᆞ야 다만 듯기는 것이 ᄉᆡ소ᄅᆡ쁀이라 소션의 마음이 두려워ᄒᆞ고 슬퍼ᄒᆞ야 오ᄅᆡ 방황ᄒᆞ다가 향할 바을 모르더니 문듯 호랑이 두마리ᄀᆞ 나와 압기를 막으며 포호ᄒᆞ야 ᄌᆞᄎᆞ ᄉᆞ람을 ᄒᆡ코져 ᄒᆞ거늘 동ᄌᆞ가 크ᄀᆡ 두려워 다 혼도ᄒᆞᄂᆞ 소션은 됴금도 두려운 빗치 업시 동ᄌᆞ을 붓들고 완연이 압흐로 나아가더니 별안간 호랑이난 간곳업고 또 ᄉᆞ슴이 한마리가 수림ᄉᆞ이로 다라나와 ᄉᆞᆫ빗탈 조분길노 완완히 가거날 소션이 그 뒤을 ᄯᆞ라가더니 육칠이를 감ᄋᆡ ᄉᆞ슴의 간곳을 아지못ᄒᆞ고 ᄯᆡ난 임이 셕양이라 저근덧 ᄒᆡ난 셔ᄉᆞᆫᄋᆡ ᄯᅥ러지고 달은 동졍ᄋᆡ 나는지라 소션이 ᄌᆞ연 신톄가 피곤ᄒᆞ야 암ᄉᆞᆼ에셔 쉬더니 문듯 난ᄃᆡ엄난 경쇠소ᄅᆡ가 은은히 들이거날 크게

P.11

깃거 종ᄌᆞ로 더부러 ᄉᆞ문압ᄒᆡ 니르려 현판을 바ᄅᆡ보니 회운암이라 잇는지라 소션이 길ᄉᆡᆨ에 안ᄌᆞ 의관을 정ᄌᆡ할ᄉᆡ 한 도인이 쳥려장을 집고 나오며 왈 멀고먼 히로ᄋᆡ 틱ᄌᆞ가 위험ᄒᆞ물 도라보지 안니ᄒᆞ고 이곳을 오셧나잇ᄀᆞ 소션이 놀ᄂᆞ ᄌᆞ시 보니 곳 전에 보던 도인이라 인ᄒᆞ야 ᄶᅡᆼᄋᆡ 업ᄯᅳ려 졀ᄒᆞ야 왈 ᄌᆡᄌᆞ가 아ᄅᆡ ᄉᆞ부의 가라치시물 입ᄉᆞ와 여러날만ᄋᆡ 이곳ᄋᆡ 왓ᄉᆞ오니 복원 ᄉᆞ부는 급히 영약을 쥬옵셔 도라가 부왕의 병환 낫게 ᄒᆞ소셔 도인이 우셔왈 틱ᄌᆞ의 지극ᄒᆞᆫ 졍셩은 귀신을 감동케 ᄒᆞ시니 감히 명을 거역ᄒᆞ리

잇ᄀ 오날은 날이 져무러시니 아즉 픽알익셔 유숙ᄒ소셔 닉일의 빈도가 영약 잇는 곳을 지시ᄒ오리다 ᄒ고 인ᄒ야 외알의 마ᄌ들 평안히 유숙케 ᄒ고 동ᄌ을 ᄒ야곰 션다와 션과을 드리니 마시 이승ᄒ야 과연 인간의 먹은 것은 안일너라 이날밤에 소션이 그암ᄌ 의셔

P.12

유숙하믹 셕탑이 정긔ᄒ야 말근 기운이 어리엿고 또 금천옥축이 정정이 ᄉ엿거날 소션이 한갑을 쎅여보니 다 션가이 셔칙이라 소션이 ᄌ탄왈 닉가 구즁궁궐의 싱중ᄒ야 이곳의 이갓한 션방이 앗는쥬을 몰ᄂ써니 진실노 진식인싱이 연화의 번뇌함을 밧는도다 잇튼날 일즉 일어나 슨간옥수에 목욕ᄒ고 동ᄌ와 갓치 후원에 들어가 도인게 절ᄒ니 도인 질기며 쇼션의 손을 잡고 후원에 두어 동문을 지나가본즉 층층ᄒ 봉은 옥을 싹근덧고 챵챵ᄒ 송쥭은 울밀ᄒ며 긔화요초는 향취가 진동ᄒ고 난봉공작은 임간의 비회ᄒ니 일은바 별유쳔지비인간이라 또 날을 나가본즉 ᄌ쥭이 울울ᄒ고 쥭임이 밀밀한딕 치운과 셔기가 영농ᄒ지라 도인이 동ᄌ을 명ᄒ야 ᄌ쥭임의 가셔 쥭순 십여게을 키여다가 소션을 주며 왈 이곳은 곳 신션의 ᄉ란바요 진식ᄉ람은 수이 오지 못ᄒ난 딕

P.13

라도 다만 틱ᄌ의 효셩이 하날을 감동ᄒ고 또 빈도와 인연이 잇난 고로 이곳의 와ᄉ오니 이 영순을 가지고 도라가 부왕의 병환을

속히 낫게 ᄒᆞ소셔 소션이 다시 절ᄒᆞ며 감ᄉᆞᄒᆞ다가 외알ᄋᆡ 도라온즉 도인이 쏘 소션다려 왈 ᄐᆡᄌᆞᄂᆞᆫ 이길노 도라가면 화변을 당할거시나 쟝ᄂᆡ에 맛당이 외국인이 구안ᄒᆞ면 ᄌᆞ연 무ᄉᆞ함을 어들지오 그후로난 비록 수연 ᄋᆡᆨ운이 잇슬지라도 복녹이 ᄃᆡ통ᄒᆞ야 ᄐᆡᄌᆞ의 발신됨이 반다시 외국ᄋᆡ 잇스되 츌장입ᄉᆞᆼᄒᆞ야 왕공지위ᄋᆡ 놉히 잇스며 쏘 어진 ᄇᆡ필이 한두리 안일진니 이것은 ᄉᆞᆼ쳔옥황이 명ᄒᆞ신바요 인력으로 할바안니라 ᄐᆡᄌᆞᄂᆞᆫ 삼가 조심ᄒᆞ소셔 소션이 ᄌᆡᄇᆡᄒᆞ고 명을 바드니 도인이 못ᄂᆡ ᄋᆡ연ᄒᆞ고 후원 갓무늘 닷고 들어가더라 소션이 이날밤ᄋᆡ 셕탑의 누어 시시로 도인의 말을 ᄉᆡᆼ각ᄒᆞ니 심신이 살난ᄒᆞ랴 잠을 이루지 못ᄒᆞ더니 홀연 살펴보니 몸은 암셕

P.14

아ᄅᆡ 잇고 ᄉᆞ고ᄋᆡ 인젹이 업셔 다문 듯기ᄂᆞᆫ 것시 비금쥬수의 우난소ᄅᆡ쎈이라 소션이 크ᄀᆡ 놀ᄂᆞ 급히 겻ᄒᆡ을 도라보니 ᄌᆞ쥭순 십여ᄀᆡ가 잇ᄂᆞᆫ지라 그ᄌᆡ야 소ᄆᆡ 속에 거두여 엿코 공즁을 향ᄒᆞ야 무수이 ᄉᆞᄅᆡᄒᆞ고 종ᄌᆞ로 더부러 다시 옛길을 ᄎᆞᄌᆞ ᄒᆡ변으로 도라와 여러ᄉᆞ람을 ᄃᆡᄒᆞ야 젼ᄉᆞ을 셜화ᄒᆞ니 모도다 말ᄒᆞ야 왈 잉것은 다 ᄃᆡ왕의 홍복이오 쏘 ᄐᆡᄌᆞ의 지셩소치로소이다 그러치 안으면 도인이 엇지 ᄐᆡᄌᆞ을 이곳을 인도ᄒᆞ야 령순을 쥬리잇ᄀᆞ ᄒᆞ고 한가지로 ᄇᆡ에 올ᄂᆞ 돗틀 달고 본국으로 향ᄒᆞ야 도라올ᄉᆡ 즁노의셔 역풍을 맛ᄂᆞ 능히 ᄒᆡᆼ션치 못ᄒᆞ고 한 조고만ᄒᆞᆫ 셤ᄋᆡ ᄃᆡ여 순풍을 기다리더니 난ᄃᆡ업ᄂᆞᆫ 큰ᄇᆡ ᄒᆞᄂᆞ이 순풍ᄋᆡ 돗을 달고 살갓치 싸른지라 졈졈 갓가와 오ᄆᆡ 한소연공ᄌᆞ가 ᄇᆡ머리에 나와셔 물어왈

쥬즁ᄋᆡ 여러ᄉᆞ람은 신라국 ᄐᆡᄌᆞ의 일힝이 안인다 쥬즁ᄋᆡ 여러ᄉᆞ
람이

P.15

본국 ᄇᆡ인 쥴 알고 크ᄀᆡ 것거ᄒᆞ야 다 ᄇᆡ머리에 나와 다 ᄇᆡ머리에 나와 ᄃᆡ답ᄒᆞ야 왈 그러ᄒᆞ다 ᄒᆞ니 그 소연이 ᄯᅩ 물어왈 그러면 ᄐᆡᄌᆞ난 어ᄃᆡ 잇ᄂᆞᆫ요 소션이 ᄇᆡ안ᄋᆡ 안ᄌᆞ다가 왕ᄌᆞ ᄉᆡ증의 음셩을 듯고 놀납고 깃쁨물 이기지 못ᄒᆞ야 황망이 나와 ᄉᆡ증의 손을 잡고 물어왈 형ᄌᆞᆼ은 엇지ᄒᆞ야 ᄃᆡ양을 건너 이곳ᄋᆡ 왓나잇ᄀᆞ 부왕의 병환은 과연 엇더ᄒᆞ시며 모후의 기ᄎᆡ도 안령ᄒᆞ시니잇ᄀᆞ ᄉᆡ층이 손을 ᄲᅮ리치고 이러셔 발연변ᄉᆡᆨ왈 아즉 부왕의 병환을 뭇지말ᄂᆞ ᄌᆞ죽순은 과연 어더왓ᄂᆞᆫ가 ᄒᆞ거날 소션이 ᄉᆡ증의 긔ᄉᆡᆨ이 다름을 보고 그 ᄯᅳᆺ을 측양치 못ᄒᆞ야 급히 ᄇᆡ 안으로 들어가 ᄌᆞ죽순을 ᄂᆡ여 두 손으로 밧드러 올이거날 ᄉᆡ증이 바다 소ᄆᆡ 속에 엿코 크ᄀᆡ ᄭᅮ지져 왈 부왕께셔 하신 말슴 ᄂᆡ가 영약을 구ᄒᆞᆫ다고 ᄎᆞᆼ탁ᄒᆞ고 외궁로 나와 가만이 불측ᄒᆞᆫ 일을 도모ᄒᆞ무로 인ᄒᆞ야 근심ᄒᆞ심이 날노 깁고 병환이 날노

P.16

더ᄒᆞ실ᄉᆡ 날노 ᄒᆞ야곰 즁노ᄋᆡ셔 너을 쥭이라 ᄒᆞ시니 ᄂᆡ 엇지 죄을 도망ᄒᆞ리오 소션은 본ᄃᆡ 청셩이 양순ᄒᆞᆫ지라 평일ᄋᆡ ᄉᆡ증의 참독한 쥴을 몰ᄂᆞ더니 문듯 이말을 드르ᄆᆡ 벽역이 머리우ᄋᆡ 써러지난 덧ᄒᆞ고 칼날이 가슴을 찌른덧ᄒᆞᆫ지라 창황망극ᄒᆞ야 능히 ᄃᆡ답지

못ᄒᆞ고 ᄇᆡ머리에 업드러져 무수통곡할 ᄲᅮᆫ이라 ᄉᆡ증이 다리고 온 가졍을 명ᄒᆞ야 쥭이기을 ᄌᆡ촉ᄒᆞ니 소션이 울며 고왈 임이 부왕께셔 쥭으라 ᄒᆞ시니 엇지 감히 살기을 바라리오 그러ᄂᆞ 병환이 엇더ᄒᆞ시물 아지 못ᄒᆞ고 쥭ᄉᆞ오니 이거시 지원졀통한 바로소이ᄃᆞ ᄉᆡ증이 ᄃᆡ답지 안고 연히 가졍을 ᄌᆡ촉ᄒᆞ니 소션이 ᄋᆡ걸왈 쥭기는 일반이라 원컨ᄃᆡ 신톄나 온젼이 쥭이심을 바라나이다 ᄉᆡ증이 허락ᄒᆞ고 그 ᄒᆡᆼ탁에 도약을 ᄂᆡ려 소션의 두눈에 바르고 가졍으로 ᄒᆞ야곰 결박ᄒᆞ야 쥭이라 ᄒᆞ니 가졍

P.17

들이 결박은 안이코 만경창파 ᄃᆡ히즁의 ᄯᅥᆫ지는지라 ᄐᆡᄌᆞ의 일ᄒᆡᆼ이 당초ᄋᆡ난 ᄉᆡ증이 조흔 ᄯᅳᆺ으로 왓셔 영졉할가 ᄒᆞ야더니 ᄯᅳᆺ밧기 이러한 변을 당함ᄋᆡ 면면이 서로 보고 엇지할 쥴을 아지 못ᄒᆞ며 ᄯᅩ ᄐᆡᄌᆞ의 무고이 피히ᄒᆞ믈 원통히 어기고 ᄉᆡ증의 무단이 동기을 참살함을 분키 넉여 결치부심ᄒᆞ며 ᄉᆡ증을 쥭여 ᄐᆡᄌᆞ의 원수을 갑고져 ᄒᆞᄂᆞ ᄉᆡ증이 임이 왕명이라 층ᄒᆞ고 ᄯᅩ 수ᄒᆞᄋᆡ 즁졍을 만이 거ᄂᆞ려슴ᄋᆡ 감히 동수치 못ᄒᆞ고 일시에 방셩통곡ᄒᆞ니 ᄉᆡ증이 크기 노ᄒᆞ야 가졍으로 ᄒᆞ야곰 몰수이 쥭이라 ᄒᆞ니 여러 ᄉᆞ람들이 손ᄋᆡ 아모 병기 업는지라 능히 당치 못ᄒᆞ고 일지히 목을 느려 칼을 밧아 한ᄉᆞ람도 탈쥬ᄒᆞ는 ᄌᆞ 업는지라 ᄉᆡᆼ증이 불을 노와 ᄐᆡᄌᆞ의 탓더 ᄇᆡ을 소화ᄒᆞ고 의기양양ᄒᆞ야 ᄒᆡᆼ쳔ᄒᆞᆫ 지 수일만ᄋᆡ ᄌᆞ쥭영순을 가지고 도라오니 왕과 왕후 ᄉᆡ증의 도

P.18

라옴을 듯고 급히 불너 ᄐᆡᄌᆞ의 소식을 물은ᄃᆡ ᄉᆡ증이 업듸려 아뢰왈 신이 힝션ᄒᆞᆫ 지 여러날 쳔신만고을 비ᄉᆞᆼᄒᆞ고 보타ᄉᆞᆫᄋᆡ 이르려 그곳 ᄇᆡᆨ셩의계 듯ᄌᆞ온즉 ᄐᆡᄌᆞ의 일힝이 과연 보타ᄉᆞᆫᄋᆡ 이르려ᄡᅡ가 풍낭에 표류ᄒᆞᆫ 바 되야 ᄒᆞ로밤에 간바을 아지 못ᄒᆞᆫ다 ᄒᆞ고 혹은 말ᄒᆞ기로 ᄒᆡᄉᆞ에셔 ᄇᆡ가 침몰되얏다 ᄒᆞ옵기에 신이 탐문ᄒᆞᆫ 지 여려날만ᄋᆡ 종젹을 아지 못ᄒᆞ고 신이 호을노 보타ᄉᆞᆫᄋᆡ 올나갓다가 한 노승을 맛ᄂᆞ ᄌᆞ죽순 잇ᄂᆞᆫ 곳을 지시ᄒᆞ옵기 수십본을 ᄏᆡ여 가지고 도라왓ᄂᆞ이다 왕과 왕후가 듯기을 다ᄒᆞ더니 통곡긔절ᄒᆞ며 인ᄉᆞ을 ᄎᆞ리지 못ᄒᆞ거날 좌우근신이 급히 구ᄒᆞ니 왕이 이윽키 잇다가 근근진졍ᄒᆞᆫ 덧ᄒᆞ야 종일토록 통곡함을 마지안이ᄒᆞ더라 이후붓터 병ᄉᆡ가 침즁ᄒᆞ야 졈졈 위급ᄒᆞᆫ 지경이어날 ᄉᆡ증이 ᄌᆞ죽순을 ᄂᆡ여 ᄡᅡ려드리니 왕이 영순을 ᄌᆞ신 후로 병ᄉᆡᄂᆞᆫ 쾨복ᄒᆞ심을 어더시ᄂᆞ

P.19

그러나 쥬야로 쥬야로 ᄐᆡᄌᆞ을 ᄉᆡᆼ각ᄒᆞ야 눈ᄋᆡ 눈물이 ᄀᆡ일 날이 업더라 황쳘 소션이 왕ᄌᆞ ᄉᆡ증의 환을 맛ᄂᆞ ᄒᆡ수ᄋᆡ 침몰되야 물결을 ᄡᅡ라 졍쳐업시 흐르더니 문듯 물속으로 한 거복이 나와 잔등ᄋᆡ 업고 다라남에 ᄲᆞᆯ의기 살갓ᄒᆞᆫ지라 ᄒᆡ즁한셤ᄋᆡ 언덕우ᄋᆡ 놋코 가니 이것은 곳 소션이 본국ᄋᆡ 잇슬ᄯᆡᄋᆡ ᄒᆡ변에 나아가 놀다가 어부의게 ᄉᆞ셔 노와 쥰 큰 거복이라 소션이 고기 ᄇᆡ속에 들걸슬 이 거복의 구안흠을 입어 ᄉᆞ즁구ᄉᆡᆼ으로 요힝이 인명을 보젼ᄒᆞ야 언덕우에셔

향방업시 기여단이다가 한 반셕우에 기여올ᄂᆞ 눈을 ᄭᅡᆷ고 안ᄌᆞ스니
졸지에 ᄆᆡᆼ이되야 예 보던 쳔ᄉᆞᆫ말물물ᄉᆡᆨ이 엇더ᄒᆞ며 왕ᄌᆞ왕손이
신ᄉᆡ가 가련토다 ᄯᅩᄒᆞᆫ 기갈이 ᄌᆞ심ᄒᆞ야 견ᄃᆡ지 못할ᄂᆡ라 하늘노
우려와 기리 부르지지며 혼ᄌᆞ 슬피 우니 말이ᄎᆞᆼᄒᆡ에 파도ᄂᆞᆫ 열열
ᄒᆞ고 쳔리강ᄉᆞᆫ에 비금쥬수도 실품을 먹음언덧다 잇ᄯᆡᄂᆞᆫ 츄구월

P.20

망간이라 츄풍은 소실ᄒᆞ고 ᄒᆡ도ᄂᆞᆫ 흉흉ᄒᆞᆫᄃᆡ 가만니 드르니 ᄉᆞ면ᄋᆡ
셔 소실ᄒᆞᆫ ᄌᆡ소ᄅᆡ 나거날 소션이 고히 너겨 거럼을 옹겨 쳔쳔이
가다가 ᄒᆞᆫ 곳ᄋᆡ 당도하야 손으로셔 더덤더덤ᄒᆞ니 이ᄂᆞᆫ 곳 ᄃᆡ밧치
라 인ᄒᆞ야 그 열ᄆᆡ를 싸고 그 쥭순을 ᄏᆡ여 마음ᄃᆡ로 먹으니 그도
요기되ᄂᆞᆫ 덧 졍신이 ᄉᆞᆼ쾌ᄒᆞᆫ지라 그ᄌᆡ야 허리예 ᄎᆞᆺ던 소도을 ᄲᆡ셔
ᄃᆡ을 버혀 단소로 만드러 시시로 ᄒᆞᆫ 곡조을 부니 그 소ᄅᆡ 쳥아하야
인간ᄋᆡ 잇난 범ᄉᆞᆼᄒᆞᆫ ᄃᆡ와 과연 다른지라 소션이 ᄯᅩᄒᆞᆫ 심즁ᄋᆡ 긔이
ᄒᆞ야 호을노 암ᄉᆞᆼᄋᆡ 안ᄌᆞ ᄯᆡᄯᆡ로 히롱ᄒᆞ야 울젹ᄒᆞᆫ 회포을 위로ᄒᆞ
더니 잇ᄯᆡᄂᆞᆫ 당국 덕종시졀이라 맛참 덕종이 례부상셔 ᄇᆡᆨ문현을
명ᄒᆞ야 유국왕을 봉ᄒᆞ고 ᄎᆡ단을 만이 쥬어 례ᄑᆡ을 후ᄒᆞ게 함으로
ᄇᆡᆨ어ᄉᆞ가 명을 밧아 남으로 갓다가 일을 맛치고 도라올ᄉᆡ 월남ᄯᅡᆼ
ᄋᆡ 이르러 멀이 ᄒᆡ즁을 바라보니 ᄉᆞ면이 다 쥭임이

P.21

라 홀연히 통소 소리가 쥭임 속으로 나온ᄃᆡ 그 소ᄅᆡ ᄋᆡ원ᄒᆞ고
쳥졀ᄒᆞ야 ᄇᆡᆨ학이 구소에셔 부르지진 덧고 봉황이 단ᄉᆞᆫᄋᆡ셔 우ᄂᆞᆫ

덧흔지라 어ᄉ가 크긔 고히 너겨 ᄉ공을 불너 그 셤이 비을 디이계 ᄒ고 언덕 우의 올ᄂ 단소 소릭 ᄂ난 곳을 ᄎᄌ가니 한 동ᄌ가 반셕 우의 놉피 안ᄌ 호을노 단소을 불거날 어ᄉ 더옥 기이 너겨 물어 왈 망망디히즁 무인졀도의 동ᄌ난 과연 엇던ᄉ람으로 호을노 안ᄌ 단소을 부난ᄃ 소션이 이 셤에 당도한 후로붓터 비록 수즁고 혼은 안이되야스나 안픽ᄒ야 아무것도 보지 못ᄒ고 쏘 인가가 업슴으로 여러날 먹지 못ᄒ야 쥭기을 기다릴 섄이더니 홀연히 어ᄉ의 말을 듯고 황망이 나려와 졀ᄒ야 왈 소ᄌ가 어리셔 부모을 여히고 도로의 힝걸ᄒ옵더니 맛참 질남 쌍으로 가던 ᄉ션이 지ᄂ 다가 보고 어엿비 넉여 비예 실고 이셤의 왓다가 히적의 약탈할 바 되야 일힝

P.22

이 다 춤옥히 쥭어스나 소ᄌ는 나이 어리무로 요힝이 춤옥한 화을 면ᄒ야 이 셤에 바리고 가ᄉ오니 원컨디 디인은 ᄌ비ᄒ신 마음을 들리와 이 ᄌᆫ명을 구안ᄒ소셔 어ᄉ 소션의 슈말을 듯고 어엽비 너겨 왈 나는 당국ᄉ신으로셔 외국의 갓다가 지금 회정ᄒ는길이라 늬가 유리표박ᄒ야 의지할 곳지 업스면 나을 쌀아 갓치 갈지어다 소션이 크긔 깃거 졀ᄒ고 무수이 치ᄉᄒ더라 어ᄉ 종ᄌ로 ᄒ야곰 비예 붓들어 안치고 월여을 가다가 항쥬 쌍의 이르려 그직야 육지에 ᄂ려 소션을 후거에 실고 황졍에 당도ᄒ야 소션으로 먼저 본집을 보니고 황지계 들어 당여온 ᄉ실을 복명ᄒ니 덕종이 특별히 벼슬을 더ᄒ야 틱ᄌ소부을 삼은디 소무ᄉ은ᄒ고 나와 본부로 도라

오니 ᄃᆡ져 소부ᄂᆞᆫ 당조의 어진 ᄌᆡ승이라 그 덕망이 일ᄉᆡ에 진동ᄒᆞ
고 부인 셔시ᄂᆞᆫ 례부시랑 셕도임의 ᄌᆞ시라 소부 나히 ᄉᆞ십이 너머

P.23

스ᄃᆡ 실ᄒᆞ의 일졈혈육업셔 부인 셕시로 더부러 주야로 근심ᄒᆞᄉᆞ
두로 명ᄉᆞᆫᄃᆡ쳔의 기도ᄒᆞ며 ᄯᅩᄒᆞᆫ 은덕을 만이 ᄇᆡ푸더니 일일은
부인 몽즁의 ᄒᆞᆫ 션녀 손의 옥함을 들고 부인 침방에 들어와 비ᄀᆡ머
리에 안ᄌᆞ 부인게 고왈 쳡은 옥황상ᄌᆡ의 시녀이옵거이와 이 옥함즁
의 든거슨 곳 ᄐᆡ을셩졍이온ᄃᆡ 젼ᄉᆡᆼ의 부인으로 더부러 인연이
잇ᄉᆞᆸ난고로 상ᄌᆡ께셔 명ᄒᆞᄉᆞ 귀ᄃᆡᆨ의 졈지ᄒᆞ시니 타일의 복녹이
무량ᄒᆞ고 ᄯᅩᄒᆞᆫ 큰 ᄉᆞ업을 일우어 공이 우쥬의 ᄯᅥᆯ치고 일홈이 쥭ᄇᆡᆨ
의 ᄃᆡᆯ울써시오 ᄯᅩ 쥬령왕의 ᄐᆡᄌᆞ 왕ᄌᆞ진과 션가의 인연이 잇ᄉᆞ오
니 부인은 어녓비 너기시고 이 말ᄉᆞᆷ을 잇지 마옵소셔 ᄒᆞᆫᄃᆡ 부인이
졀ᄒᆞ고 두손으로 옥함을 바든후 홀연이 ᄭᆡ다르니 남가일몽이라
마음 크ᄀᆡ 고이 너겨 그 몽ᄉᆞ로 소부계 고ᄒᆞ니 소부 깃거ᄒᆞ야
왈 몽ᄉᆞᄂᆞᆫ 옥황이 우리 부부의 졍

P.24

셩을 감동ᄒᆞ신 반니 엇지 남여를 이논ᄒᆞ리오 ᄒᆞ더라 그후로 부인
잉ᄐᆡᄒᆞᆫ지 십삭만의 ᄒᆞᆫ ᄯᆞᆯ을 나흐니 불근 기운이 실ᄂᆡ에 가득ᄒᆞ고
이승한 향긔가 ᄉᆞ람을 침노ᄒᆞᆫ지라 부인이 혼몽즁의 완연히 젼일
보던 옥여가 향탕으로 ᄉᆡ로 난 아희를 모욕ᄒᆞ여 산셕에 편히 누이
고 다시 공즁을 향ᄒᆞ야 가거날 삼일을 지닌 후의 소부 쳐음으로

ᄉᆞᆫ실ᄋᆡ 들어와 아ᄒᆡ을 보니 용모가 단졍ᄒᆞ고 골격이 청수ᄒᆞᆫ지라 크ᄀᆡ 깃거 부인다려 왈 이 아ᄒᆡ가 비록 남ᄌᆞᄂᆞᆫ 안일지라도 그 용모가 비범ᄒᆞᆫ 것슬 보니 타일ᄋᆡ 반다시 우리 가문을 ᄎᆞᆼ셩할지라 ᄒᆞ고 곳 일홈은 군영이라 ᄒᆞ니라 ᄉᆞ월이 여류ᄒᆞ야 소져 나히 벌셔 십ᄉᆞ라 덕셩이 단아ᄒᆞ고 춍명이 과인ᄒᆞ야 시셔ᄇᆡᆨ가와 의약복셔를 무불통지ᄒᆞ고 일동일졍이라도 례법에 버셔나지 아니하이 소부 ᄉᆞ랑ᄒᆞ기을 쟝쥬보옥갓치 하고 반다시 어

P.25

진 ᄇᆡ필을 엇고져 ᄒᆞ야 빈부귀쳔을 물논ᄒᆞ고 널이 구ᄒᆞ되 뜻에 합당ᄒᆞᆫ ᄌᆞ 업더니 이날 소부가 류국으로붓터 도라와 ᄂᆡ당으로 들어가 셕부인을 보고 각각 젹조ᄒᆞᆫ 회포을 셜화ᄒᆞ다가 소져으 손을 잡고 그 등을 어로만지며 희ᄉᆡᆨ이 만안ᄒᆞ더니 이윽고 외당ᄋᆡ 나와 빈ᄀᆡᆨ을 졉ᄃᆡᄒᆞ다가 밤이 깁픈 후ᄋᆡ 셜마ᄒᆞ니라 소부 소션을 만난 후로 마ᄋᆞᆷᄋᆡ 그 비ᄉᆞᆼ한 ᄉᆞ람인 쥴 알고 특별이 ᄉᆞ랑ᄒᆞ되 친ᄌᆞ식이ᄂᆞ 달을 바 업셔 후원셔당ᄋᆡ 거쳐케 ᄒᆞ고 ᄆᆡ양 여가 잇스면 셔당ᄋᆡ 가 소션으로 더부러 담화ᄒᆞ더니 일일은 소부 우연히 불어 갈오ᄃᆡ ᄂᆡ 비록 나히 어리ᄂᆞ 너의 춍명이 과인함을 보니 일즉 문ᄒᆞᆫᄋᆡ 종ᄉᆞᄒᆞ얏ᄂᆞᆫ다 소션이 ᄃᆡ답ᄒᆞ야 왈 소ᄌᆡ 어릴젹에 학업을 싹글 길이 업ᄉᆞ오니 엇지 문한을 아리잇ᄀᆞ 그러ᄂᆞ 일즉 들은즉 문학이라 함은 본ᄂᆡ 부유의 심장과 음풍농월이 안이라

P.26

맛당이 육경을 근본을 삼을지니이다 소부 놀ᄂᆡ여 물어왈 육경으로 근본을 삼ᄂᆞᆫ 뜻이 과연 엇더ᄒᆞ뇨 소션이 ᄃᆡ답ᄒᆞ야 왈 ᄃᆡᄀᆡ 쳔지지간ᄋᆡ 육경을 귀히 아ᄂᆞᆫ 바ᄂᆞᆫ 쥬역으로셔 음양을 알게 ᄒᆞ고 시젼으로셔 음양을 알게 ᄒᆞ고 시젼으로셔 셩졍을 말ᄒᆞ고 ᄉᆞᆼ셔로셔 정ᄉᆞ를 긔록ᄒᆞ고 츈츄로셔 상벌이 분명ᄒᆞ고 예악으로셔 상ᄒᆞ귀쳔과 인졍 풍속의 션악을 발ᄒᆞ야시니 하날ᄋᆡ 비ᄒᆞ면 일월셩신과 풍운뇌졍이오 ᄯᆞᆼᄋᆡ 비ᄒᆞ면 강하ᄉᆞᆫ악과 금슈초목인 고로 셩인이 쳔지로 글을 삼고 육경으로 쳔기에 ᄇᆡ합ᄒᆞ야 학술ᄋᆡ ᄃᆡ도가 젼함이라 이ᄌᆡ 문학에 착실ᄒᆞ난 ᄌᆡ 만일 육경ᄋᆡ 젼심치지ᄒᆞ면 이단의 학을 물이치고 셩현의 도를 젼ᄒᆞ리이다 소부 듯기을 다ᄒᆞ더니 크ᄀᆡ 놀ᄂᆡ여 소션의 손을 잡고 다시 탄복ᄒᆞ야 왈 늬가 불과 십ᄉᆡ유아로셔 지식과 의견이 이갓흘 쥴 몰

P.27

나스니 참으로 나의 션ᄉᆡᆼ이로다 ᄒᆞ고 이후로난 더욱 공경ᄒᆞ고 ᄉᆞ랑ᄒᆞ나 다만 그 ᄒᆡᆼ적과 ᄂᆡ력을 몰ᄂᆞ 항ᄉᆞᆼ 의심ᄒᆞ더니 일일은 소부 우연이 셔당ᄋᆡ 갓다가 소션이 홀노 안ᄌᆞ 얼굴ᄋᆡ 눈물흔적이 이심을 보고 물어왈 ᄂᆡ가 부모을 ᄉᆡᆼ각ᄒᆞ난다 소션이 ᄭᅮᆯ어안지며 ᄃᆡ답ᄒᆞ야 왈 유리쳔종이 ᄌᆞ연 비감ᄒᆞᆫ 눈물을 금치못ᄒᆞ다가 ᄃᆡ인ᄋᆡ ᄌᆞ문ᄒᆞ심을 입어ᄉᆞ오니 황송함을 이기지 못ᄒᆞᄂᆞ이다 소부 이윽키 ᄉᆡᆼ각ᄒᆞ다가 ᄯᅩ 물어 왈 ᄂᆡ가 너을 더부려 평초갓치 셔로 맛ᄂᆞ 심간이 셔로 ᄇᆡ취니 의로 말ᄒᆞ면 붕우갓고 졍으로 말ᄒᆞ면 부ᄌᆞ갓흔

지라 셜혹 말ᄒᆞ기 어려울 일이 잇슬지라도 무ᄉᆞᆫ 은휘할 바 이스리
오 ᄂᆡ 너의 기ᄉᆡᆨ을 보고 너의 동졍을 살피니 졍영 부귀가ᄋᆡ ᄉᆡᆼ즁ᄒᆞ
얏고 거리ᄋᆡ 심상ᄒᆞᆫ 아ᄒᆡ 안이로다 너의 문벌과 셩시와 지ᄂᆡ간
환ᄂᆞᆫ을 진졍으로 말ᄒᆞ야 나의 의

P.28

혹을 풀ᄀᆡ ᄒᆞ라 소션이 이윽키 듯다가 문득 보타산 도인의 말을
ᄉᆡᆼ각ᄒᆞ고 ᄌᆞ연 마암애 감동ᄒᆞ야 일어ᄂᆞ 지ᄇᆡᄒᆞ야 왈 이ᄌᆡ ᄃᆡ인이
이갓치 무르시니 엇지 감히 은휘ᄒᆞ오릿ᄀᆞ 소ᄌᆞᄂᆞᆫ 본ᄃᆡ 즁국ᄉᆞ람이
안이라 신라국 ᄐᆡᄌᆞ 김소션이로소이ᄃᆞ 일즉 부왕의 병환을 위ᄒᆞ야
남ᄒᆡ 보타ᄉᆞᆫ이 가 영약을 구ᄒᆞ야 가지고 오다가 즁노에셔 도젹을
맛ᄂᆞ 영악영순을 ᄲᆡ앗고 소ᄌᆞ을 ᄒᆡ즁에 썬지ᄆᆡ 표류ᄒᆞ야 무인졀
도셤이 잇다가 쳔ᄒᆡᆼ으로 ᄃᆡ인의 구ᄌᆡᄒᆞ심을 입ᄉᆞ와 오날ᄭᆞ지 잔명
을 보존ᄒᆞ여스나 불ᄒᆡᆼ이 두눈이 풍모ᄋᆡ 상ᄒᆞᆫ ᄇᆡ 되야 아므것도
보지 못ᄒᆞ고 고국을 ᄉᆡᆼ각ᄒᆞ니 운ᄉᆞᆫ이 쳡쳡ᄒᆞ고 창ᄒᆡᄂᆞᆫ반이라 능
이 마암ᄃᆡ로 도라가 슬ᄒᆞᄋᆡ 뫼시지 못ᄒᆞ고 ᄯᅩ 부왕의 병환이 엇더
ᄒᆞ신지 임이 슈연을 지ᄂᆡ슴으로 쥬야ᄋᆡ 근심ᄉᆞ려ᄲᅮᆫ이요 조금도
ᄉᆡᆨ상ᄋᆡ 갈 ᄉᆡᆼ각이 업나이다 ᄒᆞ고 눈물

P.29

이 압플 가리와 능히 말을 다 못ᄒᆞ거날 소부 듯기을 다ᄒᆞ더니
크ᄀᆡ 놀ᄂᆡ여 쳔연이 눈물을 흘이고 이러나 답례ᄒᆞ야 왈 ᄐᆡᄌᆞ의
효셩은 젼고ᄋᆡ 듯지못ᄒᆞ난바라 ᄃᆡ쳐 동궁이 놋푸신 위ᄋᆡ 계셔

츈츄가 계우 십ᄉᆡᄋᆡ 되시와 엇지 부왕의 병환을 위ᄒᆞ야 만리창히을 평노숨아 엇지 능히 약을 구ᄒᆞ시리잇ᄀᆞ 쳔리로 볼지라도 왕의 병환은 쾨복ᄒᆞ여슬지니 원컨ᄃᆡ 틱ᄌᆞ난 과도이 염려 마옵소셔 소부가 맛당이 이일을 황ᄉᆞᆼ게 쥬달ᄒᆞ야 틱ᄌᆞ로 본국ᄋᆡ 도라가시게 ᄒᆞ리이다 소션이 이러ᄂᆞ 직비ᄒᆞ고 감ᄉᆞ함을 마지안이ᄒᆞ더라 이후로부터ᄂᆞᆫ 소션으로 공ᄌᆞ라 ᄒᆞ고 일홈을 부르지 안이ᄒᆞ고 ᄯᅩᄒᆞᆫ 이일노셔 다른 ᄉᆞ람의게 뉴셜치 안이ᄒᆞ니 비록 부인과 소져난 아지 못ᄒᆞ고 젼과갓치 ᄉᆡ월을 보ᄂᆡ더라

P.30

졔이회

부용각에셔 소부가 혼인을 약정ᄒᆞ고

양류가에셔 이모가 곡조을 알음이라

일일은 소부 부인과 갓치 후원 부용각ᄋᆡ셔 연못을 구경ᄒᆞ더니 부인이 왈 요ᄉᆞ이 비복의 젼ᄒᆞ난 말을 듯ᄌᆞ오니 상공이 일즉 유리국의 갓습다가 도라오시던 길ᄋᆡ ᄒᆞᆫ 동ᄌᆞ을 다리고 옷셧다 ᄒᆞ미 단소을 잘 분다 ᄒᆞ오ᄂᆞ 한번 듯기을 원ᄒᆞᄂᆞ이ᄃᆞ 소부왈 과연 그런일이 잇스나 ᄂᆡ 근일ᄋᆡ 공무가 춍망ᄒᆞ야 ᄒᆞᆫ번도 들을 여가이 업더니 이직 풍일이 쳥낭ᄒᆞ고 연화가 만발ᄒᆞ여스니 진실노 단소을 들을 만ᄒᆞ도다 ᄒᆞ고 인ᄒᆡ 셔동을 명ᄒᆞ야 소션을 부르니 잇ᄯᆡᄋᆡ 소져ᄋᆡ 맛참 상셔 겻틱 뫼시고 안ᄌᆞ다가 일어ᄂᆞ 피코져 ᄒᆞ거날 소부왈 소션의 나히 방금 십일ᄉᆡ요 ᄯᅩ한 안픽되야 보지못ᄒᆞ니 피치안이ᄒᆞ

야도 무방ᄒᆞ다 ᄒᆞ고 부인이 ᄯᅩ한 말유ᄒᆞ니 소져 문득히 다시

P.31

안ᄌᆞ스나 불안ᄒᆞᆫ 빗치 이거날 소부 잠간 도라보고 우슬 ᄲᅢᆫ이더라 이윽 소션이 셔동을 ᄯᅡᆯ아 부용각의 당도ᄒᆞ니 소부 일어나 영졉하거날 부인과 소셔 그 과도히 ᄃᆡ졉함을 의심ᄒᆞ더라 소션이 부인ᄭᅦ 졀ᄒᆞ기 다ᄒᆞᄆᆡ 소부 특별히 한ᄌᆞ리을 피고 그우의 안ᄶᅦ하니 부인이 소션을 잠간 보니 안모ᄂᆞᆫ 옥갓흐ᄂᆞ 다만 안픠가 되야스니 심히 ᄋᆡ셕이 너기더라 소부 우스며 소션다려 왈 형쳐가 공ᄌᆞᄭᅴ셔 단소을 잘분다 말을 듯고 여기 오시기를 청함이니 한곡조로셔 시속이목을 청쇠케 ᄒᆞ소셔 소션이 ᄌᆡ삼 돈수ᄒᆞ고 소ᄆᆡ속으로 한 단소을 ᄂᆡ여 옷깃을 경ᄌᆡᄒᆞ고 쳔연히 안ᄌᆞ 신식ᄌᆞ탄곡조을 지어 부니 그 곡조의 ᄒᆞ여스ᄃᆡ ○[1] 몸을 기우러 동방을 바라봄이여 ○ ᄒᆡ쳔이 막막ᄒᆞ고 갈기리 망망 ○ 엇지ᄉᆞ 봉조의 큰나ᄅᆡ

P.32

을 어더 ○ 만리ᄌᆢᆼ쳔의 노피날아 고향의 도라갈고 ○ 두히나 졍셩을 못함이여 ○ 타방의 ᄀᆡᆨ이 되야 무단이 유리ᄒᆞᄂᆞᆫ도다 ○ 슬푸다 ᄂᆡ 소ᄅᆡ여 하날이 듯지 못ᄒᆞᄂᆞ니 ○ 퉁소을 부름이 슬푸고 ᄯᅩ다시 슬푸도다 ○ 몸을 기우려 동방을 바라보미여 ○ 집은 무ᄉᆞ만리오 바다난 망망ᄒᆞ도다 ○ 양목이 구픠ᄒᆞ야 갈밭을 아지 못ᄒᆞ미여

---

1) 원문에 표시되어 있다.

○ 도라가기 엇지못ᄒᆞ고 이ᄂᆡ심ᄉᆞ만 최할ᄒᆞ도다 ○ 홍안이 오ᄅᆡ오지 못함이여 ○ 양젼소식을 뭇노니 엇더ᄒᆞ시뇨 ○ 슬푸다 ᄂᆡ노ᄅᆡ여 ᄉᆞ람 ᄢᅵ 못ᄒᆞᄂᆞ니 ○ 퉁소을 부름이여 근심ᄒᆞ고 다시 근심이로다 ᄒᆞ더라 소션이 단소한곡조을 부름ᄋᆡ 그소ᄅᆡ가 ᄋᆡ원ᄒᆞ고 쳥졀ᄒᆞ야 좌우에 듯난 ᄌᆞ 다 슬품을 먹음어 눈물을 흘리더라 소져 귀을 기우리고 가만이 듯다가 홍안이 오ᄅᆡ 오지 못함이여

P.33

양젼소식을 뭇노니 엇더ᄒᆞ시뇨 ᄒᆞ난 곡조ᄋᆡ ᄂᆡ심으로 고히넉여 왈 이 ᄉᆞ람이 필영 외국 왕ᄌᆞ로셔 유리ᄒᆞ야 이ᄋᆡ 왓난쏘다 하물며 져 단소 소ᄅᆡ가 쳥아ᄒᆞ니 ᄉᆡᆼ각ᄒᆞ건ᄃᆡ 혹 골육지변이 잇셔 그러함인ᄀᆞ ᄒᆞ더라 소션이 곡조을 맛치ᄆᆡ 다시 이러ᄂᆞ 옷깃실 졍ᄌᆡᄒᆞ고 앗난지라 소부 웃스며 왈 노부가 구구한 부탁할 말슴이 이ᄉᆞ오니 아지못거라 공ᄌᆞ난 즐거이 허락ᄒᆞ시와 노부의 허망지탄이 업기ᄒᆞ실는지 소션이 공순ᄃᆡ왈 ᄃᆡ인의 ᄒᆞ신 말슴 수화즁인들 소ᄌᆞ 감히 봉승치 안이ᄒᆞ오리ᄀᆞ 수ᄎᆞ 구구할 시ᄇᆡ 업살뎟ᄒᆞ오이다 소부왈 노부 만년ᄋᆡ 다만 무남독여를 주어스ᄂᆡ 나흔 방금 십일ᄉᆡ오 그 ᄌᆡ질과 덕힝이 가히 규방숙여로 득히 군ᄌᆞ의 기취을 밧들만ᄒᆞᆫ지라 노부가 이ᄌᆡ 공ᄌᆞ의 ᄌᆡ덕을 감복ᄒᆞ야 ᄇᆡᆨ연

P.34

가약을 ᄆᆡᄌᆞ 친ᄋᆡᄒᆞᆫ 졍을 다ᄒᆞ고져 ᄒᆞ노니 아지못거라 공ᄌᆞ의 뜻지 엇더ᄒᆞᆫ지로이ᄃᆞ 소션이 듯기을 다ᄒᆞ고 피셕ᄃᆡ왈 소ᄌᆞ난 무의

무탁ᄒᆞᆫ 쳔긱이온듸 듸인이 특별히 하히갓ᄒᆞᆫ 은덕을 ᄇᆡ푸려 문ᄒᆞ
ᄋᆡ 두시고 기갈을 면ᄒᆞ게 ᄒᆞ시니 은혜난 틱순갓한지라 비록 듸인
이 ᄒᆞ문ᄒᆞ신바ᄂᆞ 이일은 감히 봉승치 못ᄒᆞ기나이다 하물며 소ᄌᆞ
압흘 보지 못ᄒᆞ야 픽인이 되야ᄉᆞ오니 원컨듸 듸인은 범ᄉᆞ을 널이
ᄉᆡᆼ각히보옵소셔 부인이 의외에 소부의 말을 듯고 발연변ᄉᆡᆨᄒᆞ야
즁ᄎᆞ 이말을 그치고져 ᄒᆞ거날 소부왈 노부 일즉 관ᄉᆞᆼᄒᆞᄂᆞᆫ 술법을
안ᄂᆞᆫ고로 ᄉᆡᆨ상ᄉᆞ람을 두로 보니 쳔만명즁이라도 ᄒᆞ나도 츌등한
ᄌᆞ 업더니 노부 우연이 히외에셔 공ᄌᆞ을 맛ᄂᆞ든 ᄯᅢ로부터 마암ᄋᆡ
뇨량한바 잇슴이 오ᄅᆡ고 ᄯᅩ 공ᄌᆞ의 옥모을 보니 젼졍이 말니라
비록 양안이 구픽ᄒᆞ야 압흘

P.35

보지 못할지라도 미구에 광명ᄒᆞᆫ 일월을 볼 터이오 ᄯᅩ 츌쟝입ᄉᆞᆼ으로
왕공의 위에 놉피 안ᄌᆞ 공명ᄉᆞ업이 쥭ᄇᆡᆨᄋᆡ 딜울지니 그부귀의
지극함과 ᄌᆞ손의 ᄎᆞᆼ셩함이 이ᄉᆡ에 무상이라 노부 실노 망영된
말이 안인거시니 공ᄌᆞ난 종시 사양치 말고 노부지원을 허락ᄒᆞ소셔
소션이 무수한 감상을 금치못ᄒᆞ야 눈물을 흘이며 고ᄉᆞ함을 마지안
이ᄒᆞ더라 소져 부친의 말을 듯고 그ᄌᆡ야 눈을 들어 소션을 ᄌᆞ시
보니 미목이 청수ᄒᆞ고 골격이 비범ᄒᆞ야 명월이 열분 구름 숨은
덧고 ᄇᆡᆨ옥이 진토ᄋᆡ 어리운 덧ᄒᆞᆫ지라 소져 감격ᄒᆞ야 겻트로ᄂᆞᆫ
비록 쳔긱이 될지라도 흉즁에ᄂᆞᆫ 만고흥망을 품어스니 진실노 일듸
영걸이오 당ᄉᆡ의 군ᄌᆞ로다 마암에 크기 놀ᄂᆡ여 부친의 지인지감을
깁피 탄복ᄒᆞ고 일변으로난 쎤의 안픽함을 ᄋᆡ셕히 넉이더라

P.36

소부 우스며 왈 오널날 이ᄌᆞ리에셔 ᄂᆡ의 흉금이 쾨활함을 금치못ᄒᆞ노니 공ᄌᆞᄂᆞᆫ 일ᄀᆡ 쥬옥을 잇기지 말으시고 노부을 위ᄒᆞ야 션션키ᄒᆞ소셔 소션이 ᄌᆡᄉᆞᆷ 사양ᄒᆞ다가 마지못ᄒᆞ야 두어 졀귀을 부르니 그시에 ᄒᆞ여스ᄃᆡ

ᄒᆡᄉᆞᆼ일긔됴는 ○[2] ᄂᆡ셔ᄇᆡᆨ옥당을 ○ 감공수양의ᄒᆞ야 ○ 영ᄉᆡᆨ원무망ᄒᆞ노라 ○ ᄑᆡ치인간ᄉᆞᄒᆞ고 ○ 이셩도의신을 ○ 봉누명월야ᄋᆡ ○ 수ᄌᆞᆨ통소인이로다

이글뜻은 ᄒᆡᄉᆞᆼᄋᆡ 한 기됴ᄂᆞᆫ ᄇᆡᆨ옥당ᄋᆡ 와셔 길드리도다 공의 수양한 뜻을 감복ᄒᆞ야 긴ᄉᆡᆨᄉᆞᆼᄋᆡ 잇지 못ᄒᆞ기을 원ᄒᆞ낫도다 인간ᄉᆞ을 다 ᄑᆡ치ᄒᆞ고 임이 도외몸이 되얏도다 봉누명월밤에 농소인피기 븟그렵도다 ᄒᆞ엿더라

P.37

소부 듯기을 다ᄒᆞᄆᆡ 손을 치며 층ᄎᆞᆫᄒᆞ야 왈 이시ᄂᆞᆫ 진실노 쳐음을 보와스니 비록 진ᄌᆞ양이ᄐᆡᄇᆡᆨ이라도 이ᄋᆡ셔 지ᄂᆡ지 못ᄒᆞ리로다 ᄒᆞ고 다시 소져을 명ᄒᆞ야 왈 노부가 오날날 너을 위ᄒᆞ야 어진 ᄇᆡ필을 어더스니 아비의 명을 ᄉᆞ양치 말고 이시을 화답ᄒᆞ야 ᄆᆡᆼ셔을 지으라 소져 얼굴ᄋᆡ 수괴ᄒᆞᆫ 빗흘 쒸고 오ᄅᆡ 쥬져ᄒᆞ다가 마지못ᄒᆞ야 필연우ᄋᆡ 잇ᄂᆞᆫ ᄇᆡᆨ농화지 일ᄌᆞᆼ을 피고 답시을 시니 그시ᄋᆡ

봉됴츌단수ᄂᆞᆫ ○[3] 소셔비벽오라 ○ 막ᄎᆞ최우익ᄒᆞ라 ○ 종견ᄉᆞᆼ쳔

---

2) 원문에 표시되어 있다.
3) 원문에 표시되어 있다.

구로다 ○ 울울고송질이오 ○ 청청고죽심을 ○ 읙ᄌᆞ싁한됴는 ○ 불수풍상침이라
이글뜻은 봉황싀가 단수읙 나옴은 길듸린바가 벽오동 안이로다 우익이 썩거진 거슬 탄식치 말ᄂᆞ 맛츰에 쳔구읙 올

P.38

나감을 보리라 울울한 놉픈 소나무 셩질이오 청청한 외로온듸 마암이라 사랑ᄒᆞ다이싀읙 ᄎᆞ운됴졀은 바람셔리 침노함을 밧지안이ᄒᆞ리로다 ᄒᆞ엿더라
소부 일이ᄎᆞ 낭독ᄒᆞ다가 여아의 시격이 표일ᄒᆞ고 아담ᄒᆞ니 가히 소션의 시로 더부려 셔로 빅즁지간이 될지오 만일 남ᄌᆞ가 되엿쓰면 맛당이 금방ᄌᆞ월을 졈영ᄒᆞ리로다 그러나 시의가 스ᄉᆞ로 송죽의 졀읙 비흠은 일후읙 반다시 시참이 되지 안을가 두려워ᄒᆞ노라 잇ᄯᅴ읙 소션이 비록 당명ᄒᆞ야 소져의 안모을 보지못ᄒᆞ나 소부의 탄독ᄒᆞ난 소져의 시구을 듯고 그 청아흠을 ᄉᆞ랑ᄒᆞ며 그 졀긔을 감복ᄒᆞ더니 소부 친필노 소션글을 화젼지에 셔셔 소져의계 쥬며왈 늬가 반다시 이시을 깁피 간수ᄒᆞ얏다가 일후읙 신증을 삼으라 ᄒᆞ고 ᄯᅩ 소

P.39

져의 순시을 소션의계 젼ᄒᆞ야왈 공ᄌᆞ도 ᄯᅩᄒᆞᆫ 이시을 낭즁읙 간수ᄒᆞ얏다가 타일읙 부귀ᄒᆞ거던 이ᄌᆞ리 부용각의셔 밍셔ᄒᆞ심을 잇지 마소셔 ᄒᆞ니 소션과 소져 졀ᄒᆞ고 바드니라 이윽고 소소한 담화을

다ᄒᆞ고 황혼이 되야 시비 등촉을 발키니 소션이 ᄒᆞ직ᄒᆞ고 물너나올 ᄉᆡ 소부 소션을 익끌고 셔당으로 도라와 그손을 잡고 왈 노부 당초의 황숭께 면류ᄒᆞ야 공ᄌᆞ로 ᄒᆞ야곰 조션신나국 본국으로 도라가시케 ᄒᆞ고져 ᄒᆞ얏더니 오ᄉᆞ이 공자의 기ᄉᆡᆨ을 살피건ᄃᆡ 아직도 수연익운이 잇스니 노부의 집의 두류ᄒᆞ야 츤츤히 ᄌᆡ익이 소진ᄒᆞ기을 기다려 금의로 환향함이 무방ᄒᆞᆫ즉 공ᄌᆞ난 안심ᄒᆞ고 ᄯᅢ을 기다려 이마리 허탄ᄒᆞ다 ᄒᆞ지마옵소셔 소션이 졀ᄒᆞ고 무수이 치ᄉᆞᄒᆞ더라 이날 부인이 ᄂᆡ당의 도라와 소져의 손을 잡고 통곡ᄒᆞ야 왈 너의 부친은 진실로 허탄

P.40

한 ᄉᆞ람이라 엇지 나의 쳔금보옥으로 ᄒᆡ도즁걸아의 ᄇᆡ필을 졍ᄒᆞᄂᆞᆫ고 ᄯᅩ 양안이 구ᄑᆡᄒᆞ야 압흘 보지 못ᄒᆞ고 ᄑᆡ인이 되야ᄂᆞᆫ지라 ᄂᆡ가 부용각의셔 결단코 말뉴할거시나 너으 부친이 본ᄃᆡ 셩도가 엄쥰ᄒᆞ고 고집불통ᄒᆞ난고로 ᄂᆡ가 실상ᄀᆡ 구ᄒᆞ기 어려워 감히 말뉴치 못ᄒᆞ야더니 이ᄌᆡ ᄆᆡᆼ약을 졍ᄒᆞ야스니 증이 파의라 말ᄒᆞᆫ들 무슨 유익하리요 소져 머리을 숙이고 잠잠ᄒᆞᄀᆡ 안ᄌᆞ 오ᄅᆡ도록 뫼시고 잇다가 침소로 도라가니라 각셜 잇ᄯᅢ의 ᄇᆡ열녕이라 ᄒᆞ난 승상이 이시ᄃᆡ 인군의 총의함을 어더 권ᄉᆡ가 일ᄉᆡ의 진동ᄒᆞ야 어진 ᄉᆞ람 모ᄒᆡᄒᆞ기 일삼더니 공부상셔 유지라 ᄒᆞ난 ᄌᆡ숭이 황숭ᄭᅴ 숭소ᄒᆞ야 ᄇᆡ열영 지을 져져이 말ᄒᆞ되 말이 심히 간졀ᄒᆞ고 강즉ᄒᆞ거날 열영이 이말을 듯고 크ᄀᆡ 노ᄒᆞ야 쳔ᄌᆞᄭᅴ 참소ᄒᆞ야 멀이 ᄒᆡ외로 졍ᄇᆡ보ᄂᆡ니 조야가 다 송구ᄒᆞ야

P.41

감히 말ᄒᆞ난 ᄌᆞ 업더라 열영의 아달 득양이라 ᄒᆞ난 ᄌᆞᄂᆞᆫ 본ᄃᆡ 어리셕을 쌘 안이라 방탕ᄒᆞ기 한졍업셔 스ᄉᆞ로 말ᄒᆞ되 엇지ᄒᆞ야 졀ᄃᆡ가인을 엇더셔 평ᄉᆡᆼ소원을 일우리오 ᄒᆞ난고로 나히 이십이 되야스ᄃᆡ 아즉 실가을 두지 못ᄒᆞᆫ지라 잇ᄯᆡ 셩안의 잇난 여러 ᄆᆡ팔을 불너 왈 경ᄃᆡ부의 집과 일반 ᄇᆡᆨ셩의 집ᄭᆞ지 물논ᄉᆞᆼᄒᆞ귀쳔ᄒᆞ고 만일 규수의 졀등한 ᄌᆞ 잇거던 나을 위ᄒᆞ야 각각 본ᄃᆡ로 말ᄒᆞ여라 ᄒᆞ니 일시의 여러 ᄆᆡ파가 ᄌᆡᆼ두ᄒᆞ고 나와 각각 본바을 말ᄒᆞ되 셔로 ᄌᆞ랑ᄒᆞ야 놉피고 낫츗난 것이 쳔양지ᄎᆞ오 노쥬지간이라 그즁의 됴파라 ᄒᆞ난 ᄆᆡ파가 잇셔 왈 션화강유ᄉᆞ쏘ᄃᆡᆨ 소져ᄂᆞᆫ 나히 방금이 팔이라 ᄌᆞ용의 아름담고 유한ᄒᆞᆫ 덕이 규방의 졔일이라 할지니 상공은 그쓧이 잇난잇가 득양이 왈 졀ᄃᆡ가인인가 됴파왈 졀ᄃᆡ가인은 되지못ᄒᆞ나이

P.42

다 득양이 왈 만일 졀ᄃᆡ가인이 안이면 소원이 안이로다 됴파 쏘 닷시 엿쥬어 왈 방능최어ᄉᆞᄃᆡᆨ 소져가 나히 지금 십오ᄉᆡ온ᄃᆡ 안ᄉᆡᆨ이 단여ᄒᆞ고 쏘한 문필이 능통ᄒᆞ니 상공의 쓧이 엇더ᄒᆞ니잇ᄀᆞ 득양이 왈 과연 졀ᄃᆡ가인인다 됴파왈 비록 덕ᄒᆡᆼ은 유여ᄒᆞᄂᆞ 아즉 졀ᄃᆡ가인은 못되나이다 득양이 머리을 흔들며 왈 그려면 다 ᄂᆡ의 소원이 안일다 다른거슬 말ᄒᆞ여라 됴파 우스며 왈 노신이 나히 칠십이되도록 규수 잇ᄂᆞᆫ 집을 마니 츌입ᄒᆞ되 최소져와 유소져보다 초츌한 소져을 보지못ᄒᆞ야스니 이밧ᄭᅴ는 다시 구ᄒᆞ기 어렵나이다

비록 그러나 원컨ᄃᆡ 상공은 엇더ᄒᆞᆫ 규수을 구ᄒᆞ고져 ᄒᆞ신잇ᄀᆞ 득양이 왈 위나라 장강이와 ᄒᆞᆫ나라 왕소군 갓ᄒᆞ면 가히 셔 정실을 삼을지오 오왕의 셔시와 셕숭의 녹쥬와 진후쥬의 장려화와 수양ᄌᆞ의 오강션 갓ᄒᆞ면 가히 셔 별실노 삼을지나 만일

P.43

그러치 안이ᄒᆞ면 다 ᄂᆡ 소원이 안이라 ᄒᆞ거날 됴파 듯기을 다ᄒᆞ더니 손을 어로만지며 크ᄀᆡ 우셔 왈 이ᄌᆡ 상공의 말ᄉᆞᆷ을 들르니 이것은 다 경셩경국의 졀ᄃᆡ가인이라 비록 고셕의 인물이 만을지라도 보기 어렵거날 하물며 금ᄉᆡ상에 만물이 강쇠ᄒᆞ얏스니 그러한 가인을 어ᄃᆡ셔 어더오릿가 도로 심염역만 허비ᄒᆞ시고 맛ᄎᆞᆷᄂᆡ 엇지 못할지니 이것은 연목으로 고기 엇기와 일반이라 비록 그르나 노신이 일즉 두로 당여보던 규수로 의논ᄒᆞ면 당금 이도방 ᄇᆡᆨ소부득 소져의 용모와 덕셩이 국즁의 ᄌᆡ일이오 쳔ᄒᆞᄋᆡ 무상이며 겸ᄒᆞ야 총명이 과인ᄒᆞ여 육예지문과 ᄇᆡᆨ가시셔을 무불능통ᄒᆞ니 실노 범상한 여ᄌᆞ가 안니오 고연 쳔ᄉᆞᆼ션여라 나히 방금 십삼ᄉᆡ오니 상공은 과연 ᄇᆡᆨ소져로셔 부인을 삼고져 ᄒᆞ나잇ᄀᆞ 득양이 듯기을 다ᄒᆞ더니 크ᄀᆡ 깃거ᄒᆞ야 급히 물어 왈 노파의 말리 날을

P.44

속이지 안이ᄒᆞ난다 됴파왈 ᄇᆡᆨ소져난 말할진ᄃᆡ 초일이 부상ᄋᆡ 올나 온덧ᄒᆞ고 부용이 녹수ᄋᆡ 나옴갓ᄒᆞ야 요됴한 ᄌᆞᄐᆡ와 빙동한 거동은 ᄇᆡᆨ치가 구비ᄒᆞᆫ지라 비록 예쥬의 션녀와 월궁의 황아라도 이ᄋᆡ

지ᄂᆡ지 못할지니 엇지 ᄉᆡ간여ᄌᆞ의 범ᄉᆞᆼ속ᄐᆡ에 비ᄒᆞ리잇ᄀᆞ 득양이 이말을 듯고 심신이 황홀하야 오ᄅᆡ도록 말을 못ᄒᆞ다가 다시 됴파다려 왈 노파가 능이 나을 위ᄒᆞ야 수고을 ᄋᆡᆨ기지 안이ᄒᆞ면 맛당히 쳔금으로 은혜을 갑후리라 ᄒᆞ니 됴파왈 노신이 일즉 들으니 ᄇᆡᆨ소부가 소져을 ᄉᆞ랑ᄒᆞ되 손ᄋᆡ 구실갓치 ᄒᆞ고 아름다운 ᄉᆞ우를 광구ᄒᆞ되 문ᄌᆞᆼ과 미모가 반다시 소져와 갓기를 바ᄅᆡ난고로 지금 소져의 방연이 ᄌᆞᆼ셩ᄒᆞ와거날 아즉 맛당ᄒᆞᆫ 혼쳐 업다 ᄒᆞ오니 이것은 노시의 말ᄒᆞᆫ바 안이라 상공이 시험으로 경ᄌᆡᆼ즁ᄋᆡ 명망잇ᄂᆞᆫ 이

P.45

를 보ᄂᆡ여 말을 잘ᄒᆞ면 혹 만분지일이ᄂᆞ 마암이 잇실난지 아지못ᄒᆞ거니와 그러치 안이ᄒᆞ면 능히 ᄇᆡᆨ소부의 마암을 요동할 ᄌᆞ 업다ᄒᆞ니다 득양이 우셔왈 우리집 노상공의 부귀가 흔천동지ᄒᆞ시고 만됴가다 우리집을 두려워ᄒᆞ니 진실노 한번 ᄀᆡ구ᄒᆞ면 ᄇᆡᆨ소부갓흔 이ᄂᆞᆫ 비록 삼두륙비을 가ᄌᆞ신들 엇지 항거할이ᄉᆡ가 잇스리오 ᄒᆞ고 즉시 ᄇᆡᆨ금으로셔 도장을 쥬어 보ᄂᆡ고 급히 ᄉᆞ람을 보ᄂᆡ여 셕시랑을 쳥ᄒᆞ니 셕시랑이 ᄇᆡ공ᄌᆞ의 부른ᄂᆞᆫ 말을듯고 황망ᄒᆞ야 ᄇᆡ상셔의 문ᄋᆡ 일은지라 득양이 왈 ᄂᆡ 듯건ᄃᆡ 영공의 ᄉᆡᆼ질여ᄂᆞᆫ ᄌᆡ모가 츌즁ᄒᆞ고 덕ᄒᆡᆼ이 구비ᄒᆞ다 ᄒᆞ니 영공은 나을 위ᄒᆞ야 한번 수고을 ᄋᆡᆨ기지 말미 엇더ᄒᆞ뇨 셕시랑은 인 본ᄃᆡ 인품이 용열ᄒᆞ고 ᄯᅩ한 불학무식ᄒᆞ야 오즉 ᄉᆡ도ᄒᆞ난 집의 츄ᄉᆡᄒᆞ기 일삼더니 일즉 영령

P.46

의계 아부ᄒᆞ야 그 젼후관직이 다 연령의 수즁이셔 나온지라 이날의 득양의 말을 듯고 공순ᄃᆡ왈 싱질녀의 쳔ᄌᆡ와 미모는 과연 진ᄉᆡᄉᆞ람이 안이라 비록 그러ᄂᆞ 빅소부난 ᄉᆞ외을 틱함의 소홀히 안이ᄒᆞ야 졸연이 동심키 어럽고 이ᄌᆡ 들으니 임이 졍혼한 곳이 잇다ᄒᆞ난ᄃᆡ 하물며 져는 고집이 너무 과ᄒᆞ야 여의케 셩ᄉᆞ되기 어렵다 ᄒᆞ나이다 득양이 왈 아무커나 잘 쥬션ᄒᆞ야 기어이 셩ᄉᆞᄒᆞ기를 발아노라 셕시랑이 응낙ᄒᆞ고 곳 기신ᄒᆞ야 빅소부의 집에 이르려 소부와 부인을 보고 한헌은 맛친후의 비득양의 구혼ᄒᆞ는 뜻으로 소부의계 젼ᄒᆞ니 소부 발연즉쇽ᄒᆞ야 왈 우리집은 본ᄃᆡ 빈한ᄒᆞᆫ 유가이라 권문ᄉᆡ가로 더부려 결혼ᄒᆞ기 즐거 아니ᄒᆞ고 더고ᄂᆞ 여아의 혼인은 임이 약졍한 곳이 잇ᄉᆞ오니 쳥컨ᄃᆡ 다시 말응 말지어다 시랑이 다시 감히 ᄀᆡ구치 못

P.47

ᄒᆞ고 무류히 물어와 득양을 가보고 소부의 말을 ᄌᆞ시이 젼ᄒᆞ니 득야잉 실심낙망ᄒᆞ야 엇지할바을 아지못ᄒᆞ다가 즉시 연령의계 간쳥ᄒᆞ야 세력으로써 륵혼을 ᄒᆞ고져 ᄒᆞ더라 연령이 평일의 가장 득양을 사랑ᄒᆞ야 말ᄒᆞ면 듯지 아님이 업더라 이에 셕시랑을 불너 갈아ᄃᆡ ᄂᆡ가 빅소부와 동됴의 졍의가 잇고 쏘 문호가 상당ᄒᆞ니 만일 진진의 인연을 ᄆᆡ지면 엇지 아름다온 일이 아니이리요 그ᄃᆡ난 날을 위ᄒᆞ여 힘써 빅소부의계 말ᄒᆞ야 긔어히 셩혼ᄒᆞ난 됴흔 소식을 젼ᄒᆞᆯ지어다 시랑이 응락ᄒᆞ고 잇흔날 다시 빅소부의 집의 이르려

연령의 말로써 소부의계 젼ᄒᆞᆯᄉᆡ 이예 우셔 갈아ᄃᆡ ᄌᆞ씨의 말을
들른즉 ᄉᆡᆼ여와 명ᄒᆞᆫ ᄇᆡ필은 유리ᄀᆡ걸ᄒᆞ던 ᄒᆞᆫ 폐인이라 ᄒᆞ니 이졔
형이 ᄉᆡᆼ여ᄋᆡ 미모와 슉덕으로셔 이러ᄒᆞᆫ 폐인의 ᄇᆡ필을 짓게 ᄒᆞᆷ이
엇지 가석ᄒᆞᆫ 일이 아니리요

P.48

이것은 미옥을 진토ᄋᆡ 버리고 봉황으로써 오작을 짝함과 일반이라
ᄉᆡᆼ각지 못ᄒᆞᆷ이 엇지 이갓치 심ᄒᆞ뇨 당금 ᄇᆡ승상은 가장 령춍을
입고 그 위권과 셰력이 일셰에 진동ᄒᆞ난지라 ᄉᆡᆼ녀의 ᄌᆡ모와 슉덕이
츌즁ᄒᆞᆷ을 듯고 그 아달 득양을 위ᄒᆞ야 반다시 형으로 더부러 결혼
코져 ᄒᆞ니 그 후의을 ᄯᅩᄒᆞᆫ 가히 ᄀᆡ여바리지 못ᄒᆞᆯ지라 형은 다시
샹량ᄒᆞ야 일후ᄋᆡ 큰 후회가 업ᄀᆡᄒᆞᆷ이 가도다 소부 듯기을 다ᄒᆞ더
니 불연히 크ᄀᆡ 노ᄒᆞᄒᆞ야 갈아ᄃᆡ 형은 엇지 이갓치 무식ᄒᆞᆫ 말노
ᄂᆡ난고 ᄇᆡ연령이 비록 하날을 찌른 긔염이 잇고 바다를 기우리난
슈단이 잇다 ᄒᆞᆯ지라도 나난 ᄒᆞᆯ노 두려워 아니ᄒᆞ고 ᄒᆞ물며 녀아ᄂᆞᆫ
임의 타문ᄋᆡ 허락ᄒᆞ야신즉 폐인이며 폐인이 안이을 물논ᄒᆞ고 형의
간여ᄒᆞ야 알ᄇᆡ아니로다 ᄒᆞ니 시랑이 크ᄀᆡ 붓그러워 감히 ᄒᆞᆫ말도
ᄂᆡ지 못ᄒᆞ고 도로와 연령을 보와 갈아ᄃᆡ ᄇᆡᆨ소부의 쥬의가 심의
굿

P.49

건ᄒᆞ니 비록 만단으로 유셰ᄒᆞᆯ지라도 가히 움직이지 못ᄒᆞᆯ지니다
연령이 노ᄒᆞ야 ᄭᅮ지져 갈아ᄃᆡ 요마 ᄇᆡᆨ문현이 감히 ᄂᆡ말을 거역ᄒᆞ

난다 ᄒᆞ고 드ᄃᆡ여 공부우시랑황보박으로 ᄒᆞ야곰 구문ᄒᆞ야 엿자오ᄃᆡ 평장사 ᄇᆡᆨ문현은 비밀히 변방ᄋᆡ 오랑ᄏᆡ와 협동ᄒᆞ야 불측ᄒᆞᆫ 일을 도모ᄒᆞᆫ다 ᄒᆞᆫᄃᆡ 텬자 크ᄀᆡ 노ᄒᆞ야 ᄇᆡᆨ소부을 옥ᄋᆡ ᄂᆡ리우고 장ᄎᆞ 버히고져 ᄒᆞ더니 여러 ᄃᆡ신이 글월을 올여 다토아 간ᄒᆞᄆᆡ 텬위가 격히 풀닌지라 이예 소부으 벼슬을 파직ᄒᆞ고 ᄂᆡ쳐 ᄋᆡ쥬사호를 삼고 즉일ᄋᆡ 압송ᄏᆡ ᄒᆞ니 도명이 ᄒᆞᆫ번 나림ᄋᆡ 만됴ᄇᆡᆨ관이 송구ᄒᆞ야 감히 다시 간ᄒᆞᆯ 졔 업고 ᄇᆡᆨ소부의 집은 상하가 송황ᄒᆞ야 통곡ᄒᆞᆷ을 마지안니ᄒᆞ나 소부난 조곰도 ᄀᆡ의치 아니ᄒᆞ고 ᄀᆡ연히 등도ᄒᆞ야 장차 ᄯᅥ날ᄉᆡ 부인다려 갈아ᄃᆡ 노부의 이길은 명쳔이 됴림ᄒᆞ시난 ᄇᆡ라 불구ᄋᆡ 맛당이 도라올진니 부인

P.50

은 ᄲᅡᆯ이 녀아의 혼사를 힝ᄒᆞ야 써 ᄇᆡ가의 욕을 면ᄒᆞ고 부용각ᄋᆡ ᄆᆡᆼ약을 지어바리지 마오소셔 ᄯᅩ 소져의 등을 어로만지면 탄식ᄒᆞ야 갈아ᄃᆡ ᄂᆡ가 간후ᄋᆡ난 네의 혼ᄉᆞᄋᆡ 반다시 져희가 만을지니 네의 부용각ᄋᆡ써 지은 시가 엇지 미리 아난 시참이 아니리요 소제 무릅 아ᄅᆡ 업ᄃᆡ려 톄읍ᄒᆞ면 능히 말을 못ᄒᆞ더라 소부 외당으로 나와 셔동으로 ᄒᆞ야곰 소션을 불른니 소션이 즉시 셔동을 ᄯᆞ라 이른지라 소뷔 그손을 잡고 위연히 탄식ᄒᆞ야 갈오ᄃᆡ 공ᄌᆞ난 우리집ᄋᆡ 드러오신 후로부터 로부가 ᄲᅡᆯ이 혼예를 힝ᄒᆞ야 일즉이 봉황이 쌍으로 깃드림을 보고져 ᄒᆞ얏더니 혼사난 다마라 텬공이 일을 져희ᄒᆞ야 로부로 ᄒᆞ여곰 이길이 잇ᄀᆡ ᄒᆞ얏시니 차탄ᄒᆞᆫ들 무엇ᄒᆞ리요 오직 공ᄌᆞ난 지긔을 굿건히 ᄒᆞ시고 ᄲᅡᆯ이 봉됴ᄋᆡ 날ᄀᆡ을 피셔 능히 말니

예 나려 로부의 바라난 바을 외롭ᄀᆡ 마소셔 소션이 톄읍ᄒᆞ며 명을 바드니라

P.51

소뷔 즉시 각건포의로써 가동 수인을 다리고 죠고만 나귀을 타고 표연히 문을 나가 ᄋᆡ쥬로 향ᄒᆞ야 가더라 ᄌᆡ셜 이ᄯᆡ예 ᄇᆡᆨ득양이 ᄇᆡᆨ소부가 님의 ᄋᆡ쥬로 향ᄒᆞ얏다난 말을 듯고 사람으로 ᄒᆞ야곰 셕시랑을 청ᄒᆞ야 쥬연을 ᄇᆡ셜ᄒᆞ고 간곡히 ᄃᆡ졉ᄒᆞ며 갈아ᄃᆡ ᄇᆡᆨ소졔가 만일 혼ᄉᆞ을 즐겨 허락ᄒᆞ면 ᄂᆡ가 맛당히 가친의계 품달ᄒᆞ야 소부로 ᄒᆞ여곰 즉일ᄋᆡ 사를 입어 도라오계 ᄒᆞ고 ᄯᅩ 잘질을 더ᄒᆞᆯ지니 령공은 능히 날을 위ᄒᆞ야 령ᄌᆞ씨와 밋 ᄇᆡᆨ소졔의계 셜ᄉᆞ을 잘ᄒᆞ야 ᄂᆡ의 소망을 일우ᄀᆡ ᄒᆞ소셔 시랑이 쾨락ᄒᆞ고 즉시 ᄇᆡᆨ소졔의 집의 이르러 ᄂᆡ당으로 드려가 ᄇᆡᆨ소부의 부인을 보고 득양의 말을 젼ᄒᆞ야 갈오ᄃᆡ 소부의 고집이 너무 과ᄒᆞ야 ᄂᆡ말을 듯지 안이ᄒᆞ다가 ᄋᆡ쥬로 가난 비경을 당ᄒᆞ엿슨니 진실노 ᄀᆡ탄ᄒᆞᆯ 일이라 지금 ᄇᆡ승상의 부귀와 권셰을 도라보건ᄃᆡ 당됴ᄋᆡ 뎨일이니 ᄌᆞ씨가 만일

P.52

소부의 업난 틈을 타셔 김씨의 혼인을 물이고 ᄇᆡ씨와 결혼ᄒᆞ면 소부도 즉일ᄋᆡ 사를 입어 도라올 ᄲᅮᆫ 아니라 ᄯᅩᄒᆞᆫ 녕귀을 더ᄒᆞᆯ지니 이것시 일거양득이 아니리요 원컨ᄃᆡ ᄌᆞ씨난 ᄌᆡ삼 ᄉᆡᆼ각ᄒᆞ야 ᄯᆞᆯ이 도모ᄒᆞ소셔 부인이 크계 깃겨 갈아ᄃᆡ 이것슨 ᄂᆡ의 소망이나 항자ᄋᆡ 쾌히 허락지 못ᄒᆞᆫ거슨 다만 소부의 고집으로 인연함이라 그러나

아지못게라 녀아의 으향이 엇더혼지 ᄒᆞ고 즉시 시녀로 하여곰 소졔을 부르더나 소졔 부친과 작별혼 후로부터 깁히 침소ᄋᆡ 잇셔 우럼으로 셰월을 보ᄂᆡ고 간혹 녈녀젼을 보와 써 수희을 위로ᄒᆞ더니 이날ᄋᆡ 부인의 명을 밧들어 그겻혜 와 안진지라 부인이 그 등을 어루만지며 갈아ᄃᆡ 우리 운영이난 용모가 단정ᄒᆞ고 졔덕이 겸비ᄒᆞ야 장ᄂᆡ 부귀가 쌍젼ᄒᆞ고 복녹이 무궁홀지라 이졔 ᄇᆡ승상이 이젼혐의를 ᄉᆡᆼ각지 아니ᄒᆞ고 쏘 너의 외숙을 보ᄂᆡ여 이갓치 구혼ᄒᆞ니 그졍의는 감ᄉᆞᄒᆞ다 홀지라

P.53

이졔 만일 쾨하 허ᄒᆞ면 너의 부친이 가히 도라올지요 너의 일ᄉᆡᆼᄋᆡ 부귀을 눌일지니 엇지 효도가 안이리요 너난 반다시 ᄌᆞ량ᄒᆞ야 우흐로셔 부의 졔ᄋᆡᆨ친을 구ᄒᆞ고 아ᄅᆡ로셔 너의 일신지계를 ᄊᆡᄒᆞ야 이 조흔 기회를 일치 말나 소졔 머리를 수기고 듯기를 다ᄒᆞ더니 다시 옷깃슬 졍졔ᄒᆞ면 갈아ᄃᆡ 쇼졔 불ᄒᆡᆼ이 녀ᄌᆞ몸이 되고 다른 형제가 업ᄉᆞ온ᄃᆡ 부친의 망극한 화를 당ᄒᆞ야 임의 궐하ᄋᆡ 글을 올녀 부친을 ᄃᆡ신ᄒᆞ야 쥬금을 쳥치 못ᄒᆞ고 쏘 능히 한 목슴을 결단ᄒᆞ야 부친의 원통홈을 변ᄇᆡᆨ치 못ᄒᆞ여스니 쇼녀갓흔 자난 텬지간ᄋᆡ 한 죄인이라 비록 그르나 녀ᄌᆞ의 귀혼바난 졀ᄒᆡᆼ이온ᄃᆡ 부친이 일즉 쇼녀와 김공ᄌᆞ을 명ᄒᆞ야 서로 글귀로쎠 화챵케 ᄒᆞ고 ᄆᆡᆼ약을 임의 ᄆᆡ졋스니 이거슨 텬지신명ᄋᆡ 강임혼 ᄇᆡ오 비복인친의 아난 ᄇᆡ라 엇지 셔 곤궁ᄒᆞ다 ᄒᆞ야 버리고 ᄇᆡ반ᄒᆞ리

P.54

잇가 이졔 이르러 이심을 먹음은 샹졍의 차마 하지 못ᄒᆞᆯ ᄇᆡ오 하물며 천ᄌᆞ께셔 셩명ᄒᆞ사한 ᄯᆡ예 비록 간셰ᄇᆡ의 옹폐총명ᄒᆞᆷ을 입엇스나 필경ᄋᆡ난 반다시 ᄭᆡ드르샤 부친을 도로 부르실 것은 가히 날를 긔약ᄒᆞ야 기달일지오 이졔 ᄇᆡ가의 권셰가 비록 두려운 듯ᄒᆞ나 쇼녀의 보난 바로난 한 빙산과 갓흔지라 만일 ᄐᆡ양이 빗최오면 환연이 스사로 문어질지니 그 일론바 부귀를 엇지 족히 밋으리잇가 원컨ᄃᆡ 모친은 ᄇᆡ가의 권셰로 위협ᄒᆞᆷ을 두려워하지 마르시고 ᄇᆡ가의 감언리셜로 달ᄂᆡ임의 미혹ᄒᆞ지 마오쇼셔 부인이 이말을 듯고 반연변ᄉᆡᆨᄒᆞ야 갈아ᄃᆡ 넥 ᄂᆡ 품을 ᄯᅥ난지 얼마 안되야 아직 모우가 미셩ᄒᆞ얏거날 양눅ᄒᆞᆫ 은헤르 ᄉᆡᆼ각지 아니ᄒᆞ고 망영되이 구구ᄒᆞᆫ ᄆᆡᆼ약을 직히려 하니 이거시 무삼 도리인고 셕시랑이 ᄯᅩᄒᆞᆫ 겻헤 잇다가 루루히 말

P.55

하난지라 쇼져 모친의 쥬의가 임의 확졍되야 가히 간할 여지가 업슴을 알고 침쇼로 물너나와 죵일토록 슬피 우더니 시비 추향은 여러 시비즁ᄋᆡ 나히 어리고 용모 아름다오며 ᄯᅩᄒᆞᆫ 령리ᄒᆞ야 가장 쇼져의 신임과 춍ᄋᆡ를 반는지라 겻ᄐᆡ 잇다가 무러 갈아ᄃᆡ 쇼저난 무삼 변뇌ᄒᆞᆫ 일이 잇셔 이갓치 슬피 우난이잇가 쇼졔 탄식ᄒᆞ야 갈아ᄃᆡ 모부인께셔 ᄇᆡ가의 위협ᄒᆞᆷ을 두려워ᄒᆞ야 ᄂᆡ의 작졍ᄒᆞᆫ 심지를 ᄲᆡ앗고져 ᄒᆞᆷ으로 슬피 우노라 추향이 갈아ᄃᆡ 그려면 쇼저는 장ᄎᆞ 엇지 쳐리코저 ᄒᆞ시난잇가 쇼졔 이윽히 ᄉᆡᆼ각ᄒᆞ다가 탄식ᄒᆞ야

갈ᄋᆞ듸 다만 ᄒᆞᆫ번 쥬금이 이실 ᄲᅮᆫ이니 다시 무삼 말리 이시리요 추향이 ᄯᅩᄒᆞᆫ 눈물를 흘이고 탄식홈을 마지아니ᄒᆞ더라 부인이 쇼져를 보ᄂᆡᆫ 후로붓터 스ᄉᆞ로 마음의 혜아려 갈ᄋᆞ듸 녀아가 ᄂᆡ 명영을 좃지 아니홈은

P.56

소션이 오히려 셔당의 인난 ᄭᆞᄃᆞᆯ이니 만일 소션이 ᄂᆡ 집의 잇지 아니ᄒᆞ면 녀ᄋᆞ의 소망이 ᄭᅳᆫ어지고 ᄇᆡ가의 혼ᄉᆞ를 가히 일울지라 ᄒᆞ야 드듸여 시비로 ᄒᆞ야곰 셔당의 이르러 쇼션의계 말를 젼ᄒᆞ야 갈아듸 이졔 가군이 잇지 아니ᄒᆞᄆᆡ ᄀᆡᆨ이 셔당의 이슴을 용납ᄒᆞ기 어려우니 공ᄌᆞ난 깁피 ᄉᆡᆼ각ᄒᆞ야 스ᄉᆞ로 죠쳐ᄒᆞ라 ᄒᆞ거날 소션이 시비의 젼ᄒᆞ난 말을 듯고 임의 부인이 ᄌᆞ긔와 결혼홀 ᄯᅳᆺ시 업시물 히득한지라 쇼저가 칠언절구로써 스ᄉᆞ로 ᄆᆡᆼ셔ᄒᆞᆫ 마음을 깁피 탄식ᄒᆞ고 비감한 회포를 금치 못ᄒᆞ다가 이졔 시비를 듸ᄒᆞ야 사례ᄒᆞ야 갈ᄋᆞ듸 도로이 힝절ᄒᆞ던 쳔종이 다힝히 상공의 ᄐᆡ산갓흔 은혜를 입어 몸을 문ᄒᆞ의 의탁함이 ᄯᅩᄒᆞᆫ 오릭더니 상공이 임이 겨시지 아니ᄒᆞ거날 이몸이 엇지 가히 오릭 문하의 두류ᄒᆞ오릿가 다만 여러ᄒᆡ동안

P.57

에 권의하신 은ᄐᆡᆨ을 이졔 영구히 하직ᄒᆞ오니 감창ᄒᆞ물 이기지 못ᄒᆞ난이다 ᄒᆞ고 ᄌᆡ비ᄒᆞ며 무을 나와 쥭장을 의지ᄒᆞ야 젼젼히 갈ᄉᆡ 힝보가 여의치 못ᄒᆞ고 ᄯᅩᄒᆞᆫ 갈바를 아지못ᄒᆞ다가 젼일 ᄇᆡᆨ쇼

부의 지ᄂᆡ던 일을 ᄉᆡᆼ각ᄒᆞ니 도로혀 일장츈몽갓고 ᄯᅩ 쇼져의 금셕갓 ᄒᆞᆫ 마암 ᄀᆡ결ᄒᆞᆫ ᄒᆡᆼ실은 ᄆᆡᆼ서코 타문ᄋᆡ 가지 아니ᄒᆞ야 반다시 옥이 ᄲᅮ셔지고 ᄭᅩᆺ치 ᄯᅥ러질 염여 이시니 ᄉᆡᆼ각이 이예 밋치ᄆᆡ 로샹ᄋᆡ셔 방황ᄒᆞ며 탄식ᄒᆞᆷ을 마지아니ᄒᆞ더라 일노부터 쇼션은 일신을 쥬착할 곳지 업셔 풍잔노숙ᄒᆞ며 손에 단쇼을 가지고 졔자ᄋᆡ셔 ᄒᆡᆼ걸ᄒᆞ니 로방ᄋᆡ셔 보난 졔 차탄치 아니미 업고 그 용모가 아름다옴을 ᄀᆡ특히 넉이나 그 안폐되을 ᄋᆡ셕ᄒᆞ야 혹 눈물을 흘이난 졔 인난지라 하로난 소션이 젼젼걸식ᄒᆞ다가 화산아ᄅᆡ 이르러 난졍히

P.58

륭동셩환을 만난지라 동운이 막막ᄒᆞ고 ᄃᆡ셜리 분분ᄒᆞᄆᆡ 의복이 다 졋고 도피ᄒᆞᆯ 곳이 업셔 스ᄉᆞ로 쥬져ᄒᆞᆯ ᄉᆡᆫ이러니 호련 산우ᄋᆡ셔 ᄶᅩᆼ경소ᄅᆡ 들이거날 소션이 그 졀이 인난 쥴 알고 벽랑으로 지여올나가 ᄶᅩᆼ경소ᄅᆡ을 ᄯᅡ라 사문밧계 당도ᄒᆞ니 날이 임이 졈은지라 맛참 ᄒᆞᆫ 로승이 잇셔 등불을 가지고 나오다가 쇼션의 형용이 쵸최ᄒᆞ고 의복이 남누ᄒᆞᆷ을 보며 갈아ᄃᆡ 이졀은 황샹의 칙명으로 지은 보졔ᄉᆞ라 녜젼부터 걸인의 유슉ᄒᆞᆷ을 납지 아니ᄒᆞᆫ즉 구축ᄒᆞᆷ을 기다리지 말고 ᄉᆡ리 다른 곳으로 향ᄒᆞ야 갈라 ᄒᆞ니 쇼션이 ᄯᅡᄋᆡ 업ᄃᆡ려 ᄋᆡ걸ᄒᆞ야 갈아ᄃᆡ 이갓ᄒᆞᆫ 심산ᄋᆡ 호포가 횡힝하고 일셰가 임이 져무러 투슉ᄒᆞᆯ 곳지 업사오니 바라건ᄃᆡ 사부난 잠시 랑무의 ᄒᆞᆫ간을 빌여 ᄒᆞ로밤을 유슉케 ᄒᆞ쇼셔 명일ᄋᆡ 맛당히 곳 갈리이다

P.59

로승이 자못 그 힝ᄉᆡᆨ을 보고 가련히 녁여 ᄌᆞᆼ각의 셔편 월랑을 가라쳐 갈ᄋᆞᄃᆡ 여긔셔 ᄒᆞ로밤을 지ᄂᆡ고 명조ᄋᆡ난 지톄업시 곳 갈지로다 쇼션이 무슈이 치사ᄒᆞ고 이예 월랑아ᄅᆡ 안져썬니 졈졈 ᄂᆡᆼ긔가 ᄉᆡ를 침노ᄒᆞ고 슈족이 다 어러시며 ᄯᅩᄒᆞᆫ 쥬림을 이긔지 못ᄒᆞ야 왼몸이 썰이ᄆᆡ 긔력이 업시 초셕우ᄋᆡ 누어 신세을 자탄ᄒᆞ고 젼젼반측ᄒᆞ야 잠을 일우지 못ᄒᆞ더니 ᄊᆡ난 장차 야반이라 별안간 풍셜이 긋치고 소월이 동졍으로 나오ᄆᆡ 홀연 한 도ᄉᆞ가 잇셔 힌 나구를 타고 랑무 아ᄅᆡ로 지ᄂᆡ다가 쇼션을 보고 나귀예 ᄂᆡ려셔 물어 갈아ᄃᆡ 너난 신라국 ᄐᆡᄌᆞ 김쇼션이 아닌다 깁흔밤 풍셜ᄋᆡ 엇지ᄒᆞ야 이예 이르려난고 쇼션이 크ᄀᆡ 놀나 급피 일어 ᄌᆡᄇᆡᄒᆞ야 갈아ᄃᆡ 소ᄌᆞ은 과연 김쇼션이온ᄃᆡ 즁국예 드려와 류리표박ᄒᆞᆷ으로 부터

P.60

아난 ᄌᆡ 별노 업거날 선ᄉᆡᆼ이 엇지 써 아시나니잇가 도ᄉᆞ 우셔 갈ᄋᆞᄃᆡ 나는 곳 왕옥산 도임장과라 우연히 여기를 지ᄂᆡ다가 네의 류락ᄒᆞ야 이예 잇슴을 보고 아셔 문난ᄇᆡ라 하거늘 쇼션이 ᄭᅮᆯ어 절ᄒᆞ야 갈아ᄃᆡ 쇼션이 불쵸ᄒᆞ야 오ᄅᆡ 부모의 슬ᄒᆞ를 써나 타국ᄋᆡ 류리ᄒᆞ고 ᄯᅩᄒᆞᆫ 읍ᄒᆞᆯ 보지 못ᄒᆞ니 비록 도라가고져 ᄒᆞ나 도로가 료원ᄒᆞ야 엇지ᄒᆞᆯ 바를 아지 못ᄒᆞ온즉 바라건ᄃᆡ션ᄉᆡᆼ은 자비ᄒᆞ신 마음으로써 특별히 지시ᄒᆞ쇼셔 도ᄉᆞ 우셔 갈ᄋᆞᄃᆡ ᄃᆡ져 세간만ᄉᆞ는 다 텬졍이 잇ᄉᆞ니 가히 도망치 못ᄒᆞᆯ지라 네의 부왕의 병환은

령슌을 진어ᄒᆞ신 후에 즉시 쾌ᄎᆞᄒᆞ셧고 ᄯᅩ 네의 ᄋᆡᆨ회가 임의 다ᄒᆞ야 ᄒᆡᆼ복이 장ᄎᆞ 올터이니 이제 비록 곤궁ᄒᆞ나 됴곰도 비탄ᄒᆞ지 말고 명일ᄋᆡ 즉시 이 산을 ᄂᆡ려오 화음현 양류가에 이르면 다시 구져ᄒᆞᆯ 사람을 만날

P.61

지오 일노부터 부귀복녹이 일졔에 현혁ᄒᆞᆯ지니 힘써 일신을 보즁ᄒᆞ야 이말을 잇지말나 ᄒᆞ고 소ᄆᆡ속으로부터 화죠 ᄒᆞᆫ기를 ᄂᆡ여쥬어 갈ᄋᆞᄃᆡ 이것을 먹으면 가히 써 료긔ᄒᆞ리라 쇼션이 ᄌᆡᄇᆡᄒᆞ고 바든 후 장ᄎᆞ 치ᄉᆞ코져 ᄒᆞ더니 도ᄉᆡ 나귀를 타고 나는다시 가다가 인홀불견이러라 쇼션이 시험ᄒᆞ야 화조를 먹은니 자연히 ᄇᆡ가 부르고 ᄉᆞ지가 온화ᄒᆞᆫ지라 마ᄋᆞᆷ에 크게 괴이히 넉이고 그 션인인쥴 알엇더라 그잇튼날 산을 ᄂᆡ려 슈일을 가다가 화음현ᄋᆡ 이르니 산쳔이 가려ᄒᆞ고 루각이 굉걸ᄒᆞ며 샹려가 폭주ᄒᆞ고 거마가 낙력ᄒᆞᆫ 크희쳐라 쇼션이 일염으로 도ᄉᆞ의 말를 확실이 긔역ᄒᆞ고 단소를 불며 ᄒᆡᆼ결ᄒᆞ다가 졍히 십자가를 당ᄒᆞᄆᆡ 량류가 좌우ᄋᆡ 버러셧고 ᄂᆡ인거ᄀᆡᆨ이 락력부졀ᄒᆞ난지라 여러 쌈[4]이 모여와 쇼션를 볼ᄉᆡ

P.62

위지삼겹이 되엿더니 홀연히 한 쌈이 잇셔 인희즁으로부터 ᄶᅩᆺ차나

4) 필사본 원문은 능숙한 반흘림체와 조심스러운 정자체로 번갈아 필사되어 있다. '사람'에 대해 반흘림체 부분에서는 'ᄉᆞ람'이라 표기하였고, 정자체 부분에서는 '쌈'이라 하였다.

오되 갈건포의로셔 의포가 비범ᄒᆞᆫ지라 쇼션의 손을 잇글고 길겻ᄒᆡ 유벽ᄒᆞᆫ 곳으로 가셔 물어 갈ᄋᆞᄃᆡ 앗가 동ᄌᆞ의 단쇼곡죠 드르니 션인왕자진의 후산됴라 이것이 진세예 젼ᄒᆞ난 ᄇᆡ 아니어날 동ᄌᆞ은 어ᄃᆡ로 좃차 ᄇᆡ왓난다 쇼션이 ᄃᆡ경쇼괴ᄒᆞ야 ᄃᆡ답ᄒᆞ야 갈ᄋᆞᄃᆡ 이 곡죠난 소ᄌᆞ가 어려실 ᄊᆡ예 ᄌᆞ의로 익힌ᄇᆡ오 ᄇᆡ혼일이 업난이다 그 ᄊᆞᆷ이 갈ᄋᆞᄃᆡ 동ᄌᆡ ᄇᆡ호지 안코 능히 이곡조를 부니 진실로 왕ᄌᆞ의 후시이로다 쇼션이 손을 읍ᄒᆞ고 샤례ᄒᆞ야 가라ᄃᆡ 러항쳔류ᄒᆞᆫ 곡조를 엇지 이럿틋 과도히 표장ᄒᆞ시난이잇가 비록 그러나 ᄃᆡ인이 임의 이 곡조를 알으신ᄃᆡ 감히 돈함을 알기를 원ᄒᆞ난이다 그ᄊᆞᆷ이 갈ᄋᆞᄃᆡ 나난 곳 리원제ᄌᆞ 리모라 일즉 뎌불기로 일홈이 잇셔던니 텬보연간 안록산 사사명의 난을

P.63

지ᄂᆡᆫ 후로부터 강호의 류락ᄒᆞ야 승지명산을 류람하다가 향자 동졍호 ᄇᆡ 가온ᄃᆡ셔 우연히 군산로인을 만나 그 뎌 부난 것슬 드르ᄆᆡ 스ᄉᆞ로 밋지 못ᄒᆞᆯ 쥴 알고 드ᄃᆡ여 뎌를 ᄊᆡ친 후난 다시 대를 히로치 아니ᄒᆞ고 오늘날 이싸를 지ᄂᆡ다가 ᄯᅩ 동ᄌᆞ의 단쇼곡조를 드르니 이곡죠가 가히 군산로인과 ᄇᆡᆨ즁지간이 될지라 비로쇼 세간ᄋᆡ 음율 잘ᄒᆞ난 ᄌᆡ 한두ᄊᆞᆷ이 아니물 알안노라 쇼션이 갈ᄋᆞᄃᆡ 소ᄌᆞ의 셩명은 김소션이온ᄃᆡ 어려셔 부모를 여히고 도로ᄋᆡ 류리힝걸ᄒᆞ옵더니 엇지 ᄃᆡ인을 만나 이갓치 물르심을 긔약ᄒᆞ얏스리요 이것슨 진실노 삼ᄉᆡᆼᄋᆡ 연분이로소애 리뫼 갈ᄋᆞᄃᆡ 나난 드르니 황상ᄭᅴ서 텬보연간ᄋᆡ 리원ᄌᆡ자가 산지사방ᄒᆞᆫ 것슬 부르심으로 이ᄌᆡ 강남으로 쫏ᄎᆞ와

구일ᄋᆡ 가쟈로 유명ᄒᆞ던 하감을 차자 써 츈신ᄒᆞᆯ 계획을 ᄒᆞ고져 ᄒᆞ니 동ᄌᆞ은 능히 나를 쫏ᄎᆞ

P.64

장안으로 놀기를 원ᄒᆞ난다 쇼션이 ᄌᆡᄇᆡ칭샤ᄒᆞ야 갈ᄋᆞᄃᆡ ᄃᆡ인이 만일 바리시지 아니ᄒᆞ면 맛당이 지시ᄒᆞ시난 ᄃᆡ로 ᄒᆞ리이다 리모가 크ᄀᆡ 깃겨 드디여 쇼션을 다리고 장안으로 향ᄒᆞ야 가니라

뎨ᄉᆞᆷ회

공쥐 다락우ᄋᆡ셔 단쇼쇼ᄅᆡ를 듯고

젹안이 바다를 진ᄋᆡ 편지을 젼ᄒᆞ니라

화셜 이ᄯᆡ예 당국 덕둉이 어극ᄒᆞᆫ 지임의 오람ᄋᆡ 사방이 무사ᄒᆞ고 텬하가 ᄐᆡ평ᄒᆞᆫ지라 ᄆᆡ양 ᄒᆞᆫ극을 어드면 ᄌᆞ못 음악과 가곡을 됴화ᄒᆞ야 리원제ᄌᆞ즁 사방ᄋᆡ 류락ᄒᆞᆫ 자를 두루 찻더니 그즁 리구연하감영신장야호갓튼 악사들이 우금 민간ᄋᆡ 류ᄌᆡᄒᆞ다가 불이여 악적ᄋᆡ 든지라 맛츰 리모가 황셩ᄋᆡ 이르럿다가 하감의 집ᄋᆡ 두류ᄒᆞ며 소션 ᄯᅩᄒᆞᆫ ᄯᅡ라와 동셔로 포박ᄒᆞ며 신세가 고독ᄒᆞᆷ을 스ᄉᆞ로 탄식ᄒᆞ야 ᄆᆡ양 화죠월셕ᄋᆡ 단쇼를 부러 써 ᄀᆡ회를 위로ᄒᆞ니 ᄒᆞ감이 듯고 긔히이 넉여

P.65

탄샹ᄒᆞᆷ을 마지아니하더라 ᄒᆞ로난 텬ᄌᆡ 봉ᄂᆡ전에 츌어ᄒᆞ샤 려러 신하와 갓치 연음ᄒᆞ실ᄉᆡ 하감은 악긔를 히롱ᄒᆞ고 리구년은 노ᄅᆡ를 부르되 다만 ᄉᆡ곡조가 업슴을 ᄒᆞᆫᄒᆞ더니 하감이 엿자와 갈ᄋᆞᄃᆡ

뎌불기로 유명ᄒᆞᆫ 리모가 ᄉᆡ로 강남으로부터 오다가 길ᄋᆡ셔 ᄒᆞᆫ 동ᄌᆞ를 만나 갓치와셔 방금 신의 집ᄋᆡ셔 두류ᄒᆞᄋᆞᆸ난ᄃᆡ 신이 일즉 그 단쇼 쇼ᄅᆡ를 듯자온쥭 미모ᄒᆞ고 신긔ᄒᆞ야 맛당히 ᄉᆡ쇼ᄅᆡᄋᆡ 뎨일이 되ᄀᆡ샤오나 다만 양안이 구폐ᄒᆞ야 어젼으로 부르기 황송ᄒᆞᄋᆞᆸ난이라 텬ᄌᆡ 드르시고 곳 ᄌᆡ촉ᄒᆞ야 쇼션을 부르라 ᄒᆞ심ᄋᆡ 소션이 어명을 밧들고 사자를 ᄯᆞ라 봉ᄅᆡ젼ᄋᆡ 이르러 계하ᄋᆡ ᄇᆡ복ᄒᆞ니 텬ᄌᆡ 그 안모를 긔특이 녁이시고 황문으로 ᄒᆞ여곰 부들어 이르케 잘리을 쥬시고 물어 갈ᄋᆞ샤ᄃᆡ 너ᄂᆞᆫ 무산 ᄯᅡᆷ이완ᄃᆡ 류리ᄒᆞ야 이예 이르런난고 쇼션이 부복ᄒᆞ야 엿ᄌᆞ와

P.66

갈ᄋᆞᄃᆡ 쇼션의 셩명은 김쇼션이ᄋᆞᆸ더니 어려셔 부모를 일코 동셔로 포박ᄒᆞᄋᆞᆸ다가 길ᄋᆡ셔 우연이 우모를 만나 ᄯᅡ라셔 황셩ᄋᆡ 이르러 하감의 집ᄋᆡ ᄀᆡᆨ이 되엿난이다 텬ᄌᆡ 갈ᄋᆞ샤ᄃᆡ 짐이 드른즉 네가 단쇼를 잘분다 ᄒᆞ니 시험ᄒᆞ야 ᄒᆞᆫ곡죠를 불라 쇼션이 명을 밧들고 옷깃실 졍ᄌᆡᄒᆞᆫ 후 쇼ᄆᆡ속으로부터 단쇼를 ᄂᆡ여 ᄃᆡ강 ᄒᆞᆫ곡죠를 히롱ᄒᆞᄆᆡ 텬ᄌᆡ 긔특히 넉이샤 크ᄀᆡ 칭찬ᄒᆞ시고 이예 봉ᄅᆡ젼 후원 ᄋᆡ셔 두류케 하시고 간간히 단쇼 쇼ᄅᆡ를 드르시더니 ᄢᆡ예 텬ᄌᆡ ᄒᆞᆫ 공쥬를 두어시되 일홈은 요화요 호난 옥황공쥬라 ᄒᆞ니 황후 ᄭᅮᆷᄋᆡ 텬요셩을 삼키고 나어신 연고라 나히 방금 십삼셰ᄋᆡ 여화여월 의 ᄌᆞᄐᆡ가 잇고 ᄯᅩ 쳔셩이 총명하고 혜일ᄒᆞ야 시셔ᄇᆡᆨ가 졔ᄌᆞ지문 이 ᄒᆞᆫ번 눈ᄋᆡ 지나면 다시 잇지 아니ᄒᆞ고 더옥 음률능통ᄒᆞ야 어려 실 ᄢᆡ부터 ᄇᆡ호

P.67

지 안코 통쇼를 잘부되 능히 미모ᄒᆞᆷ을 다ᄒᆞᆫ지라 일즉 셔역 우션국ᄋᆡ셔 벽옥소 일ᄀᆡ를 공밧쳐시되 졔양이 극히 교ᄒᆞ야 다른사ᄅᆞᆷ은 부러도 다 쇼ᄅᆡ를 ᄂᆡ지 못ᄒᆞ나 유독 공쥬가 불면 소ᄅᆡ가 심히 청월ᄒᆞ야 범샹ᄒᆞᆫ 통쇼와 다른지라 공쥐 심히 ᄋᆡ지즁지ᄒᆞ야 ᄊᆡᄊᆡ로 히롱ᄒᆞ니 텬ᄌᆡ 특히 샤랑ᄒᆞ야 갈ᄋᆞ샤ᄃᆡ 짐의 ᄯᆞᆯ은 진목공의 롱옥이라 어려셔 소ᄉᆞ갓ᄒᆞᆫ 자를 어더 옥셩으로 더부려 봉황을 쌍으로 탈난지ᄒᆞ고 이예 과봉누를 후원ᄋᆡ 세우며 긔화요쵸와 진금괴셕을 광구ᄒᆞ야 써 완호지물을 삼계 ᄒᆞᆫ지라 공쥬 ᄆᆡ양 이 다락우ᄋᆡ 올나 궁녀로 더부려 혹 ᄭᅩᆺ도 구경ᄒᆞ고 시도 읍흐고 통쇼도 불어 스ᄉᆞ로 오락ᄒᆞ더니 하로젼역은 달빗치 명낭ᄒᆞᆷ으로 다락ᄋᆡ 올나 비회ᄒᆞ며 사면을 도라보다가 졍히 통쇼를 불고져 ᄒᆞᆯᄊᆡ예 홀연 난ᄃᆡ업난 단쇼쇼ᄅᆡ가 멀

P.68

이 들이되 봉황이 우쇼예 울고 황곡이 고향을 ᄉᆡᆼ각ᄒᆞ난 덧ᄒᆞ며 ᄯᅩ난 우난듯 ᄒᆞ소ᄒᆞ난 듯ᄒᆞ야 ᄊᆞᆷ으로 ᄒᆞ여곰 드름ᄋᆡ ᄌᆞ연 눈물리 나리을 금치 못ᄒᆞᆯᄂᆡ라 공쥬 이윽히 듯다가 크게 괴이히 녁여 궁여다려 갈ᄋᆞᄃᆡ 궁원이 심슈ᄒᆞ거날 이졔이다 통쇼쇼ᄅᆡ가 어ᄃᆡ부터 오난다 궁녀 셜향이 ᄃᆡ답ᄒᆞ야 갈ᄋᆞᄃᆡ 봉ᄅᆡ젼 후원ᄋᆡ셔 ᄂᆞᄂᆞᆫ덧ᄒᆞ난이다 공쥐 갈ᄋᆞᄃᆡ 네 아모커나 가셔 볼지어다 ᄃᆡᄀᆡ 셜향은 강남 려염집ᄋᆡ ᄯᆞᆯ이라 어려슬 ᄊᆡ예 궁즁으로 드려왓슴ᄋᆡ 텬셩이 춍민ᄒᆞ고 영리ᄒᆞ야 자못 시문을 히득ᄒᆞ난고로 공쥬의 사랑ᄒᆞᆷ을 입어

항샹 공쥬를 모시되 잠시도 겻흘 쩌나지 아니ᄒᆞ더니 이날ᄋᆡ 공쥬의 명을 밧들어 후원즁문을 열고 봉ᄅᆡ젼으로 향ᄒᆞ야 갈ᄉᆡ 사면을 도라보니 젹연히 ᄯᅡᆷ이 업고 ᄇᆡᆨ화가 셩히 핀지라 셜향이 보기를 다하지 못ᄒᆞ고 궁쟝을 도라 후원ᄋᆡ 일

P.69

른즉 ᄒᆞᆫ 동ᄌᆞ 잇셔 눈을 ᄭᅡᆷ고 단졍이 안져 단쇼를 불거날 셜향이 보고 긔히넉여 발자최를 엄츄고 자셰히 보다가 다시 갓던 길을 차자 도라와 공쥬ᄭᅴ 고ᄒᆞ야 갈ᄋᆞᄃᆡ 쇼녀가 단쇼쇼ᄅᆡ를 ᄯᅡ라 봉ᄅᆡ젼후원ᄋᆡ 이르온즉 ᄒᆞᆫ 동ᄌᆡ 잇셔 홀노 안져 단쇼를 부옵난ᄃᆡ 두눈은 비록 ᄭᅡᆷ엇시나 얼골은 옥갓흐니 실노 범샹ᄒᆞᆫ 셰간ᄯᅡᆷ이 아니더이다 공쥐 갈ᄋᆞᄃᆡ 이엇더ᄒᆞᆫ 동ᄌᆞ이뇨 네 시험ᄒᆞ야 누구인지 무란난다 셜향이 갈ᄋᆞᄃᆡ 쇼녀난 다만 멀이셔 볼ᄲᅮᆫ이요 그것슨 뭇지 아니ᄒᆞ얏난이다 비록 그러나 져 동ᄌᆞ난 나히 아즉 어리고 ᄯᅩ ᄋᆞᆸ흘 보지 못ᄒᆞ오니 옥쥬ᄭᅴ오셔 시험ᄒᆞ야 불너 그 곡죠를 드르심이 무방ᄒᆞ다 ᄒᆞ난이다 공쥬 침음양구ᄋᆡ 묵묵부답ᄒᆞ거날 셜향이 ᄯᅩ 갈ᄋᆞᄃᆡ 후원ᄋᆡ ᄉᆞ람이 업ᄉᆞ오니 쇼녀가 맛당히 다시 불너 갓치오고져 ᄒᆞ난이다 공쥐

P.70

이예 허락ᄒᆞᆫᄃᆡ 셜향이 밧비 후원ᄋᆡ 이르러 쇼션을 ᄃᆡᄒᆞ야 갈ᄋᆞᄃᆡ 쳡은 황샹의 ᄋᆡ녀 옥셩공쥬의 시비 셜향인ᄃᆡ 공쥬ᄭᅴ셔 지금 과봉누ᄋᆡ 계시다가 동ᄌᆞ의 단소소ᄅᆡ를 드르시고 쳡으로 ᄒᆞ여곰 동ᄌᆞ를

영졉ᄒᆞ여 오라 ᄒᆞ시니 가히 나를 ᄯᅡ라갈지어다 쇼션이 놀ᄂᆡ여 갈ᄋᆞᄃᆡ 소동은 욍간남ᄌᆞ라 엇지 감히 공쥬의 부르심을 당ᄒᆞ리요 셜향이 갈아ᄃᆡ 그ᄃᆡ난 맛당히 날을 ᄯᅡ라올 것이요 조곰도 샤양치 말지어다 쇼션이 감히 고사치 못ᄒᆞ고 즉시 셜향을 ᄯᅡ라 과봉누에 이르러 계ᄒᆞᄋᆡ셔 절ᄒᆞᆫᄃᆡ 공쥐 궁녀로 ᄒᆞ여곰 붓들어 누샹ᄋᆡ 오르ᄀᆡ ᄒᆞ고 특별히 한탑을 베푸러 자리를 쥰 연후ᄋᆡ 그ᄡᅡᆷ을 보니 비록 ᄋᆞᆸ흔 보지 못ᄒᆞᆯ지라도 미목이 쳥슈ᄒᆞ고 의포가 비범ᄒᆞᆫ지라 공쥐 놀ᄂᆡ고 긔이히 너겨 즉시 물어 갈ᄋᆞᄃᆡ 동ᄌᆞ는 월ᄅᆡ 어ᄃᆡ ᄡᅡᆷ이원ᄃᆡ 어린나이

P.71

류락ᄒᆞ야 이예 이르러난고 쇼션이 절ᄒᆞ고 ᄃᆡ답ᄒᆞ야 갈ᄋᆞᄃᆡ 소동은 동서남북지인이라 어려셔 부모를 여히고 뎡쳐업시 류리표박ᄒᆞᄋᆞᆸ더니 황상ᄭᆡᄋᆞᆸ셔 소동이 단쇼 잘분다 ᄒᆞᆷ을 드르시고 ᄃᆡᄂᆡ로 부르셧다가 봉ᄂᆡ젼 후원ᄋᆡ 두류케 ᄒᆞ야 써 ᄉᆡ곡조를 공봉케 ᄒᆞ셧나니다 공쥐 갈ᄋᆞᄃᆡ 그ᄃᆡ의 말을 드르니 심히 가련ᄒᆞ도다 풍편ᄋᆡ 우연니 그ᄃᆡ의 단소소ᄅᆡ를 드른즉 미모ᄒᆞ고 신긔ᄒᆞ야 진실노 세간범샹[5]ᄒᆞᆫ 소ᄅᆡ가 아니이 그ᄃᆡ난 어ᄃᆡ셔 이것을 ᄇᆡ왓난다 쇼션이 ᄃᆡ답ᄒᆞ야 갈ᄋᆞᄃᆡ 이곡조난 일즉 ᄇᆡ혼ᄇᆡ 업고 다만 어릴ᄯᆡ예 스ᄉᆞ로셔 ᄉᆡ득ᄒᆞᆫᄇᆡ로소이다 공쥬 탄식ᄒᆞ야 갈ᄋᆞᄃᆡ 그ᄃᆡ난 과연 진세예 ᄡᅡᆷ이 아니로다 ᄃᆡ져 통소난 어느 시ᄃᆡ예 시작ᄒᆞ얏난고 쇼션 갈ᄋᆞᄃᆡ

---

5) 원문에서는 '셰범간샹'이라 하고 '범간' 옆에 가늘게 줄이 그어져 있다.

되져 통소라 ᄒᆞ난 글자난 엄슉ᄒᆞᆫ 뜻을 표함ᄒᆞ얏스니 그쇼릐가

P.72

엄슉ᄒᆞ고 경결ᄒᆞᆫ 연괴라 여와씨가 처음으로 ᄉᆡᆼ황을 만들러 써 봉황을 츔츄게 ᄒᆞ엿스니 ᄉᆡᆼ황도 통소와 갓고 황뎨ᄯᅵ에 이르러 령륜으로 ᄒᆞ여곰 곤계의 ᄃᆡ를 볘혀 져를 만들러스니 져도 통소와 갓ᄒᆞᆫ지라 길리가 ᄒᆞᆫ자다섯치요 오힝과 십이간지로써 팔음을 맛계 ᄒᆞ얏더니 그후ᄋᆡ ᄃᆡ순이 통소를 만들러슴ᄋᆡ 그 형샹이 봉황의 날ᄀᆡ를 모방ᄒᆞᆫ지라 셔젼ᄋᆡ 이론니 소소구셩에 봉황이 ᄂᆡ의라 흠이 이것시요 그후ᄋᆡ 통소 잘 불기도 유명ᄒᆞᆫ자는 진목공의 ᄯᆞᆯ 롱옥이와 션인소사이온ᄃᆡ 이통소난 ᄒᆞᆫ번 불면 공작ᄇᆡᆨ확으로 ᄒᆞ야곰 계ᄒᆞᄋᆡ 셔 츔츄ᄀᆡ ᄒᆞ고 쥬령왕ᄯᅵ에 ᄐᆡᄌᆞ왕ᄌᆞ진이 ᄯᅩᄒᆞᆫ 통소를 잘부더니 학을 타고 신션이 되지라 그런고로 통소라 흠은 질거운 ᄌᆡ 드르면 더옥 질겁고 슬흔ᄌᆡ 드르면 더옥 슬허ᄒᆞ난니 이것이 통소ᄋᆡ 미모ᄒᆞᆫ 소릐

P.73

라 ᄒᆞ난이다 공쥐 듯기를 다ᄒᆞ더니 송연히 공경ᄒᆞ며 탄식ᄒᆞ야 갈아ᄃᆡ 이졔 놉흔의논을 드르니 흉금이 쾨활ᄒᆞᆫ지라 아쟈ᄋᆡ 그ᄃᆡ의 부른 곡조를 드른즉 곳 왕ᄌᆞ진의 후산됴니 그ᄃᆡ는 엇지 왕자진의 후신이 아니리요 쇼셔이 가만히 놀ᄂᆡ며 다시 ᄭᅮᆯ어안져 ᄃᆡ답ᄒᆞ야 갈ᄋᆞᄃᆡ 려항쳔류ᄒᆞᆫ 곡조를 이갓치 과도히 포장ᄒᆞ시니 진실노 붓그 러옴을 이기지 못ᄒᆞ나니다 공쥐 우셔 갈ᄋᆞᄃᆡ 방금 모츈삼월에

명월이 만당ᄒᆞ고 도화가 셩기ᄒᆞ얏스니 졍히 왕ᄌᆞ진의 통소를 듯기 젹당ᄒᆞᆫ지라 원컨ᄃᆡ 그ᄃᆡ는 ᄒᆞᆫ곡조를 앗기지 말고 다시 나를 위ᄒᆞ야 히롱ᄒᆞ기를 바라노라 쇼션이 드ᄃᆡ여 옷기슬 졍제ᄒᆞ고 단졍이 안져 소ᄆᆡ속으로부터 단소를 ᄂᆡ여 히롱ᄒᆞ니 공쥬 귀를 기우리고 이윽히 듯다가 손을 치

P.74

며 탄식ᄒᆞ야 갈ᄋᆞᄃᆡ 그소ᄅᆡ가 쳥월ᄒᆞ고 웅장ᄒᆞ야 텬풍히도지셩을 그려ᄃᆡ니 쓰ᄒᆞ건ᄃᆡ 그ᄃᆡ의 단소만든ᄃᆡ 히상션도의 어듬이로다 쇼션이 듯기를 다ᄒᆞ더니 크기 놀ᄂᆡ여 급피 이러 졀ᄒᆞ야 갈ᄋᆞᄃᆡ 진실노 옥쥬의 말슴과 갓습나니다 옥쥬의 춍명ᄒᆞ심은 비록 리루와 사광이라도 이예 더ᄒᆞ지 못ᄒᆞᆯ지니 비로소 죵긔가 ᄇᆡᆨ아를 만나고 셜답이 진쳥을 스승ᄒᆞᆷ이 되기 지음으로써 셔로 화답ᄒᆞ고 동졍으로 써 셔로 응ᄒᆞᆷ을 알리노소이다 옥쥬난 진셰에 ᄊᆞᆷ이 아니요 필경 신션이신져 공쥬 우셔 갈아ᄃᆡ 그소ᄅᆡ를 듯고 아난것슨 음율의 ᄒᆞᆫ방밥이니 무삼 신션이 되리요 소션이 스사로 ᄉᆡᆼ각ᄒᆞ야 갈ᄋᆞᄃᆡ ᄂᆡ일즉 규방즁의 지음쟈로난 오쟉 ᄇᆡᆨ쇼져 ᄒᆞᆫᄊᆞᆷ인 쥴 아러더니 이러한 구즁궁궐속의 옥셩공

P.75

쥬갓ᄒᆞᆫ 지음쟈가 또 잇슬쥴 쓰ᄒᆞ얏스리요 ᄒᆞ더라 공쥬 또 물어 갈ᄋᆞᄃᆡ 셩명은 누구라 ᄒᆞ며 쳥춘은 얼마니요 쇼션이 ᄃᆡ답ᄒᆞ야 갈ᄋᆞᄃᆡ 셩명은 김쇼션이오 쳥춘은 계우 십삼셰 셩상을 지ᄂᆡ습나니

다 공쥐 우셔 갈ᄋᆞᄃᆡ 그ᄃᆡ가 단쇼를 잘부니 맛당히 쇼션이라 일홈 할지로다 죵금이후로난 ᄯᆡᄯᆡ로 그ᄃᆡ를 쳥ᄒᆞᆯ터이니 쟈죠 도라옴을 ᄋᆡᆨ씨지 말나 ᄒᆞ고 드ᄃᆡ여 셜향을 명ᄒᆞ여 봉ᄂᆡ원으로 ᄂᆡ더라 공쥐 이후부터 의복과 음식을 보ᄂᆡ여 써 ᄀᆡᆨ회를 위로ᄒᆞ니 소션이 급히 공쥬의 후의를 감사ᄒᆞ나 동시 혐의예 구ᄋᆡ되니 ᄆᆡ양 불편ᄒᆞᆫ 마음 이 잇더라 하로난 졍히 납월을 당ᄒᆞᆫ지라 셜경이 ᄯᅳᆯᄋᆡ 가득ᄒᆞ고 홍ᄇᆡᆨᄆᆡ화가 셤돌우ᄋᆡ 란만히 피엿거늘 공쥐 설향으로 더부러 후원 ᄋᆡ 이르러 이윽히 ᄆᆡ화를 구경ᄒᆞ다가 궁녀로 ᄒᆞ야곰 먹을 갈ᄋᆞ ᄒᆞ고 화젼지 일

P.76

폭ᄋᆡ 칠언졀구 두슈를 슨후 붓을 쌍ᄋᆡ 쎤지고 홀노 읍쥴리다가 이예 셜향을 돌ᄋᆞ보아 갈ᄋᆞᄃᆡ 잇ᄯᆡ예 소션이 응당 무료히 홀노 안져슬 터이니 네가 지금 봉ᄂᆡ젼 후원ᄋᆡ 가셔 영졉ᄒᆞ여 오라 셜향 이 응락ᄒᆞ고 가더니 미긔예 소션으로 더부러 ᄒᆞᆷᄭᅴ 온지라 공쥐 흔년히 자리를 쥬어 갈ᄋᆞᄃᆡ 오날 일긔가 심히 찬ᄃᆡ 그ᄃᆡ가 홀노 무료ᄒᆞᆯ가 ᄒᆞ야 감히 쳥ᄒᆞ얏거니와 요힝 허물치 말기를 바란노라 소션이 읍ᄒᆞ고 사례ᄒᆞ야 갈아ᄃᆡ 소동이 루차 옥쥬의 후은과 셤염을 입어ᄉᆞ오나 진실로 쎠 앙답ᄒᆞᆯ 바를 아지 못ᄒᆞ나이다 공쥐 우셔 갈ᄋᆞᄃᆡ 이것시 인졍ᄋᆡ 고연ᄒᆞᆷ이니 무삼 거론ᄒᆞᆯ바 이실리요 그ᄃᆡ의 춍명이 과인ᄒᆞ고 텬ᄌᆡ가 표일ᄒᆞᆷ을 보니 ᄯᅩᄒᆞᆫ 일즉 사쟝ᄋᆡ류의 ᄒᆞ얏난다 소션이 ᄃᆡ답ᄒᆞ야 갈ᄋᆞᄃᆡ 소션이 어려셔 ᄇᆡ호지 못ᄒᆞ야 일즉 사쟝ᄋᆡ류의치 못ᄒᆞ얏스나 그러나 ᄃᆡᄀᆡ 드른즉 시라

P.77

ᄒᆞᆷ은 텬지에 마ᄋᆞᆷ이요 ᄇᆡᆨ복의 됴죵이오 만물ᄋᆡ 문호라 고로 ᄃᆡ슌은 남풍지시를 노ᄅᆡᄒᆞᆷᄋᆡ 텬ᄒᆞ가 크ᄀᆡ 다사리고 시삼ᄇᆡᆨ편ᄋᆡ 이르러난 풍아숑 세가지에 난호여 그공을 의론ᄒᆞ고 덕을 칭숑ᄒᆞᆷ과 간샤ᄒᆞᆷ을 금ᄒᆞ고 사특ᄒᆞᆷ을 막음이 비록 ᄉᆡᆼ각지 안일지라도 스사로 발ᄒᆞ야 진실로 ᄉᆡᆼ령ᄋᆡ 유익ᄒᆞᆷ이 만으니 ᄃᆡᄀᆡ 션악을 분별ᄒᆞ고 국가ᄋᆡ 셩쇠를 봄이로다 그런고로 셩졍ᄋᆡ 사졍을 보고 풍토ᄋᆡ 오륭을 분변ᄒᆞᆷᄋᆡ 이르러난 시삼ᄇᆡᆨ편이 지닐ᄌᆡ 업고 후세에 소위 가사악부고금시잡톄로 말ᄒᆞ면 한위는 너무 질박ᄒᆞ고 륙조는 너무 부화ᄒᆞ되 그즁도를 어든자난 오직 당죠셩당이 졔일이니 심죵 니ᄐᆡᄇᆡᆨ 두자미 갓흔 자난 가히 써 사쟝ᄋᆡ 됴죵이 될지니이다 공줘 듯기를 다ᄒᆞ더니 크ᄀᆡ 놀ᄂᆡ여 탄복ᄒᆞ야 갈ᄋᆞᄃᆡ 이졔 고명ᄒᆞᆫ 의론을 드르니 쳡이 비록 고루ᄒᆞᆯ지라도 진실노 흠탄을 마지못ᄒᆞ노라 앗가 눈

P.78

속이셔 홍ᄇᆡᆨᄆᆡ화가 셩ᄀᆡᄒᆞᆷ을 보고 우연히 슨 글귀가 잇슨니 청컨ᄃᆡᆫ 근졍ᄒᆞ기를 바라노라 ᄒᆞ고 소션의ᄀᆡ 외여들인ᄃᆡ 소션이 듯기를 다ᄒᆞ고 크ᄀᆡ 놀ᄂᆡ여 탄복ᄒᆞ여 갈ᄋᆞᄃᆡ 다시 공쥬의 청ᄒᆞᆷ을 인ᄒᆞ야 그운을 ᄯᅡ라 역 시이졀을 지은ᄃᆡ 공줘 ᄒᆞᆫ번을 랑읍ᄒᆞ더니 칭찬ᄒᆞᆷ을 마지아니ᄒᆞ야 갈ᄋᆞᄃᆡ 텬ᄒᆞ긔ᄌᆡ로다 이졔 그ᄃᆡ 유치ᄒᆞᆫ 나흐로셔 이갓치 시룡ᄋᆡ 능통ᄒᆞᆷ을 ᄯᅳᆺᄒᆞ지 못ᄒᆞ얏노라 다만 졔이졀 락구난 고향ᄉᆡᆼ각을 금치못ᄒᆞᆫᄇᆡ 잇슨니 ᄡᅡᆷ으로 ᄒᆞ야곰 쳐연ᄒᆞᆷ을 ᄭᆡ닷지 못ᄒᆞᆯᄂᆡ라 ᄒᆞ고 드디여 셜향을 명ᄒᆞ여 포도쥬 ᄒᆞᆫ잔을 부어쥬니

소션이 무슈이 감사ᄒᆞ고 그후부터 공쥐 더옥 후ᄃᆡᄒᆞ야 ᄯᆡᄯᆡ로 소션을 청ᄒᆞ여다가 혹 고금역ᄃᆡ를 말ᄒᆞ고 혹 셔화를 편론ᄒᆞ야 문득 규합즁에 지긔가 되엿더라 션시예 실라국왕 왕ᄌᆞ 셰증이 자원ᄒᆞ야 보타산을 갓다가 ᄐᆡ자를 잡아 바다ᄋᆡ 던지고

P.79

병환이 즉시 평복ᄒᆞᆷ을 보고 의긔가 양양ᄒᆞ야 스사로 말ᄒᆞ되 부왕의 사랑ᄒᆞ심이 날노 더ᄒᆞ니 가이 ᄐᆡ자의 위를 어드리라 ᄒᆞ야 교만방탕ᄒᆞ거날 왕과 왕휘 셰증의 긔ᄉᆡᆨ이 녜와 다르고 ᄒᆡᆼ적이 슈샹ᄒᆞᆷ을 괴이히 너겨 자죠 소션의 소식을 힐문ᄒᆞ니 셰증의 언어가 도착되고 ᄃᆡ답이 모호ᄒᆞᆫ지라 왕이 졈졈 의심을 님ᄆᆡ 셰징이 크ᄀᆡ 공경ᄒᆞ여 당초ᄋᆡ 동ᄒᆡᆼᄒᆞ얏던 여러 쌈의ᄀᆡ 금ᄇᆡᆨ을 만이 혜쳐쥬고 ᄐᆡ자 쥭인 일을 누셜치 안케 ᄒᆞ며 국인이 혹 가만이 공논ᄒᆞ난 ᄌᆡ 잇스되 능히 그 진젹을 엇지못ᄒᆞ얏더라 소션이 일즉 동궁ᄋᆡ 이실ᄯᆡ예 한 젹안이 잇셔 후원 ᄐᆡᄋᆡᆨ지겻헤 와 깃드리거날 소션이 심이 사랑ᄒᆞ야 항샹 베와 기장으로 먹임ᄋᆡ 졈졈 깃들러 쌈이 도라오지 안은 후로부터 젹안 홀노

P.80

못가ᄋᆡ셔 ᄇᆡ회ᄒᆞ며 슬피 울고 왕비도 못가ᄋᆡ 갓다가 젹안을 ᄃᆡᄒᆞ야난 문득 비창ᄒᆞᆷ을 금치못ᄒᆞ더라 ᄒᆞ로난 젹안이 왕비의 계신 긔창압ᄑᆡ 와셔 목을 느리고 길리 울어 무삼 ᄒᆞ쇼ᄒᆞ난ᄇᆡ 이난덧ᄒᆞ거날 왕비 괴이히 넉여 그 목을 어루만지며 갈ᄋᆞᄃᆡ 네가 비록

미물릴지라도 쏘한 쌈의 쯧을 아난도다 네가 틱자의 은혜를 밧음이 만은이 만일 틱자 죽지안코 우금 이세상의 사라이실진딘 네가 능히 ㄴ의 편지를 젼ㅎ고 틱자의 슈답을 바다올터인다 젹안 머리를 슉이고 듯더니 응락흠이 잇난덧흔지라 왕비 반신반의ㅎ다가 즉시 편지흔폭을 써셔 젹안의 발의 믹고 경계ㅎ야 갈으딕 네가 일노부터 틱자의 잇난곳을 차자 ㄴ의 편지를 젼ㅎ고 그 슈답을 바다오되 날노 ㅎ야곰 바라난 눈이 쑤러지지 말기ㅎ

P.81

라 젹안이 즉시 북방으로 향ㅎ야 가니 슌식간의 안이 보이지 안터라 잇씩예 옥셩공쥬가 과봉누의 잇셔 믹양 소션을 딕ㅎ야난 그직 모를 사랑ㅎ고 스사로 탄식ㅎ야 갈으딕 이셤[6]이 이러흔 쥰지와 미모를 가젓시되 양안이 구픽ㅎ얏스니 엇지 가셕지 안으리요 ㅎ더라 하로져역은 셔리찬 학날에 금풍이 소실ㅎ야 국화난 계상의 가득ㅎ고 락엽이 분분ㅎ니 졍히 추구월 회간이라 공쥐 셜향다려 갈으딕 잇씩난 졍히 쌈으로 ㅎ야곰 심사를 비감케 ㅎ난지라 소션이 홀노 심원의 안져 회포가 과연 엇더흘가 너난 쌜이 가셔 청ㅎ여오라 셜향이 명응ㄹ 밧들고 갓다가 소션과 갓치 옴의 공쥐 소션의 얼골의 눈물흔적이 이심을 보고 침음바향이라가 이예 물어 갈으딕 그딕가 얼골 눈물흔적을 쓰엿스니 고국싱각을 이기지 못ㅎ야 그른가 소션이 딕답ㅎ야 갈

6) 각주 4) 참조.

P.82

아ᄃᆡ 소동이 본ᄅᆡ 류리표박ᄒᆞᄂᆞᆫ ᄒᆡ외에 쳔죵으로써 외람이 황샹의 우은을 입어 오ᄅᆡ ᄃᆡᄂᆡ예 쳐ᄒᆞ옵고 ᄯᅩᄒᆞᆫ 옥쥬의 후은권ᄋᆡᄒᆞ심을 닙어 ᄯᆡᄯᆡ로 뫼시고 말삼ᄒᆞᆷ을 어드니 일신ᄋᆡ 영ᄒᆡᆼ이 이예 지ᄂᆞᆯ ᄌᆡ 업난지라 다시 무어슬 바라리잇가 다만 일즉 부모을 일코 각각 동셔ᄋᆡ 잇셔 임이 사년이 지ᄂᆡᆺ스되 존망을 아지 못ᄒᆞ오니 슬픈 회포가 가득하다가 자연 외면ᄋᆡ 발포됨을 ᄭᆡ닷지 못ᄒᆞ얏난이라 공쥬 ᄎᆡᆨ연히 넉여 갈ᄋᆞᄃᆡ 그ᄃᆡ의 소회를 드르니 쌈으로 ᄒᆞ여곰 비창ᄒᆞᆷ을 금치 못ᄒᆞᆯᄂᆡ라 다만 아지못케라 고향이 어ᄃᆡ 이스며 ᄯᅩ 엇지ᄒᆞ야 어려셔 부모를 일헌난고 소션이 ᄃᆡ답ᄒᆞ야 갈ᄋᆞᄃᆡ 말삼ᄒᆞ야도 무익ᄒᆞ고 ᄒᆞᆫ갓 비감ᄒᆞᆷ만 더ᄒᆞᆯ지니 일후ᄋᆡ 옥쥬ᄭᆡ셔 자연이 아시리이다 공쥬 다시 강이히 뭇지 안코 셕셕히 갈ᄋᆞᄃᆡ 오날밤은 금풍이 소슬ᄒᆞ고

P.83

명월이 만정ᄒᆞ니 능히 잠을 일루지 못ᄒᆞᆯ지라 시험ᄒᆞ야 단소를 불어 써 향사를 이져바림이 엇더ᄒᆞᆫ뇨 ᄒᆞ고 즉시 시녀로 ᄒᆞ야곰 자리를 ᄇᆡ풀러 소션을 갓가이 안ᄀᆡᄒᆞ니 소션이 ᄌᆡ삼 사양ᄒᆞ난지라 공쥬 갈ᄋᆞᄃᆡ 다만 안져 무방ᄒᆞ니 엇지 반다시 고사ᄒᆞ리요 소션이 비로소 자리예 나아가 장차 소ᄆᆡ를 ᄯᅥᆯ치고 단소를 불고져 ᄒᆞᆯᄉᆡ 홀연 반공에써 한 기럭이 슬피 우다가 졈졈 구룸밧ᄀᆡ ᄯᅥ러져 과봉 누로 향ᄒᆞ야 오거날 소션이 단소를 ᄯᅡᆼᄋᆡ 던지고 귀를 기우리고 듯더니 홀연 안ᄉᆡᆨ이 변ᄒᆞ며 두눈ᄋᆡ셔 눈물이 비오덧ᄒᆞ난지라 이윽

히 잇다가 그 기력이 소셔의 겻흐로 나라와 목을 느리고 슬피 울거날 소셔이 급피 두손으로써 그 목을 안싀고 실셜통곡ᄒᆞ니 공쥬와 밋 여러 궁녜 다 크기 놀ᄂᆡ다가 괴이히 녁여 그 기력이를 보니 슌연한 젹식인ᄃᆡ 한 셔간이 잇셔 그 발

P.84

ᄋᆡ ᄆᆡ엿거ᄂᆞᆯ 공쥬 괴이히 녁여 셜향으로 ᄒᆞ여곰 가져오라 ᄒᆞ야 ᄯᅥᆨ여셔 보니 그 글ᄋᆡ ᄒᆞ여스되 모년모월모일에 실라국왕비 썩시난 피눈물을 ᄲᅮ려 글을 ᄐᆡ자 소셔의계 부치노라 슬푸다 네의 부왕이 병환으로 계실ᄯᅢ에 네가 도인의 말을 듯고 ᄒᆡ슉의 효셩을 쏜바다 홀노 바다를 건너 보타산ᄋᆡ 영약을 구코져 ᄒᆞ얏스니 이것시 엇지 십셰뉴자의 능히 힝할바이리요 그러나 네가 결의ᄒᆞ고 가기를 자원ᄒᆞ되 쥭기로셔 스사로 ᄆᆡᆼ셔ᄒᆞ니 만약 네의 감을 허락지 아니ᄒᆞ면 네가 반다시 쥬글 ᄯᅳᆺ지 잇난고로 부왕이 허락ᄒᆞ시고 나도 ᄯᅩᄒᆞᆫ 허락홈은 ᄃᆡ기 네의 지셩소도에 상쳔이 도으시고 신명이 부지ᄒᆞ야 비록 험란ᄒᆞᆫ 풍도이라도 무양이 도라오기를 예탁홈이러니 네가 간 후ᄋᆡ 왕자 셰징이 ᄯᅩᄒᆞᆫ ᄌᆞ원ᄒᆞ야 말ᄒᆞ되 특별히 ᄇᆡᄒᆞᆫ쳑을 쥰비ᄒᆞ야 네의

P.85

뒤를 ᄯᅡ라갓다가 너와 갓치 도라오리라 홈으로 ᄒᆡ산만리에 파도가 흉용ᄒᆞᆫᄃᆡ 네가 쳑신으로 홀노 가고 보호ᄒᆞᆯ ᄉᆞ람이 업슴을 념려ᄒᆞ야 부왕이 허락ᄒᆞ시고 나도 ᄯᅩᄒᆞᆫ 허락ᄒᆞ얏더니 엇지 반년이 너머

셰징은 약을 가지고 도라왓시나 너난 한번 가고 도라오지 안님을 뜻ᄒᆞ얏스리요 셰징의 말은 갈ᄋᆞ듸 타인의 젼ᄒᆞ난 말은 드른즉 혹은 네가 보타산ᄋᆡ 이르럿다가 풍파ᄋᆡ 표류ᄒᆞ야 간바를 아지못ᄒᆞᆫ다 ᄒᆞ고 혹은 네가 즁양ᄋᆡ셔 파션ᄒᆞ야 임이 어복ᄋᆡ 장사ᄒᆞ얏다 ᄒᆞ니 그 젼ᄒᆞ난 말리 너무 모호ᄒᆞᆷ으로 ᄂᆡ의 의혹이 여러가지로 ᄉᆡᆼ겨 죵시 마암ᄋᆡ 풀이지 아난도다 슬푸다 네의 온후한 덕셩과 효우ᄋᆡ ᄒᆡᆼ실로써 샹텬이 도으심을 밧지 못ᄒᆞ고 엇지 이지경ᄋᆡ 이르런난가 부왕의 병환은 그 령약으로 인ᄒᆞ야 일죠ᄋᆡ 쾨복ᄒᆞ시니 도인의 말리 과연 증험

P.86

이 되얏도다 일노써 보면 네가 살어셔 고국ᄋᆡ 도라올 것슬 ᄯᅩᄒᆞᆫ 가히 날를 기약ᄒᆞ야 기달지로다 비록 그르나 한번가고 도라오지 아님 우금 사년니이 혹지 네의 큰ᄋᆡᆨ운이 당젼ᄒᆞ야 텬슈를 도망키 어려운고로 그도인이 날를 속겨 그리ᄒᆞᆷ인가 명명창텬ᄋᆡ 질문ᄒᆞᆯ 곳지 업고 운산만리예 소식ᄶᅩ차 망연ᄒᆞ니 엇지 나로 ᄒᆞ여곰 슬푸지 아니이리요 슬푸다 네가 동궁ᄋᆡ 잇실 ᄯᆡ예 깃들린바 젹안이 네가 남히로 간후로부터 녯길을 더나지 안코 홀연 ᄇᆡ회ᄒᆞ며 ᄆᆡ양 날를 ᄃᆡᄒᆞ야 슬피 우도 무삼ᄒᆞ쇼ᄒᆞ난바 이난덧ᄒᆞ니 뜻ᄒᆞ건ᄃᆡ 네가 혹 쥭지 아니ᄒᆞ고 우금ᄭᆞ지 이세샹ᄋᆡ 살어이슴으로써 나로 ᄒᆞ야곰 셔간을 부치ᄀᆡ ᄒᆞ고져 ᄒᆞᆷ인가 ᄉᆡᆼ각이 이예 밋침ᄋᆡ 심셕 살란ᄒᆞ고 붓즐 자바 스고져 ᄒᆞᆷᄋᆡ 구곡간장이 촌촌이 ᄭᅳᆫ어졋지난도다 이예 기력이의 발ᄋᆡ 네의 소식을 뭇

P.87

논이 너난 과연 보난다 못보난다 일이 ᄆᆡ우 허탄ᄒᆞ니 그 젼ᄒᆞ고 젼치안님은 가히 아지못홀ᄂᆡ라 기력이 당도ᄒᆞ난 날ᄋᆡ 곳 답셔를 보ᄂᆡ여 로모로 ᄒᆞ여곰 갈망ᄏᆡ ᄒᆞ지 말나 글노써 말을 다못ᄒᆞ고 말노셔 뜻을 다ᄒᆞ지 못ᄒᆞ노라 공쥐 보기르 다ᄒᆞ더니 허휘류톄ᄒᆞ며 비로소 소션이 실라국 ᄐᆡ자로써 타국ᄋᆡ 표박홈은 왕자 셰징으르 인ᄒᆞ야 그리됨을 아럿더라 이예 옷깃슬 정ᄌᆡᄒᆞ고 단졍이 안져 소션다려 갈ᄋᆞᄃᆡ 이졔 기력의 발ᄋᆡ ᄆᆡ인 글를 보니 곳 귀국왕비의 친셔라 청컨ᄃᆡ ᄐᆡ자를 위ᄒᆞ야 ᄒᆞᆫ번 외오리다 ᄒᆞ고 초ᄲᅮᆯ를 발킨후 한번을 랑독ᄒᆞ니 쳥아ᄒᆞᆫ 옥셩은 옥반진쥬굴듯ᄒᆞ고 글자마다 ᄉᆡ가 압푸며 글귀마다 코가 쉼ᄋᆡ 좌우궁녀가 듯고 다 실셩ᄐᆡ읍ᄒᆞ며 소션이 ᄯᅩᄒᆞᆫ 멀리를 슉이고 듯다가 혈누가 방타ᄒᆞ난지라 공쥐 이예 그셔간을 소션

P.88

의 젼ᄒᆞ니 소션이 쌍슈로써 밧들고 어루만지며 슬피 우다가 홀연 두눈이 통기ᄒᆞ야 물견을 봄ᄋᆡ 죠곰도 쟝ᄋᆡ됨이 업난지라 공쥬가 봉관으샹으로 용묘가 부용앗ᄒᆞ야 방금 자리우ᄋᆡ 단졍이 안져심을 보고 소션이 황망이 피ᄒᆞ야 머리를 도리키며 손을 읍ᄒᆞ고 셧더니 공쥐 부지불각ᄋᆡ 소션이 ᄊᆞᆷ엇던 눈이 ᄌᆞ연 통기홈응ᄅᆞ 보고 만면 수삽ᄒᆞ야 능히 얼골을 드지못ᄒᆞ다가 급피 일어 몸을 피ᄒᆞ야 침소로 도라와 셜향으로 ᄒᆞ야곰 말를 소션의계 젼ᄒᆞ야 갈ᄋᆞᄃᆡ 쳡이 본ᄅᆡ 우ᄆᆡ무식히야 ᄐᆡᄌᆞ의계 실톄홈이 만ᄉᆞ와 방금 불민홈을 ᄌᆞ칙ᄒᆞ난

이다 그러나 ᄐᆡᄌᆞ의 효셩이 지극ᄒᆞ심ᄋᆡ 황텬이 도으사 젹안이 글를 젼ᄒᆞ니 만리가 지쳑갓고 양젼ᄋᆡ 옥톄가 무양ᄒᆞ시고 젹년ᄋᆡ ᄑᆡ안을 다시 뜻시니 이것은 진실노 고금ᄋᆡ 희한ᄒᆞᆫ 일리라 구구ᄒᆞᆫ 정셩으로 깁붐을 이긔지 못

P.89

ᄒᆞ야 감히 치ᄒᆞᄒᆞ노이다 소션이 셜향을향ᄒᆞ야 손을들어 사례ᄒᆞ야 갈아ᄃᆡ ᄒᆡ외쳔죵이 옥쥬의 권ᄋᆡᄒᆞ심을 만이 입고 루ᄎᆞ 지도ᄒᆞ심을 밧다가 ᄯᅩ 이갓치 ᄒᆞ문ᄒᆞ시니 그 은혜난 ᄇᆡᆨ골난망이로소이다 공쥐 드ᄃᆡ여 셜향을 명ᄒᆞ야 소션을 봉ᄂᆡ원으로 보ᄂᆡᆫᄃᆡ 소션이 갈ᄋᆞᄃᆡ 셜랑의 쳔인으로셔 공쥬ᄭᅴ 묘시을 엇고 루ᄎᆞ 령송ᄒᆞ난 수고를 깃쳐스니 소션이 감히 덕을 잇지 못ᄒᆞ노라 셜향이 우셔 갈ᄋᆞᄃᆡ 쳡이 공쥬의 명을 밧들어 ᄭᅴ로 ᄐᆡᄌᆞ를 청ᄒᆞᆷ이니 무삼 영송ᄒᆞ난 슈고가 잇사올잇가 다만 공쥬가 ᄆᆡ양 ᄐᆡᄌᆞ를 ᄃᆡᄒᆞ시면 양안이 구ᄑᆡᄒᆞ심을 보고 ᄒᆞᆫ탄ᄒᆞᆷ을 마지아니ᄒᆞ시더니 죵금이후로란 마ᄋᆞᆷ ᄋᆡ 샹ᄏᆡᄒᆞ고 깃붐을 이긔지 못ᄒᆞ시리이다 비록 그러나 공쥬가 깁피 궁즁ᄋᆡ 쳐ᄒᆞ시고 일로부터 ᄐᆡᄌᆞ족의적이 다시 과봉누ᄋᆡ 이르긔 어려온니 심히 결년ᄒᆞᆫ ᄇᆡ로소이다 소션이 치샤ᄒᆞᆷ을

P.90

마지아니ᄒᆞ더라 셜향이 도라와 소션의 말를 공쥬의계 보ᄒᆞ며 우셔 갈ᄋᆞᄃᆡ 쳡이 소션ᄐᆡᄌᆞ를 보오니 안광이 쌈을 쏘고 ᄯᅩᄒᆞᆫ 풍ᄎᆡ가 쥰슈ᄒᆞ야 다시 젼일 단소부던 동ᄌᆞ가 아니더니다 공쥐 탄식ᄒᆞ야

갈ᄋᆞᄃᆡ 그ᄉᆞᄅᆞᆷ의 ᄌᆡ모난 텬ᄒᆞ무쌍이라 그나히어리고 안ᄑᆡᄒᆞᆫ 연고로 각혹 청ᄒᆞ야 그 단소를 드렷더니 도금ᄒᆞ야 ᄉᆡᆼ각ᄒᆞ면 후회막급이로다 셜향이 ᄃᆡ답ᄒᆞ야 갈ᄋᆞᄃᆡ 옥쥬ᄭᅴ셔 ᄐᆡᄌᆞ를 청ᄒᆞ야 보심은 ᄒᆡᄒᆞ오 일리이요 젹안이 편지를 젼ᄒᆞ고 ᄑᆡ안이 다시 열님은 젼고ᄋᆡ 듯지못ᄒᆞ던 일이오니 무엇시 옥쥬의 청범에 손샹ᄒᆞ올릿가 고쥐 갈ᄋᆞᄃᆡ 이려ᄒᆞᆫ 말을 삼가 외인의계 루셜치 말나 ᄒᆞ더라 잇ᄯᅢ예 소션이 여러ᄒᆡ ᄭᅡᆷ앗던 눈을 일죠ᄋᆡ 홀연 통ᄀᆡᄒᆞ니 마ᄋᆞᆷ이 심히 쾨활ᄒᆞ야 홀노 후원ᄋᆡ 잇셔 모후의 셔간을 ᄌᆡ삼 열독ᄒᆞ다가 비로소 부왕의 환후가 ᄌᆞ쥭

P.91

령슌으로 인ᄒᆞ야 쾌복ᄒᆞ심을 알고 일히일비ᄒᆞ야 깁피 ᄒᆡ운암 도인의 신명ᄒᆞᆷ을 감복ᄒᆞ며 왕ᄌᆞ 셰징의 흉독ᄒᆞᆫ 일 ᄉᆡᆼ각ᄒᆞ다가 ᄌᆞ연 모골이 송연ᄒᆞ야 길리 탄닉ᄒᆞᆷ을 마지아니ᄒᆞ더니 드ᄃᆡ여 필연을 ᄂᆡ여 일봉써를 스되 즁간텬신만고ᄒᆞᆫ 일을 력력 긔록ᄒᆞ야 기력의 발ᄋᆡ ᄆᆡ고 경계ᄒᆞ야 갈ᄋᆞᄃᆡ 만리밧ᄀᆡ셔 모후의 친셔를 바다봄은 네의 은덕이라 속히 이 셔간을 본국 모후ᄭᅴ 젼ᄒᆞ야 쥬야로 갈망ᄒᆞ시난 마ᄋᆞᆷ을 외롭ᄀᆡ ᄒᆞ지 말나 젹안이 머리를 슉이고 듯다가 즉시 구름사이로 날아들어 동편을 바라면 길리 울고 가더라 잇ᄯᅢ예 실라국 왕비난 젹안 보ᄂᆡᆫ 후로브터 스사로 마ᄋᆞᆷᄋᆡ 의심ᄒᆞ야 갈ᄋᆞᄃᆡ 기력의 발ᄋᆡ 글을 젼ᄒᆞᆷ은 오작 한나라ᄯᅢ 소무 한ᄉᆞᄅᆞᆷ이 이슬 ᄯᅡ름이니 후셰에 엇지 다시 이러한 이리 이실리요 ᄒᆞ며 좌ᄉᆞ우상ᄋᆡ 엇지 ᄒᆞᆯ바를 아지못ᄒᆞ다가 홀

P.92

노 난간을 의지ᄒᆞ야 복을 바람의 두눈이 ᄯᅳ러지고 ᄒᆞ더니 ᄒᆞ로져녁은 적안이 멀리 운간으로부터 길리 울며 날어ᄂᆡ리다가 곳 왕비의 압픽 이르러 두날기를 드리우고 셧거날 왕비 놀ᄂᆡ고 깃겨ᄒᆞ야 급피 기력의 발을 보니 과연 일봉셔가 ᄆᆡ엿거날 ᄯᅦ여보니 곳 ᄐᆡ자 소션의 슈필이라 그글의 ᄒᆞ여스되 모연묘월모일의 불쵸ᄌᆞ 소션은 읍혈돈수ᄇᆡᆨᄇᆡᄒᆞ고 모후ᄌᆞ셩전하ᄶᅦ 답셔를 올니옵나이다 오회라 이졔 신이 모후젼하의 슬ᄒᆞ를 ᄯᅥ난지 임이 사년이라 ᄐᆡ자의 신이 나이 어리고 지식이 쳔박ᄒᆞ야 스사로 사량치 못ᄒᆞ고 만리창ᄒᆡ를 건닐ᄌᆡ 험란한 풍도를 지ᄂᆡ여 ᄒᆡᆼ션ᄒᆞᆫ 지 여러날의 보타산의 이르러난 졸령히 포풍응ᄅᆞ 만나 쥬즁의 일ᄒᆡᆼ은 다 간바를 아지못ᄒᆞ고 심히 홀노 파도를 ᄯᅡ라 부침ᄒᆞᆯᄉᆡ 명이 경각의 잇거날 텬ᄒᆡᆼ으로 큰 거복

P.93

의 구원ᄒᆞᆫᄇᆡ 되야 ᄃᆡᄒᆡ즁 무인졀도에 이르럿덧니 맛참 당쵸의 어사즁승 ᄇᆡᆨ문현이 외국의 봉사ᄒᆞ얏다가 도라오난 길의 신을 구졔ᄒᆞ야 갓치 즁국의 도라갓삽나니다 신이 ᄒᆡ도의 이실ᄯᅦ에 쟝독의 샹ᄒᆞᆫᄇᆡ 되고 ᄯᅩᄒᆞᆫ 경겁을 바다 양안이 구폐ᄒᆞ야 압흘 보지 못ᄒᆞ얏ᄉᆞ오니 비록 타인의 구졔를 입어 죽기를 면ᄒᆞ얏사오나 만리타향의 외로온 몸이 되야 다만 도텬으로 고국을 바라나니 운산막막ᄒᆞ옵고 오ᄅᆡ졍셩을 궐ᄒᆞ옴의 시량ᄒᆞᆯᄌᆡ 누구뇨 스사로 가삼을 ᄯᅮ달리고 통곡할ᄉᆡ 다만 속히 죽어 고혼잔ᄇᆡᆨ일망졍 일즉도라가 옥루압혜

바황ᄒᆞ야 젹이 ᄉᆞ모ᄒᆞ난 졍셩을 표ᄒᆞᆯ가 ᄒᆞ얏삽더니 완명ᄒᆞ기 막심흠으로 구구히 살기를 도모ᄒᆞ야 오날사이예 이르온바 우흐로 부도의 근심을 세치압고 아릐로 인자의 도리를 위반하오

P.94

니 신갓치 불효ᄒᆞᆫ 지 살면 쟝차 무엇을 ᄒᆞ올리이가 오회라 ᄇᆡᆨ문현이 당됴의 현직상이라 신의 고독흠과 병신됨을 가련히 넉여 사랑ᄒᆞ기를 친자갓치 ᄒᆞ며 ᄃᆡ우하기를 친고갓치 ᄒᆞ되 신다려 다른날의 ᄐᆡ복록ᄃᆡ사업이 이실리라 ᄒᆞ야 이예 그 소ᄉᆡᆼ녀로써 신의 ᄇᆡ필을 삼기ᄒᆞ고 ᄯᅩ 황졔ᄭᅦ 쥬달ᄒᆞ야 신응 본국으로 보ᄂᆡ고져 흠으로 신을 그윽히 수사로 깃거ᄒᆞ되 일노브터 가이 셔 탁신ᄒᆞᆯ 곳지 잇고 가이 셔 귀국ᄒᆞᆯ 날이 잇다 ᄒᆞ야 ᄒᆞᆫ날ᄊᆡᆨ 축수ᄒᆞ고 굴지ᄒᆞ야 기다리옵더니 신의 명도가 긔구ᄒᆞ고 여앙이 미진흠이온지 문현이 당죠권가의 모흠ᄒᆞᆫᄇᆡ 되야 멀리 찬축을 당ᄒᆞᄆᆡ 도라올 기약이 업슴으로 ᄯᅩᄒᆞᆫ 량픽ᄒᆞ야 도로에 류리ᄒᆞ옵다가 셔으로 쟝안의 드러가 우연이 리원령관의 집의 ᄀᆡᆨ이 되얏삽더니 텬ᄌᆞ 신의 단소 잘분다난 말삼을 드르시고 ᄃᆡᄂᆡ로

P.95

불너드려 봉릐젼 후원의 우거케 흠의 옥셩공쥬난 텬자의 사랑ᄒᆞ시난 ᄯᆞᆯ리라 나히 비록 어리나 자못 음률를 히득흠으로 신의 단소쇼릐를 듯고 크계 칭찬ᄒᆞ야 간혹 신을 과봉누로 불너 지음지인으로써 ᄃᆡ졉ᄒᆞ온바 어졔밤 발근달리 우연히 과봉누의 잇삽다가 고국의

료원ᄒᆞᆷ을 그리ᄋᆞᆸ고 신세의 표박ᄒᆞᆷ을 탄식ᄒᆞ야 단소를 ᄂᆡ여 ᄒᆞᆫ번 히롱코져 ᄒᆞᆯᄉᆡ 문득 젹안이 동으로브터 오다가 시의 겻헤 나러ᄂᆡ려 스피 울기를 마지아니ᄒᆞᆷ으로 공쥐 괴이히 넉여 본즉 그 발ᄅᆡ ᄒᆞᆫ 셔간이 ᄆᆡ여잇난지라 시녀로 ᄒᆞ여곰 그 셔간을 취ᄒᆞ여다가 신을 위ᄒᆞ여 ᄒᆞᆫ번 랑독을 ᄒᆞᆷᄋᆡ 신이 귀를 기우리고 가만이 듯자온즉 곳 우리 자셩젼ᄒᆞᄋᆡ 친셔라 신이 잇ᄯᆡ를 당ᄒᆞ야 심신이 황홀ᄒᆞ고 졍상이 비월ᄒᆞ야 기력의 발을 붓들고 스사로 통곡ᄒᆞ다가 홀연 양안이 통ᄀᆡᄒᆞᆷ을

P.96

ᄭᆡ닷지못ᄒᆞ고 물견을 봄ᄋᆡ 이젼과 다름이 업사온니 이것슨 샹텬이 신의 간졀ᄒᆞᆫ 졍셩을 어녓비 넉이사 이갓치 신긔ᄒᆞᆫ 일이 잇슴이오 실로 일력으로 ᄒᆞᆯ빅 아니소이다 신이 비로소 자셩젼ᄒᆞᄋᆡ ᄒᆞ셔를 밧들어 보옴ᄆᆡ 부왕의 병환은 령슌으로 인연ᄒᆞ야 쾨복ᄒᆞᄋᆞᆸ시고 자션젼ᄒᆞᄋᆡ 옥톄도 요ᄒᆡᆼ 강영ᄒᆞᄋᆞᆸ시니 신이 여러ᄒᆡ 경결ᄒᆞ던 마ᄋᆞᆷ은 일죠ᄋᆡ 어름푸러지듯ᄒᆞ고 ᄒᆞ날갓치 깃분마ᄋᆞᆷ 다시 측량ᄒᆞᆯ바를 모로다가 자연히 쌍루가 방ᄐᆞᄒᆞ야 얼골를 가리움를 ᄭᆡ잣지 못ᄒᆞ오니 신이 비록 이제 쥭을지라도 ᄯᅩᄒᆞᆫ 여한이 업ᄀᆞᆫ나니다 신이 맛당히 이사졍으로써 황제ᄭᆡ 쥬달ᄒᆞᆫ 후 ᄒᆡᆼ장을 ᄌᆡ촉ᄒᆞ야 ᄲᆞᆯ리 자셩젼ᄒᆞ의 슬ᄒᆞᄋᆡ 도라가 써 평ᄉᆡᆼᄋᆡ 소원을 이루고져 ᄒᆞ나이다 감히 기력의 날ᄀᆡ를 빌러 이만 먼져 복달 왕비 보기를 다ᄒᆞ고 방셩ᄃᆡ곡

P.97

ᄒᆞ니 궁즁이 경동ᄒᆞ난지라 왕이 왕비의 곡셩을 듯고 급피 ᄂᆡ젼ᄋᆡ 드러와 ᄐᆡᄌᆞ의 슈셔를 보고 ᄯᅩᄒᆞᆫ 통곡ᄒᆞᆷ을 마지아니ᄒᆞ니 이말리 젼파ᄒᆞ야 ᄒᆞ로동안ᄋᆡ 젼국즁이 랑자ᄒᆞᆫ지라 ᄐᆡᄌᆞ가 쥭지안코 즁국ᄋᆡ 잇단말을 듯고 경탄치 안인ᄌᆡ 업스며 깃거ᄒᆞ난 소ᄅᆡ 우ᄅᆡ것더라 왕비 울며 왕ᄭᅴ 고ᄒᆞ야 갈ᄋᆞᄃᆡ 소셔 유륭ᄒᆞᆫ 나흐로써 ᄉᆡᆼ젼에 문젼삼오보를 나가지 안턴니 만리챵명ᄋᆡ 험ᄒᆞᆫ풍도를 만낫다가 요ᄒᆡᆼ 텬신의 부호ᄒᆞᆷ을 입어 인명을 간신이 보젼ᄒᆞ고 쳔신만고를 다지ᄂᆡ여 도로 류리ᄒᆞ면셔 즁국ᄋᆡ 드러갓스니 이것시 엇지 쌈의 견ᄃᆡᆯ빙리요 ᄉᆡᆼ각이 이예 이름ᄋᆡ 간장을 베혀ᄂᆡ난덧ᄒᆞ온지라 원컨ᄃᆡ ᄃᆡ왕은 쌜리 사신을 보ᄂᆡ여 소셔을 다려오ᄀᆡ ᄒᆞᄋᆞᆸ소셔 왕이 곳 외젼으로 나와 즁국ᄋᆡ 사신보ᄂᆡ기을 의논

P.98

ᄒᆞᆯᄉᆡ 여러신하가 다 표를 올여 ᄒᆞ례ᄒᆞ더라 이ᄯᆡ예 왕자 셰징이 ᄐᆡ자가 임이 ᄒᆡ즁ᄋᆡ셔 쥭은쥴알고 죠곰도 ᄀᆡ의 아니ᄒᆞ더니 쳔만 ᄯᅳᆺ밧ᄀᆡ 젹안이 왕ᄅᆡᄒᆞ며 글을 젼ᄒᆞᆷ으로 인ᄒᆞ야 ᄐᆡᄌᆞ가 쥭지안코 미구ᄋᆡ 회국ᄒᆞᆫ단 말을 듯고 ᄃᆡ경실ᄉᆡᆨᄒᆞ야 비록 텬ᄌᆞ가 요ᄒᆡᆼ 편지 가온ᄃᆡ 지긔의 말을 쓰지 아니ᄒᆞ엿슬지라도 혹 ᄐᆡᄌᆞ가 회국ᄒᆞᆫ후ᄋᆡ난 본젹이 탈로될가 염여ᄒᆞ야 그회국ᄒᆞ기를 기다려 즁노에서 쟈ᄀᆡᆨ을 보ᄂᆡ여 ᄐᆡᄌᆞ를 ᄒᆡᄒᆞ야 써 그 죵젹을 업시코져 ᄒᆞ더라

뎨ᄉᆞ회

향녀로 도라갈ᄉᆡ 초강의써 도적을 만나고

남쟝을 ᄒᆞ얏다가 셜부의 다릴ᄉᆞ회가 되다
각셜 이ᄯᅴ예 텬ᄌᆞ 봉ᄂᆡ뎐의 좌졍ᄒᆞ야 뎨신으로 더부러 연락ᄒᆞ실ᄉᆡ 황문으로 ᄒᆞ여곰 소션을 부르니 소션이 황문을 ᄯᆞ라 어탑ᄋᆡ 이르러 부복ᄒᆞᆫ지라 텬ᄌᆞ 소션의 두눈이 통키ᄒᆞᆷ을 보시고 놀ᄂᆡ

P.99

여 그연고를 무르신ᄃᆡ 소션이 돈수ᄒᆞ고 엿자와 갈ᄋᆞᄃᆡ 소션이 유리로 폐하의 ᄀᆡ망ᄒᆞᆫ죄난 만사무셕이로소니다 신은 월ᄅᆡ 실라국 ᄐᆡ자이온ᄃᆡ 당시에 부왕의 병환의 침즁ᄒᆞᆷ을 인ᄒᆞ야 남ᄒᆡ 보타산ᄋᆡ 령약이 잇다난 말을 듯삽고 스시로 가 령약을 구ᄒᆞ야 가지고 도라오란 길ᄋᆡ ᄒᆡ적의 겹략을 만나 일ᄒᆡᆼ이 다 참살을 당ᄒᆞ옵고 신이 홀노 표류ᄒᆞ야 무인졀도ᄋᆡ 이르렷다가 요ᄒᆡᆼ 은인의 구ᄒᆞᆷ을 입여 즁국으로 드려온바 두눈이 쟝독ᄋᆡ 샹ᄒᆞᆫ빈되야 능히 물건을 보지 못ᄒᆞ옵고 도로로 류리ᄒᆞ옵다가 장안ᄋᆡ 니르러ᄂᆞᆫ 가쟈 ᄒᆞᆫ감의 쳔거로써 특별히 폐ᄒᆞ의 우악ᄒᆞ신 셩은을 입어 봉ᄅᆡ젼 후원ᄋᆡ 두류ᄒᆞ옵더니 젼야의 적안이 날라와 신의 모비의 글을 젼ᄒᆞ옵난바 이기럭이난 신 본국ᄋᆡ 이실ᄯᅴ예 일즉 먹여 길드린것이라 신이 홀노 신모의 셔간을 어루만여 두눈ᄋᆡ 보지

P.100

못ᄒᆞᆷ 심히 ᄋᆡ통ᄒᆞ야 기럭이를 안ᄉᆞᆫ고 슬피우난사이예 홀연 두눈이 통키ᄒᆞ야 물건을 봄이 여젼ᄒᆞ오나 신도 ᄯᅩᄒᆞᆫ 무삼연고인쥴 아지못ᄒᆞ난이다 원컨ᄃᆡ 폐ᄒᆞ난 신의 사졍을 어엿비 넉이사 신으로 ᄒᆞ야곰

고국ᄋᆡ 도라가 반포ᄒᆞ난 정셩을 다ᄒᆞ계 ᄒᆞ옵소셔 텬ᄌᆡ 듯기를
다ᄒᆞ시더니 크ᄀᆡ 괴이히 녁여 소션다려 그 모비의 셔간을 드리라
ᄒᆞ야 전후뎐말을 ᄒᆞᆫ번 보신후ᄋᆡ 손을치며 탄샹ᄒᆞ야 졔신다려 갈ᄋᆞ
ᄃᆡ 이거슨 진실노 고금듯지못ᄒᆞ던 ᄇᆡ오 텬지간ᄋᆡ ᄒᆞᆫ 괴사로다
짐이 소션을 본즉 나은 비록 어릴지라도 골격이 비범ᄒᆞ고 풍도가
단응ᄒᆞ니 실노 국가의 쥬셕지ᄌᆡ와 동양지기가 되리로다 ᄒᆞ물며
십ᄉᆡᆨ소아로써 부왕의 병을 인ᄒᆞ야 만리히량ᄋᆡ 홀로 가 약을 구ᄒᆞ
엿스니 이것시 범인ᄋᆡ 능히 홀ᄇᆡ아니라 엇지 텬명이 업

P.101

스리요 짐이 즁국ᄋᆡ 유룡코져 ᄒᆞ니 경등의 쇼견이 엇더ᄒᆞᆫ고 졔신이
방금 발렴ᄋᆡ 잇셔 소션의 엿자온 말을 일일이 듯고 셔로 놀ᄂᆡ며
탄식ᄒᆞ다가 텬자의 하슌ᄒᆞ시난 말숨을 듯더니 일졔히 엿ᄌᆞ와 갈아
ᄃᆡ 소션의 이일은 고금ᄋᆡ 듯지못ᄒᆞᆫᄇᆡ오 ᄯᅩ 신등이 그 ᄌᆡ모가 비범
ᄒᆞᆷ을 보오니 실노 보필지ᄌᆡ가 돌지라 셩유가 지당ᄒᆞ옵고 신등의
쇼견이 쳠동ᄒᆞ오니다 소션이 머리를 죠어며 엿ᄌᆞ와 갈ᄋᆞᄃᆡ 신은
외국쌈이라 나히 어리고 몽ᄆᆡᄒᆞ야 즁국ᄋᆡ 입ᄉᆞᄒᆞᆷ을 원치아니ᄒᆞ오
며 ᄯᅩ 신의 부모가 쥬야로 사량ᄒᆞ야 거의 병이날듯ᄒᆞ오니 복걸
폐ᄒᆞ난 신으로 ᄒᆞ야곰 고국에 도라가 신의 쇼원을 일우계 ᄒᆞ옵소셔
텬ᄌᆡ 갈ᄋᆞ샤ᄃᆡ 이졔 짐이 너를 본즉 ᄇᆡᆨ미가 구존ᄒᆞᆫ지라 짐이 엇지
너를 노으리요 하물며 션죠에 김인문김춘츄난 다 실

P.102

라셤ㅏ[7]으로써 즁국의 입사ᄒᆞ야 위가 장샹에 이르러신니 네가 엇지 반다시 고ᄉᆞᄒᆞ리오 너는 아즉 류ᄒᆞ야 짐을 셤기고 급거히 도라가기를 ᄉᆡᆼ각치 말라 짐이 맛당히 실라국왕의계 통고ᄒᆞ리라 ᄒᆞ고 즉일노 쇼션의계 홀님혹ᄉᆞ지졔고를 제수ᄒᆞ시고 ᄯᅩ 소션이 집이 업슴을로써 영풍방의 갑ᄌᆞ일구와 노비 수십인을 쥬어써 공녁을 갓초계 ᄒᆞ시니 텬은이 륭슝ᄒᆞᆫ지라 홀님이 감격ᄒᆞ야 샤은ᄒᆞ고 물너나오며 감히 다시도라감을 말ᄒᆞ지 못ᄒᆞ더라 임의 ᄉᆞ뎨에 이름의 만죠가 와셔 치ᄒᆞᄒᆞ고 거마가 문의 가득ᄒᆞ며 구일리원쟈직하감이모등이 ᄯᅩᄒᆞᆫ 그친홈으로써 당ᄒᆞ의 와 보기거날 할님이 불너보고 우슈히 금빅을 줄ᄉᆡ 리모계난 특별히 쳔금을 주어 그 궁도에 써로 구원ᄒᆞ던 은혜를 샤례ᄒᆞ더라 화셜 션

P.103

시예 빅소부의 부인 셕씨가 소션 ᄂᆡ여쪼친 후 셕시랑으로 더부러 셔로 의론ᄒᆞ고 가만히 빅연령의 폐빅을 밧어스나 빅소져난 아지못ᄒᆞ더라 소졔 부인이 소션을 ᄂᆡ여쪼찻다난 말를 듯고 크ᄀᆡ 놀ᄂᆡ여 눈물을 흘이며 츈향[8]다려 갈아ᄃᆡ 이졔 모친이 김공ᄌᆞ를 촉츌홈은 뎨의계 박정홈이 아니라 젼혀 ᄂᆡ의 혼샤로 인연홈이니 박명ᄒᆞᆫ 인ᄉᆡᆼ이 지금예 구차이 살아참아 이일을 보며 나갓치 궁ᄒᆞᆫ 사람이 살면 쟝ᄎᆞ 무엇ᄒᆞ리오 츈향이 갈아ᄃᆡ 향쟈 외인의 젼ᄒᆞ난 말를

---

7) 각주 4) 참조. 원문에는 셤이라 쓰고 옆에 ㅏ 모양으로 가늘게 그려 놓았다.
8) 앞서는 '셜향'이었다.

드른즉 임이 ᄇᆡ가의 폐ᄇᆡᆨ을 밧엇다 ᄒᆞ더이다 소졔 이말을 듯고 더옥 놀ᄂᆡ여 침음방향ᄋᆡ 쌍루가 얼골를 갈리우더니 드ᄃᆡ여 쟈리눕고 일지 안니ᄒᆞ더니 부인이 쇼졔가 식음을 젼폐ᄒᆞ고 자리예 누엇다난 말을 듯고 급피 가본즉 형용이 쵸췌ᄒᆞ고 긔ᄉᆡᆨ이 젹

P.104

샹ᄒᆞᆫ치라 그등을 어루만지면 물어 갈ᄋᆞᄃᆡ 너난 엇지ᄒᆞ니 식음을 젼폐ᄒᆞ고 자리예누어 셩병ᄒᆞᆯ 지경ᄋᆡ 이르렷난요 쇼졔 강잉히 이러안즈며 눈물를 흘녀 갈아ᄃᆡ 쇼녀 명도가 긔구ᄒᆞ야 향자ᄋᆡ 부친을 ᄯᆞ 드른즉 김공ᄌᆞ 우리문을 ᄯᅥ낫다ᄒᆞ오니 다시 무엇슬 바라리잇가 쇼녀의 일신를 임이 김공ᄌᆞ의계 허락 지금ᄋᆡ ᄇᆡ반ᄒᆞᆷ은 크ᄀᆡ 무신ᄒᆞᆷ이거던 하물며 뎌 텬지간ᄋᆡ ᄒᆞᆫ 곤궁ᄒᆞᆫ ᄡᆞᆷ으로 ᄒᆞ야곰 도로ᄋᆡ 류리케 ᄒᆞᆷ은 다만 부친이 당쵸ᄋᆡ 수량ᄒᆞ신 셩덕을 지여바릴ᄲᅮᆫ 아니라 진실노 인인군쟈의 차마 ᄒᆞᆯᄇᆡ 아니로소니다 ᄯᅩ 모친이 임의 ᄇᆡ가의 빙폐를 밧어셧다 ᄒᆞ오니 소녀가 비록 불초ᄒᆞᆯ지라도 ᄃᆡ강ᄃᆡ의를 아나니다 부친 일즉 김공ᄌᆞ의 시젼으로ᄡᅥ 소녀를 주어 일후ᄋᆡ 신물을 삼계ᄒᆞ고 ᄯᅩ 소녀의 수필노ᄡᅥ 김공ᄌᆞ의계 젼ᄒᆞ야 약종을 일우어슴

P.105

ᄋᆡ 샹쳔이 감림ᄒᆞ신지라 ᄇᆡ가의 빙폐가 무삼 ᄉᆡᆨ달으로 우리문예 드러오리오 그윽히 ᄉᆡᆼ각ᄒᆞ면 붓글럽기 층양업난지라 무삼 낫츠로 텬지간ᄋᆡ 쳐ᄒᆞ야 스사로 인류라 칭ᄒᆞ리요 일노부터 다만 ᄲᆞᆯ이

쥭어 영원히 슬흐를 ᄒᆞ즉코져 ᄒᆞ나니다 부인이 노ᄒᆞ야 갈ᄋᆞᄃᆡ 네의 소위 신물이라 홈은 무엇인고 네의 부친의 손으로 김공ᄌᆞ의 시를 등셔홈ᄋᆡ 지ᄂᆡ지 못ᄒᆞ난지라 그런고로 ᄂᆡ가 일즉 네의 부친이 너무 도량이 업셔 이갓치 망픽ᄒᆞᆫ 일리 이슴응 ᄒᆞᆫᄒᆞ얏거날 이졔 네가 ᄯᅩ 네의 부친의 망거를 쏜밧아 구구ᄒᆞᆫ 언약을 고집코져 ᄒᆞ난다 네의 셩졍이 본ᄅᆡ 편협ᄒᆞ야 장ᄎᆞ 로모로 ᄒᆞ야곰 금심ᄒᆞ야 병이 되기 ᄒᆞ니 평일 부모ᄭᆡ 효도ᄒᆞ던 졍셩이 과연 어ᄃᆡ 잇스며 ᄯᅩ 오륜간 가온ᄃᆡ 오작 효도가 뎨일이어날 네기 임의 셩현

P.106

의 글을 만히 일고 유독 녀ᄌᆞ가 어려셔 모훈을 밧는다난 말를 아지못ᄒᆞ난다 로모의 말을 ᄯᅩᆽ지 아니ᄒᆞ고 이졔 ᄒᆡ외ᄋᆡ ᄒᆞᆫ 걸ᄋᆞ를 위ᄒᆞ야 스사로 네의 젼졍을 그릇ᄒᆞ고져 ᄒᆞ니 이것은 다로 모의 원ᄒᆞ난ᄇᆡ 안니로다 쇼졔 위연히 탄식ᄒᆞ아 갈ᄋᆞᄃᆡ ᄃᆡ기 ᄇᆡ젹의 구혼홈을 마ᄋᆞᆷᄃᆡ로 못ᄒᆞ고 부친을 망측ᄒᆞᆫ ᄭᆡ예 모함ᄒᆞ야 써 령ᄒᆡ예 ᄎᆞᆫ츅케 ᄒᆞ니 이것슨 불공ᄃᆡ쳔지쉬라 쇼녀의 원통홈이 골슈ᄋᆡ 들어 그고기를 먹고져 ᄒᆞ걸날 져소위빙폐라 ᄒᆞ난거슬 엇지 일각동안이라도 우리의 문안ᄋᆡ 류치ᄒᆞ리오 만일 즉금ᄋᆡ ᄇᆡ젹의 집으로 츅숑ᄒᆞ면 쇼녀 오히려 가하 살것시언이와 만일 그럿치 안으면 쇼녜 마ᄋᆞᆷ이 치고 ᄊᆡ가 션를ᄒᆞ야 이셰샹ᄋᆡ 오ᄅᆡ 잇기를 원코져 안이ᄒᆞ난이다 ᄒᆞ고 말를 맛츠지 못ᄒᆞ야 곳 경ᄃᆡ우의 노인 칼노

P.107

가지고 ᄉᆡ시로 그 목을 찌르니 유혈이 낭ᄌᆞ한지라 부인이 방지소조ᄒᆞ야 급히 칼을 ᄲᆡ아스니 소져 임이 긔절ᄒᆞ야 ᄯᅡᆼᄋᆡ 썩ᄭᅮ러진지라 좌우시비등이 다 경황망조ᄒᆞ야 엇지할바를 모르다가 연ᄒᆞ야 탕약으로 입ᄋᆡ 듸울지라도 돈연히 기ᄉᆡᆨ이 업거날 부인이 가슴을 ᄯᅮ다리며 통곡ᄒᆞ야 왈[9] ᄇᆡ승상은 ᄂᆡ의 원수라 운영이 이ᄌᆡ 쥭어스니 엇지 참아 호을노 ᄉᆞ리요 츄양이 겻ᄐᆡ 잇다가 울며 고ᄒᆞ야 왈 소져 김공ᄌᆞ 갓단말을 들으시고 식음을 전폐ᄒᆞ온즁 ᄯᅩ ᄇᆡ가의 빙ᄑᆡ가 왓단말을 들으심ᄋᆡ 쥭기로셔 ᄌᆞ쳐ᄒᆞ시니 이ᄌᆡ 비록 탕약으로셔 소ᄉᆡᆼ함을 어들지라도 결단코 구구이 살기을 원ᄒᆞ지 안이할리이다 부인이 조조ᄒᆞ야 왈 그러면 엇지할고 츄향이 왈 이ᄌᆡ 김공ᄌᆞ을 도로 부르고 ᄇᆡ가의 빙ᄑᆡ을 도로

P.108

퇴각한 연후ᄋᆡ 근근이 소져의 일명을 구ᄒᆞ연이와 그러치 안으면 소져 비록 ᄌᆞᆷ시 회ᄉᆡᆼ함을 어들지라도 결코 구ᄎᆞ이 살기을 바라지 안이ᄒᆞ리이다 부인이 급히 ᄉᆞ람으로 하야곰 셕시랑을 부르니 시랑이 기별으 들으ᄆᆡ 황망이 ᄇᆡᆨ소부의 집ᄋᆡ 이르려 소져의 침소로 가보니 소져 긔절ᄒᆞ야 유혈이 ᄌᆞ리ᄋᆡ 가득ᄒᆞᆫ지라 크ᄀᆡ 놀ᄂᆡ여 그 연고를 무른ᄃᆡ 부인이 시랑을 질ᄎᆡᆨᄒᆞ야 왈 ᄂᆡ가 그렷 너의 말을 들엇ᄃᆞ가 운영으로 ᄒᆞ야곰 이갓ᄒᆞᆫ ᄎᆞᆷ경을 당케ᄒᆞ니 이모도

---

9) 다른 필체로 필사된 부분에서는 모두 '갈ᄋᆞᄃᆡ'로 되어 있다.

뉘의 ᄎᆡᆨ망인고 시랑이 창황ᄎᆞᆼ조ᄒᆞ야 시비의게 뭇고 비로소 그말을 아난지라 소져의 신ᄎᆡ을 어루만지며 무수이 통곡ᄒᆞ더니 부인이 소ᄅᆡ을 질너왈 ᄇᆡ가의 빙ᄑᆡᄂᆞᆫ 곳 ᄂᆡ의 원수라 가히 ᄲᆞᆯ이 가져가셔 우리 운영을 살ᄀᆡᄒᆞ라 시랑이 아모말도 못ᄒᆞ고 곳 시비로 ᄒᆞ야곰 빙ᄑᆡ을

P.109

가져오라 ᄒᆞ야 종ᄌᆞ의게 ᄂᆡ여쥬어 ᄇᆡ연영의 집으로 도로 보ᄂᆡ고 즉시 도라오니라 잇ᄯᆡ 소져ᄂᆞᆫ 이윽키 기절ᄒᆞ얏다가 회ᄉᆡᆼᄒᆞ야 모친이 겻ᄒᆡ 안져 통곡함을 우려러보고 눈물이 얼골을 가리우며 다만 탄식ᄒᆞᆯ ᄲᅮᆫ이더니 부인이 연ᄒᆡ 불너왈 운영아운영아 너ᄂᆞᆫ 날을 아ᄂᆞᆫ다 ᄂᆡ가 이ᄌᆡ ᄇᆡ가의 빙ᄑᆡ을 퇴각ᄒᆞ고 ᄯᅩ 김공ᄌᆞ을 부르고져 ᄒᆞ니 너ᄂᆞᆫ 안심ᄒᆞ고 조셥ᄒᆞ야 다시 회곡한 마암을 먹지말ᄂᆞ 소져 침음방향에 정신을 수습ᄒᆞ야 이러 절ᄒᆞ며 ᄎᆡ읍ᄒᆞ야 왈 모친이 이 불초한 소녀을 위ᄒᆞ야 과도히 비ᄉᆞᆼᄒᆞᄋᆞᆸ시니 죄당만ᄉᆞ로소이다 부인이 그허리을 안고 울며 왈 ᄂᆡ 이ᄌᆡ ᄉᆡᆼ각ᄒᆞ니 너말이 다 올토다 악ᄶᅡᄋᆡ ᄇᆡ가의 빙ᄑᆡ을 도로 보ᄂᆡ고 ᄯᅩ ᄉᆞ람으로 ᄒᆞ야곰 ᄉᆞ쳐로 김공ᄌᆞ의 소식을 탐문코져 ᄒᆞ노니 너ᄂᆞᆫ 정셩으로 식음을 강

P.110

작ᄒᆞ야 노모의 마암을 위로ᄒᆞ라 소져 무한이 감격ᄒᆞ야 눈물이 비오덧ᄒᆞ더니 이후로붓터 감히 침방ᄋᆡ 쳐ᄒᆞ야 주야로 목ᄋᆡ ᄉᆞᆼ처을 치료ᄒᆞ다가 미구ᄋᆡ 젼쾌ᄒᆞᆷ을 어든지라 부인이 그ᄀᆡ 깃거 소져다려

왈 이ᄌᆡ ᄉᆞ람을 ᄒᆞ야곰 김공ᄌᆞ의 소식을 두로 탐문할지라도 ᄃᆡᄒᆡ
ᄋᆡ 부평초갓하야 졸연히 종젹을 알바이업고 오ᄅᆡ 황셩ᄋᆡ 유ᄒᆞ면
ᄇᆡ가의 늑혼할 염여가 잇ᄂᆞᆫ고로 ᄂᆡ 가가권을 다리고 강쥬향여로
도라가셔 소부의 방환되기 기다려 ᄎᆞᄎᆞ히 김공ᄌᆞ의 소식을 탐문코
져ᄒᆞ니 너의 마암이 엇더ᄒᆞ뇨 소져 ᄃᆡ답ᄒᆞ야 왈 모친의 가라치신
말슴이 졍히 ᄉᆞ리ᄋᆡ 합당ᄒᆞ옵고 소녀의 의향도 ᄯᅩᄒᆞᆫ 그러ᄒᆞ니이다
부인이 인ᄒᆞ야 늘근 비복 ᄉᆞ오인을 명ᄒᆞ야 경ᄌᆡ을 직히ᄀᆡ ᄒᆞ고
수로로셔 강쥬을 향ᄒᆞ야 ᄯᅥᄂᆞ이라 잇ᄯᆡ ᄇᆡ득낭이 ᄇᆡᆨ소

P.111

져가 다른ᄃᆡ 승혼치 안코 쥭기을 빙셔ᄒᆞ야 ᄉᆡ시로 그 목을 ᄶᅵᆯ넛단
말을 들을ᄲᅮᆫ안이라 ᄯᅩ ᄌᆞ가의 빙ᄑᆡ가 도로 도라옴을 보고 크ᄀᆡ
노ᄒᆞ야 ᄉᆞ람으로 하야곰 셕시랑을 불너 무수이 질칙ᄒᆞ니 시랑이
황겁ᄒᆞ야 능히 ᄃᆡ답지 못ᄒᆞᆫ지라 득양이 연령의계 말ᄒᆞ고 다른
일노 ᄯᅩ한 셕시랑을 구무ᄒᆞ야 변방으로 졍비보ᄂᆡ이라 득양이 다시
셕부인이 가권을 다리고 강쥬로 간단 말을 듯고 반다시 소져을
겁탈코져 할ᄉᆡ 가만이 심복ᄒᆞᆫ ᄌᆞ 수십인을 불너 금ᄇᆡᆨ을 후이 쥬며
왈 너의들은 ᄉᆞ이길노 ᄶᅩᆺᄎᆞ 심양강변ᄋᆡ 잇다가 ᄇᆡᆨ소져의 ᄇᆡ가
지ᄂᆞ가기을 기다려 인명을 ᄉᆞᆼ히치 말고 다만 ᄇᆡᆨ소져 일인을 겁취
ᄒᆞ야 도라오면 ᄂᆡ가 맛당이 즁ᄉᆞᆼ을 쥬리라 ᄒᆞᆫᄃᆡ ᄌᆡ인이 다 응낙ᄒᆞ
고 가니라 아지못거라과연 ᄇᆡᆨ소져의 셩명이 엇지되얏노 잇ᄯᆡ에
셕부인

P.112

ᄋᆡ 일힝이 쥬야로 회졍을 ᄌᆡ촉ᄒᆞ야 힝션한지 월여ᄋᆡ 강쥬지경ᄋᆡ 이르려 여긔ᄂᆞᆫ 심양강 ᄉᆞᆼ유라 촌락이 희소ᄒᆞ고 ᄉᆞ면이 다 갈ᄃᆡ밧 친ᄃᆡ 맛춤 셔풍이 크ᄀᆡ 이러 ᄇᆡ을 힝치 못ᄒᆞ고 남편언덕ᄋᆡ ᄇᆡ을 ᄃᆡ여 ᄌᆞᆼᄎᆞ 바람 그치기을 기다려 써날ᄉᆡ 이밤ᄉᆞᆷ경ᄋᆡ 월ᄉᆡᆨ이 낫과 갓고 ᄉᆞ면이 젹젹ᄒᆞᆫ지라 ᄇᆡᆨ소져 츄향으로 더부러 션ᄎᆞᆼ을 열고 호ᄉᆞᆫ승경을 구경ᄒᆞ더니 문득 언덕우으로 ᄉᆞ람의 소ᄅᆡ 들이면 난ᄃᆡ 업ᄂᆞᆫ 젹도 수십인이 각각 칼과 ᄎᆞᆼ을 가지고 ᄇᆡ 가온ᄃᆡ 쒸여들어와 크ᄀᆡ 불너 왈 ᄇᆡ공ᄌᆞ가 우리를 명ᄒᆞ야 인명을 상히치 마고 다만 ᄇᆡᆨ소져만 취ᄒᆞ라ᄒᆞ니 다른 ᄉᆞ람은 다 놀ᄂᆡ지 말ᄂᆞ ᄒᆞ거날 쥬즁지 인이 혼비ᄇᆡᆨᄉᆞᆫᄒᆞ고 황겁망조ᄒᆞ야 엇지할쥴을 모르더라 잇ᄯᆡ 소져 호ᄉᆞᆫ승경을 구경ᄒᆞ고 션두ᄋᆡ 안져ᄯᅡ

P.113

가 이광경을 보고 면치못할쥴을 짐작ᄒᆞ야 즉시 몸을 쒸여 강즁ᄋᆡ 써러지니 츄향이 소져의 물ᄋᆡ 써러짐을 보고 ᄯᅩ 쒸여나려져셔 물속으로 드러가거날 여러 젹도등이 소져와 츄향이 연히 물ᄋᆡ 써러짐을 보고 셔로 ᄎᆞ탄ᄒᆞ며 왈 앗갑다 ᄇᆡ공ᄌᆞ가 무단이 불양ᄒᆞᆫ 마음을 ᄂᆡ여 ᄭᅩᆺ갓고 옥갓흔 양ᄀᆡ미인을 그릇 쥭이ᄂᆞᆫ도다 ᄒᆞ더니 각각 육지ᄋᆡ 나려 ᄒᆡ여져가거날 셕부인이 션ᄎᆞᆼ안ᄋᆡ 업드려잇다가 소져와 추향이 강물ᄋᆡ 써러짐을 목격ᄒᆞ고 ᄯᅩ 여러 젹도으 말을 들음ᄋᆡ ᄇᆡ가의 소위인 쥴을 아난지라 젹도등은 ᄒᆡ여지고 이러안자 가슴을 ᄯᅮ다리며 통곡ᄒᆞ야왈 ᄂᆡ ᄇᆡ젹으로 더부러 무ᄉᆞᆫ 큰 원수가

잇셔 ᄂᆡ의 운영을 쥭여난고 운영이 임이 쥭어스니 ᄂᆡ가 엇지 ᄎᆞᆷ아
호을노 ᄉᆞ리오 ᄒᆞ고 인하야 강물ᄋᆡ ᄯᅥ러지고져 ᄒᆞ거

P.114

날 겻ᄒᆡ 잇던 시비가 급히 부인을 말유ᄒᆞ야 다 얼골을 갈우고
도라셔셔 통곡ᄒᆞ더니 날이 ᄉᆡ비 부근촌락ᄋᆡ 잇난 ᄉᆞ람이 다토와
보다가 ᄇᆡ승ᄉᆞᆼ의 야반ᄋᆡ 도적을 ᄒᆞ야곰 ᄇᆡᆨ소져을 겁취코져 ᄒᆞ다가
소져와 츄향이 강수ᄋᆡ ᄯᅥ러져 죽ᄀᆡ함을 들어 알고 탄식지 안이ᄒᆞ난
ᄌᆞ 업셔 이 ᄇᆡ적의 무도함을 통탄ᄒᆞ더라 부인이 부근촌민을 다모와
셔 연강ᄉᆞᆼᄒᆞ로 ᄒᆞ야곰 소져와 츄향의 시톄을 수ᄉᆡᆨᄒᆞ나 다만 보이
는 것은 표표망망ᄒᆞᆫ 창ᄒᆡ벽유ᄲᅮᆫ이라 종일토록 방황ᄒᆞᄂᆞ ᄎᆞ질곳이
망연ᄒᆞ야 부인이 ᄒᆞ날을 부르며 통곡ᄒᆞ다가 누ᄎᆞ 기졀ᄒᆞ더니 약약
히 졔물을 갓초와 강ᄉᆞᆼᄋᆡ 초혼ᄒᆞ고 날이 져물ᄆᆡ 비로소 가권과
갓치 강주향려을 향ᄒᆞ야 간이라 잇ᄯᆡ 소져와 츄향이 물ᄋᆡ ᄲᅡ질ᄉᆡ
맛ᄎᆞᆷ 큰목판ᄒᆞ나이 순류로 ᄯᅥ나

P.115

옴을 맛ᄂᆞ 우연히 그우ᄋᆡ 업듸러난지라 바람이 급ᄒᆞ고 물결이
ᄲᆞᆯ나셔 일쥬야로 물결을 ᄯᅡ라가다가 동졍호 남안ᄋᆡ 이르려 문득
졍지되야 가지안이ᄒᆞ더니 동졍호 우ᄋᆡ 수월암이라 ᄒᆞ난 한 암ᄌᆞ
이스되 곳 여관의 ᄉᆞ난바라 맛ᄎᆞᆷ 여관 수인이 달밤을 인ᄒᆞ야 호수
가ᄋᆡ 이르러 방양으로 물을 깃고져 ᄒᆞ다가 문득 시ᄎᆡ 두리 목판우
ᄋᆡ 잇셔 물결ᄯᅡ라 아 잇슴을 보고 고이히 녀겨 급히 가보니 두

시체가 다 쳐ᄌᆞ인ᄃᆡ 안ᄉᆡᆨ이 ᄉᆞᆫ사람갓흔지라 인ᄒᆞ야 동수류 ᄉᆞᆷ인을 불너 언덕우ᄋᆡ 건져놋코 약수로셔 입ᄋᆡ 딜우니 이윽히 잇슬ᄉᆡ 두ᄉᆞ람이 젹시 기ᄉᆡᆨ이 이셔 졈졈회소흠을 어든지라 소져 눈을 ᄯᅥ보니 좌우ᄋᆡ 여관 ᄉᆞ오인이 겻히 잇셔 구호ᄒᆞ거날 이ᄋᆡ 일어안ᄌᆞ 손을 들어 읍ᄒᆞ고 ᄉᆞ릐ᄒᆞ야 왈 ᄉᆞ고ᄂᆞᆫ 엇ᄯᅥᄒᆞᆫ ᄉᆞ람이온ᄃᆡ 이갓치 임의 쥭은

P.116

ᄉᆞ람을 구ᄒᆞ시니잇ᄀᆞ 그즁ᄋᆡ 연로ᄒᆞᆫ 려관이 갈오ᄃᆡ 빈도의 명명은 운셔이오 이근쳐 수월암ᄋᆡ 잇ᄉᆞ오ᄂᆞ 우연이 호수가ᄋᆡ 와ᄉᆞᆸ다가 두위낭ᄌᆞ가 이러ᄒᆞᆫ 수ᄋᆡᆨᄋᆡ 걸임을 보고 급히 구흠이니 무ᄉᆞᆫ ᄉᆞ릐 할 바 이스리오 이윽이 보건ᄃᆡ 두위낭ᄌᆞ가 다 이십미만ᄋᆡ 무ᄉᆞᆫ 환ᄂᆞᆫ을 만ᄂᆞ 이지경ᄋᆡ 이르려난잇ᄀᆞ 소져 탄식ᄒᆞ야왈 소녀ᄂᆞᆫ 본ᄃᆡ 황셩경ᄌᆡ가 쳐ᄌᆞ로셔 부친이 멀이 찬축흠을 인ᄒᆞ야 모친을 뫼시고 수로로셔 장ᄎᆞ 강쥬향여로 도라갈ᄉᆡ 즁노에셔 수젹을 만ᄂᆞ 노쥬 두ᄉᆞ람이 부득이 물ᄋᆡ ᄯᅥ러져 풍낭을 ᄯᅡ라 부침ᄒᆞ다가 이에 이르려노라 운셔 여러 여관을 더부러 셔로 도라보며 크ᄀᆡ 놀ᄂᆡ여 압히 셔 절ᄒᆞ야 왈 소도등이 존안을 아지못ᄒᆞ야 실예함이 만ᄉᆞ오니 죄송만만이로소이ᄃᆞ 여기셔 강쥬ᄭᆞ지 ᄉᆞᆼ거가 쳔여리온ᄃᆡ 진실노 신명의 도으심이 안이오

P.117

면 엇지 소져 양위가 물ᄋᆡ ᄲᅡ져 상명이 되지 안코 하로밤동안ᄋᆡ

물결을 ᄯᅡᆯ아 이곳의 와ᄉᆞ으리오 ᄒᆞ고 드ᄃᆡ여 소교이 좌을 가초와 소져와 츄향을 ᄐᆡ여 수월암으로 도닐ᄉᆡ 운셔와 여러 녀관이 뒤을 ᄯᅡ라와 지셩으로 간호ᄒᆞ니 불과 십여일의 소져와 츄향이 완젼히 소복함을 어든지라 소져 깁히 운셔의 은혜을 감격ᄒᆞ야 ᄉᆞ례함을 마지안이ᄒᆞ더라 이후로부터 수월암에 두류ᄒᆞ야 비록 안신함을 어더스ᄂᆞ 쥬즁의셔 도젹만ᄂᆞ썬 일을 ᄉᆡᆼ각ᄒᆞ면 모골이 소연ᄒᆞ고 ᄯᅩ 모친의 안부을 아지못ᄒᆞ야 쥬야로 근심ᄒᆞ야 눈물노 ᄉᆡ월을 보ᄂᆡ더니 츄향이 왈 강즁의셔 환란을 만날쳑의 소녀가 여러 젹도의 왕기ᄂᆞᆫ 말을 듯ᄉᆞ온즉 ᄇᆡᆨ공ᄌᆞ의 명영이 ᄇᆡᆨ소져의 일인만 겁취ᄒᆞ고 인명을 ᄉᆞᆼ치 말ᄂᆞ ᄒᆞ얏ᄉᆞ오니 일노 ᄉᆡᆼ각ᄒᆞ오면 부인의 일

P.118

ᄒᆡᆼ이 환란을 면ᄒᆞ야슬거시니 소져ᄂᆞᆫ 과도히 염여치 마옵소셔 소져 왈 긋ᄯᆡ의 광경을 지금의 ᄉᆡᆼ각ᄒᆞ야도 마음이 놀납고 ᄉᆡᆨ가 셔늘ᄒᆞ거던 ᄒᆞ물며 모친이 우리 두리 물의 ᄲᅥ러짐을 친히 보시고 엇지 무ᄉᆞ이 계셔스리오 이것이 ᄂᆡ의 쥬야로 염여ᄒᆞ난 바이로다 츄향이 직삼 위로흠의 소져 젹시 안심ᄒᆞ야 수월을 지ᄂᆡ더니 ᄒᆞ로ᄂᆞᆫ 소져 운셔다려 왈 우리 비쥬가 ᄉᆞ고의 은혜 바듬이 만은지라 이ᄌᆡ 병치가 쾨복되얏기로 강쥬로 도라가 모친의 안부을 탐문코져 ᄒᆞ오나 비쥬가 다 쳐ᄌᆞ의 몸이라 ᄒᆡᆼ노의 미편할 일이 만ᄉᆞ오니 만일 남복을 기축ᄒᆞ오면 ᄒᆡᆼ노지인을 만과할지라 이의 옥지환 두ᄉᆞᆼ이 이스ᄃᆡ 갑시 ᄇᆡᆨ양이니 ᄉᆞ고ᄂᆞᆫ 나을 위ᄒᆞ야 제ᄌᆞ의 팔아 수ᄌᆞ의 의복을 사올지어다 여관이 허락ᄒᆞ고 옥지환을 가지고 나가더니 수자의

의복 두

P.119

불을 사가지고 와 남은돈 팔십금을 소져의계 드리오니 소져왈 물견은 비록 약속할지라도 닉의 촌졍을 표홈이니 슈고가 임이 밧기을 원치안커던 쳥컨딕 이 암즈 유치ᄒᆞ야 일시향화지비의 보용함이 가ᄒᆞ다 ᄒᆞ노라 운셔 비로소 졀ᄒᆞ고 바드며 왈 이러ᄒᆞᆫ 물건은 비록 슌인의 구ᄒᆞᄂᆞᆫ 바 안이오나 소져으 후의을 잇지못ᄒᆞ야 아즉 픽암즁의 유치ᄒᆞ옵거니와 맛당이 소져을 위ᄒᆞ야 즁닉의 복젼을 빌고져 ᄒᆞᆫ즈료을 삼고져 ᄒᆞᄂᆞ이ᄃᆞ 소져 츄향으로 더부려 남복을 환측ᄒᆞ니 여려 여관이 우셔왈 소져 비록 남복을 기측할지라도 화용옥모을 감츌수 업ᄉᆞ오니 힝노지인을 만과ᄒᆞ기 어렵다 ᄒᆞ노이ᄃᆞ 소져 쏘한 거울을 가져 보다가 즈탄즈소ᄒᆞ더라 이의 츄향을 더부 각각 나귀을 타고 장ᄎᆞ 강쥬로 향할ᄉᆡ 운셔 여러 여관으로 더부러 ᄉᆞ문

P.120

밧기 나와 소져을 젼송ᄒᆞᆷ익 연연불ᄉᆞᄒᆞ다가 각각 눈물을 ᄲᅮ리며 즉별ᄒᆞ니라 소져 수월암을 ᄲᅥᄂᆞ 강쥬을 바라보고 가니 형초의 산쳔은 비록 쳔ᄒᆞ의 직일이라 할지라도 신ᄉᆡ을 즈탄ᄒᆞ기로 구경의 ᄯᅳᆺ지 업고 간관발셥ᄒᆞ야 계양현의 이르니 산노가 극히 험조하야 층암준영ᄉᆞ리로 나가더니 졈졈 갈ᄉᆞ록 인연이 ᄭᅳᆫ어지고 쏘한 기갈이 즈심ᄒᆞ야 극히 위급할ᄶᅥᆨ에 홀연 노방에셔 강도수십인이 ᄯᅱ여나와 각각 ᄎᆞᆼ을 가지고 소져을 ᄋᆡ위ᄉᆞ고 크기 불너왈 수직ᄂᆞᆫ

쌀이 힝즁 살어노으라 그러치 안으면 셩명을 보젼키 어려우리라 흔디 소져와 츄향이 혼비빅순흐야 엇지할줄 모로더니 여러 도젹이 장ᄎ 소져 양인을 결박ᄒ고 힝이을 탈취코져 ᄒ다가 멀이 본즉 기치가 포연ᄒ고 인마가 만이 몰여오는 가온디 일원

P.121

관원이 엄연히 수리 우 놉히 안ᄌ 순간디로 쫏ᄎ 나오거날 여러 도젹이 황망ᄒ야 다 ᄒ여져 도망ᄒ난지라 츄향이 여러 도젹의 ᄒ여져 다라나는 씩을 어더 길가의 셧다가 크기 부르지지며 ᄉ람을 살이라 ᄒ니 그 관원이 수리을 멈츄고 물어왈 순이 유벽ᄒ고 길이 험조한 즁 쏘 도젹이 만커날 수지는 어는 곳 ᄉ람이건디 이의 잇셔 곤경을 당ᄒ난드 츄향이 급히 디답ᄒ야 왈 소싱은 강쥬 ᄉ람으로셔 동힝ᄒ난 수지와 갓치 이곳을 지ᄂ다가 날이 져물고 쏘 강도을 맛ᄂ 극히 위급할씩의 도젹이 멀이 디인의 오심을 보고 다 도망ᄒ야 갓삽ᄂ이드 그 관원이 이말을 듯고 곳 싸라오는 군졸노 ᄒ야곰 도젹의 간곳을 수식ᄒᄂ 이미 종젹을 아지못할너라 그 관원이 쏘 물어 왈 동힝한 수지는 지금 어디 잇는요 잇씩 소져 노방수림 속

P.122

의 피신ᄒ야 그광경을 망견ᄒ다가 그관원이 의심ᄒ야 무름을 보고 인ᄒ야 쫏ᄎᄂ와 압히 셔 지빅흔디 그 관원이 눈을 들어 소져을 보니 화용월티와 소쇄 쳥아홈은 진실노 인간ᄉ람이 안일너라 크기

놀ᄂᆡ여 이ᄉᆞᆼ이 너겨 수리ᄋᆡ 나리와 풀을 ᄭᆞᆯ고 안지며 물어왈 수ᄌᆡ
ᄂᆞᆫ 엇더ᄒᆞᆫ ᄉᆞ람이완ᄃᆡ 고셩ᄃᆡ명을 듯고져 원ᄒᆞ느라 소져 마지못ᄒᆞ
고 ᄃᆡ답ᄒᆞ야 왈 소져의 셩명은 ᄇᆡᆨ운경이온ᄃᆡ 집은 강쥬로소이ᄃᆞ
그관언이 ᄯᅩ 물어왈 수ᄌᆡ가 임이 강쥬ᄉᆞ람이라 ᄒᆞ니 ᄯᅩᄒᆞᆫ ᄇᆡᆨ소부
을 아ᄂᆞᆫ다 소져 그 관원을 ᄌᆞ시히 보니 창악ᄇᆡᆨ발ᄋᆡ 풍모가 돈후ᄒᆞ
니 진실노 군ᄌᆞ의 ᄉᆞ람이라 이ᄋᆡ 눈물을 흘이며 ᄃᆡ답ᄒᆞ야 왈 소부
ᄂᆞᆫ 곳 소ᄌᆞ의 엄치이로이ᄃᆞ 그관원이 크ᄀᆡ 기부물 이기지 못ᄒᆞ야
황망이 소져의 손응ㄹ 잡으며 탄식ᄒᆞ야 왈

P.123

노부ᄂᆞᆫ 곳 젼임 병부샹셔 셜현이노라 일즉 존ᄃᆡ인으로 더부러 쥭마
고우되야 한원ᄋᆡ 츌입ᄒᆞ더니 요ᄉᆞ이 번진이 발호ᄒᆞ고 ᄯᅩ 권간이
난졍함으로 노부가 공명ᄋᆡᄂᆞᆫ ᄯᅳᆺ이업고 벼슬을 ᄉᆞ양한후 ᄎᆡ쥬향여
로 퇴거함ᄋᆡ 존ᄃᆡ인이 권흉의게 참소한바 되야 멀이 ᄋᆡ쥬로 찬축되
얏다ᄂᆞᆫ 말을 들엇더니 진실노 ᄉᆞ군ᄌᆞ의 벼슬할 ᄯᆡ가 안이라 뇌부
도 부득이 왕명을 밧들어 항쥬ᄌᆞᄉᆞ로셔 오ᄂᆞᆫ 길이ᄂᆞ 조만ᄋᆡ 벼살
을 ᄉᆞ양ᄒᆞ고 ᄎᆡ쥬로 도라과고져 ᄒᆞ노라 소져 ᄌᆡ비ᄒᆞ며 왈 이자
듯ᄌᆞ오니 존ᄃᆡ인이 가친으로 더부 동연구계가 되옵거날 쳐음으로
존안을 ᄃᆡᄒᆞ오니 감창함을 이기지 못ᄒᆞ나이ᄃᆞ ᄒᆞ고 목이 미여
능히 말을 못ᄒᆞ거날 셜공이 츄연왈 그ᄃᆡ을 보오니 묘연셔ᄉᆡᆼ으로셔
엇지ᄒᆞ야 이러ᄒᆞᆫ 지경ᄋᆡ 되여ᄂᆞᆫ뇨 소져 눈물

P.124

을 흘이며 왈 소ᄌᆞ의 부친이 젹소로 가신후ᄋᆡ 자모을 뫼시고 가즁 비복과 갓치 ᄇᆡ을타고 ᄌᆞᆼᄎᆞ 강쥬향ᄒᆞ여 도라갈ᄉᆡ 맛참 심양강 ᄉᆞᆼ유ᄋᆡ 이르려더니 ᄇᆡ열영이 가만이 젹도를 보ᄂᆡ여 소ᄌᆞ을 쥭이고져 함으로 소ᄌᆞ 이 셔동과 갓치 강물에 ᄯᅥ러져스나 ᄉᆞ람의 구ᄒᆞᆫ 바 되야 계우 ᄉᆡᆼ명을 보젼ᄒᆞ고 형초간ᄋᆡ 유락ᄒᆞ다가 장ᄎᆞ 강쥬로 도라가 노모의 소식을 탐문코져 ᄒᆞ야 이곳을 지ᄂᆞᆯᄉᆡ ᄯᅩ 강도을 맛ᄂᆞ 다만 쥭기을 기달일 ᄲᅮᆫ이러니 쳔ᄒᆡᆼ으로 ᄃᆡ인을 뵈오셔 잔명을 보젼ᄒᆞ오니 진실노 ᄌᆡᄉᆡᆼ지은을 입어나이ᄃᆞ 셜공이 위연탄식ᄒᆞ야 왈 이ᄌᆡ 츙신을 모ᄒᆡᄒᆞ고 ᄯᅩ 그 아달을 모다 쥭이고져 ᄒᆞ니 ᄃᆡ져 소인이 ᄂᆞ라을 어지럽ᄀᆡ ᄯᅩ 한심ᄒᆞ도ᄃᆞ 이ᄌᆡ 그ᄃᆡ의 ᄉᆞ졍이 급ᄒᆞ다 할지라도 져노ᄋᆡ 도젹이 편

P.125

만ᄒᆞ야 겁탈을 ᄌᆞᄒᆡᆼ함으로 ᄒᆡᆼ인이 ᄭᅳᆫ어진지라 노부의 이길이 비록 ᄌᆞᄉᆞ의 위엄으로 ᄀᆡ우 ᄒᆡᆼᄒᆞ거던 그ᄃᆡᄂᆞᆫ 일ᄀᆡ 셔ᄉᆡᆼ으로 엇지 도달함을 어드리오 노부를 ᄯᅡ라 갓치 향주관부로 가셔 아즉 두류ᄒᆞ다가 ᄉᆞ람을 강쥬로 보ᄂᆡ여 존부인의 안부을 탐문ᄒᆞ고 도젹이 침식되기 기다려 다시 무방으로 발졍함이 가ᄒᆞ다 ᄒᆞ노라 소져 ᄉᆞ례ᄒᆞ야 왈 ᄃᆡ인의 갈ᄋᆞ치심이 이갓흐니 엇지 명을 밧드지 안이ᄒᆞ오리가 ᄒᆞ니 셜공이 크ᄀᆡ 깃거 소셔와 츄향응로 더부려 갓치 향주ᄋᆡ 당도ᄒᆞ야 ᄉᆞ람응ㄹ ᄐᆡ쥬ᄋᆡ 보ᄂᆡ여 가권을 솔ᄂᆡᄒᆞ니 ᄃᆡᄀᆡ 어ᄉᆞ즁승의 후례로셔 어질고 도량이 잇더니 일즉 등과ᄒᆞ야 벼살이 경ᄉᆞᆼ의

오르고 숙덕아망이 일시에 지일이널라 만연의 비로소 한 쌀을 나으니 일홈은 셔란이라 일즉 부인 소시으 꿈

P.126

의 한션녀가 하날노 나려와 옥난한기을 쥬고간후로부터 잉틱흔 지 십삭만의 셔란이 탄싱한지라 셩도가 정졍ᄒᆞ고 ᄌᆞ싀이 일시에 드문지라 시셔빅가을 능통ᄒᆞ니 셜공과 부인이 ᄉᆞ랑함을 장즁보옥 갓히 ᄒᆞ더니 나히 십삼식 되도록 아즉 빅필을 졍치못ᄒᆞ얏더라 이날 셜공이 빅소져을 ᄃᆞ을고 닉당으로 들어가 우스며 부인다려 왈 이 수ᄌᆞᄂᆞᆫ 곳 닉의 동경친우되ᄂᆞᆫ 빅소부의 아달이라 소부가 당조권간의계 참소한바되야 원방의 촌축됨의 이수ᄌᆞ가 노모부인 을 뫼시고 장ᄎᆞ 향여로 도라갈식 즁노의셔 ᄯᅩ 권간의 모히을 입어 물의 ᄲᅡ져ᄶᅡ가 요힝 죽지 안이ᄒᆞ고 타인의 구흔바 되야 향남의 유락ᄒᆞ야ᄶᅡ가 다시 강쥬로 도라오난 길의 ᄯᅩ 도젹을 맛ᄂᆞ 졍히 위급할 지경의 이르려 요힝 노부을 맛ᄂᆞ 큰환ᄂᆞᆫ을 면ᄒᆞ고 노부와

P.127

갓치 이의 와스니 엇지 ᄒᆞ쳔이 닉 지셩을 감임ᄒᆞᄉᆞ 이갓흔 옥낭을 나을 쥬어 평싱의 소원을 일우게 함이 안이리오 ᄒᆞ고 이에 빅소져 다려 왈 그딕가 임의 노부로 더부러 싀교가 잇스니 모름즉이 ᄌᆞ질 례로 뵈임이 조흘가 ᄒᆞ노라 소져 드딕여 부인게 직빅ᄒᆞ니 부인이 답례ᄒᆞ고 빅소져을 보니 명모호치에 거동이 단졍ᄒᆞ거날 심즁의 무수이 깃거ᄒᆞ야 스ᄉᆞ로 싱각ᄒᆞ야 왈 닉가 일즉 셔란의 아롬다옴

을 당시에 무상이라 ᄒᆞ얏더니 이제 이ᄉᆞ람을 보고 비로소 식간ᄌᆞ 도갓한 남즁절식이 잇슴을 아라스며 만일 여ᄌᆞ로 이논ᄒᆞ면 가히 셔시와 모장이 일식의 병칭ᄒᆞ얏다 할지로다 다시 물어왈 그ᄃᆡ의 청춘이 얼마뇨 소져 답왈 십삼식로소이ᄃᆞ 셜공이 우셔왈 그ᄃᆡᄀᆞ ᄌᆞ질예로셔 여아와 셔로 봄이 무방ᄒᆞ도다 ᄒᆞ고 시비로 ᄒᆞ야곰 셔란소져을 부

P.128

르니 소져 ᄇᆡᆨ공ᄌᆞ가 자리의 잇단말을 듯고 병으로셔 ᄉᆞ양ᄒᆞ거날 공이 ᄌᆞ조 시비로 ᄒᆞ야곰 ᄌᆡ촉ᄒᆞ니 소져 마지못ᄒᆞ야 부친의 명응 ᄅᆞ 밧들어 근근이 부인의 겻히 와 안난지라 ᄇᆡᆨ소져 눈을 들어 보니 단장을 안이ᄒᆞ야스나 얼골이 염여ᄒᆞ고 홍상취삼은 광치가 ᄉᆞ람을 놀니기 ᄒᆞ난지라 마암의 심히 흠복ᄒᆞ야 일어ᄂᆞ 영졍ᄒᆞ거날 공이 소져를 ᄒᆞ야곰 ᄇᆡᆨ소져의계 졀ᄒᆞ게 ᄒᆞ니 ᄇᆡᆨ소져 흠신답ᄇᆡ ᄒᆞ고 례을 맛친후의 셜공이 흔연히 ᄇᆡᆨ소져다려 왈 노부 만연에 다른 아ᄌᆞ 업고 다만 쌀ᄒᆞᄂᆞ이 잇ᄂᆞᆫᄃᆡ ᄌᆡ모ᄂᆞᆫ 비록 남과 갓지 못ᄒᆞᄂᆞ 부모된 마암의 반다시 아름다온 ᄇᆡ필을 엇고져 ᄒᆞ야 ᄉᆞ방으로 구함의 허다한 연소을 보와스되 종시 눈의 드ᄂᆞᆫ ᄌᆞ가 업더니 요힝 그ᄃᆡ로 더부려 셔로 환ᄂᆞᆫ지즁에셔 맛ᄂᆞ 갓치 도라옴을 어드니 이거

P.129

슨 곳 쳔연이라 노부 그윽히 여아로셔 그ᄃᆡ의 근질을 밧들게 ᄒᆞ노

니 그ᄃᆡ난 ᄉᆞ양치 말지어다 ᄇᆡᆨ소져 듯기을 다ᄒᆞ더니 일번 놀납고 일번 황공ᄒᆞ야 ᄌᆞ리을 피ᄒᆞ며 ᄃᆡ답ᄒᆞ야 왈 소ᄌᆞ가 임의 구명ᄒᆞ신 은혜을 입고 ᄯᅩ 동ᄉᆞᆼ의 명을 바드오니 강송함이 ᄉᆞᆺ이 업ᄉᆞ오ᄂᆞ 그러나 일즉 부모의 명을 바ᄃᆞ 임의 혼인으 약증이 이ᄉᆞ오니 진실노 명을 밧들기 어렵ᄉᆞᆸ나이ᄃᆞ 셜공이 놀ᄂᆡ며 물어왈 그ᄃᆡ으 ᄇᆡ필이 지금 어ᄃᆡ 잇ᄂᆞᆫ뇨 소져왈 깁셔 여ᄌᆞ오 문벌유가로소이ᄃᆞ 셜공이 왈 그ᄃᆡ의 옥모을 보니 타일ᄋᆡ 공명ᄉᆞ업이 졍코 방두이곽의게 못ᄒᆞ지 안일지라 양부인을 둔들 무ᄉᆞ ᄒᆡ로옴이 이시리오 바라건ᄃᆡ 그ᄃᆡ난 노부의 간청함을 용납ᄒᆞ야 조금도 ᄉᆞ각지 말지어다 소져 다시 읍ᄒᆞ며 왈 ᄃᆡ인의 셩의ᄂᆞᆫ 비록 감ᄉᆞᄒᆞ오나 다만 부모의 명을 밧들

P.130

지 못ᄒᆞ와 감히 ᄌᆞ의로 결단키 어렵ᄉᆞᆸᄂᆞ이ᄃᆞ 셜공이 왈 존ᄃᆡ인이 만일 노부의 말을 들으시면 맛당히 허락하실지ᄂᆞ 수쳔니 ᄉᆞ거ᄋᆡ 용이키 왕복ᄒᆞ기 어려우니 그ᄃᆡᄂᆞᆫ 노부의 말을 쫏차 속히 허락할지어다 소져 스ᄉᆞ로 ᄉᆡᆼ각ᄒᆞ야 왈 만일 이말을 들으면 ᄂᆡ두ᄉᆞᄋᆡ ᄌᆞ연 헛다ᄂᆞᆫ 편ᄒᆞᆫ일이 잇슬지오 말을 듯지 안이ᄒᆞ면 셜공의 일단호의을 지어발일지니 역시 마암ᄋᆡ 불안한지라 침음양구ᄋᆡ 번연히 ᄭᆡ닷고 다시 일어 절ᄒᆞ야 왈 ᄃᆡ인의 권염ᄒᆞ심이 이갓치 관곡ᄒᆞ시니 소ᄌᆞ의 감히 당치못할바ᄂᆞ 맛당히 명을 밧들고져 ᄒᆞ니이ᄃᆞ 셜공과 부인이 크ᄀᆡ 깃부물 이기지 못ᄒᆞ야 이후로부터 ᄇᆡᆨ소져을 ᄃᆡ접ᄒᆞ되 옹셔의 례로셔 ᄒᆞ니 붕졉이 다 치ᄒᆞᄒᆞ더라 츄향이 틈을

타셔 소져의게 말ᄒᆞ야 왈 소져 이ᄌᆡ 셜소져

P.131

에게 허혼ᄒᆞ시니 ᄂᆡ두ᄉᆞ을 장ᄎᆞ 엇지쳐치코져 ᄒᆞ시ᄂᆞ잇ᄀᆞ 소져 탄식ᄒᆞ야 왈 ᄂᆡ두의ᄂᆞᆫ 편ᄒᆞᆫ일은 ᄂᆡ가 아지못ᄒᆞᆫ바가 안이로ᄃᆡ 일이 이지경이 되야스니 아즉 권도을 ᄉᆞᄂᆞᆫ외예 다른방도ᄂᆞᆫ 업고 또 찬찬이 탈신할 계칙을 도모코져 ᄒᆞ노라 그러면 셜소져ᄂᆞᆫ 어ᄂᆞᆫ ᄶᅡᆼ이 두고져 ᄒᆞᄂᆞ잇ᄀᆞ 소져왈 나도 ᄯᅩ한 상양한바 이스니 타일의 ᄂᆡ가 맛당히 스ᄉᆞ로 알지로다 츄향이 ᄯᅩᄒᆞᆫ 그ᄯᅳᆺ을 짐작ᄒᆞ고 탄식 함을 마지안이더라

뎨오회라

ᄇᆡᆨ소져 ᄒᆡ운암의 션도을 수련ᄒᆞ고

김승셔 ᄑᆡ릉교의이셔 고인을 맛ᄂᆞᆫ니라

화셜 셜공이 ᄉᆞ람을 강쥬로 보ᄂᆡ여 ᄇᆡᆨ소부의 집의 소식을 탐문ᄒᆞ 더니 월여의 ᄉᆞᄌᆞ가 도라와 셜공의계 고ᄒᆞ야 왈 소인이 가다가 즁노의셔 병난을 만ᄂᆞ 강쥬ᄭᆞ지 도달치 못ᄒᆞ옵고 한곳ᄀᆡᆨ졈

P.132

의셔 맛츰 ᄇᆡᆨ소부ᄃᆡᆨ 근쳐의 잇는 ᄉᆞ람을 맛ᄂᆞ 셕부인으 안부을 뭇ᄌᆞ오니 황셩으로붓터 환향ᄒᆞ시ᄂᆞᆫ 길의 심양강의 이르려싸가 도적을 맛ᄂᆞ 그 소져을 물의 일근후로 셕부인이 그 가권만 거나리 시고 무ᄉᆞ히 향여로 도라가습의 승ᄒᆞ가 다 ᄐᆡ평ᄒᆞ다 ᄒᆞ옵더이다 셜공이 들음의 마암의 심히 고이ᄒᆞ야 이말노셔 소ᄌᆡ의계 젼ᄒᆞ되

너의 존부인은 신샹이 무양ᄒᆞ시다ᄒᆞ니 이ᄂᆞᆫ 다ᄒᆡᆼᄒᆞ거니와 소져라 함은 누구뇨 소져 현설히 눈물을 흘이며 왈 ᄀᆞᆺᄊᆡ 소ᄌᆞ가 어린 누의와 갓치 물의 쎨어졋거날 이ᄌᆡ 존인이 다만 소져라 말함은 오젼하ᄂᆞᆫ 말이니 엇지 취신ᄒᆞ리잇ᄀᆞ 셜공이 그ᄌᆡ야 으이심치 안이ᄒᆞ더라 소져 모부인이 무ᄉᆞ이 도라갓단 말을 듯고 조금 마암 노이ᄂᆞ 그러ᄂᆞ 소부가 써ᄂᆞᆫ이후ᄋᆡ 애쥬쇼식을 듯지못ᄒᆞ야 ᄆᆡ양 근심ᄒᆞ다가

P.133

향쥬ᄋᆡ셔 ᄇᆡ을 타면 십여일ᄋᆡ 가히 ᄋᆡ쥬ᄋᆡ 도달ᄒᆞ리라ᄂᆞᆫ 말을 듯고 셜공의계 간쳥ᄒᆞ야 왈 부친이 ᄋᆡ쥬ᄋᆡ 젹거ᄒᆞ신지 우금 ᄉᆞᆷ연이라 음신이 돈졀ᄒᆞ니 원컨ᄃᆡ ᄃᆡ인은 소ᄌᆞ의 간절한 졍을 살피ᄉᆞ 한번 가기을 허락ᄒᆞ시면 인ᄌᆞ된 정셩을 다할가 ᄒᆞᄂᆞ이ᄃᆞ 셜공이 왈 이ᄂᆞᆫ 효ᄌᆞ의 마암이라 노부가 엇지 가히 말뉴ᄒᆞ리오마ᄂᆞᆫ 그ᄃᆡ 아즉 어린몸으로셔 수쳔니 ᄒᆡ도ᄋᆡ 풍도가 험악ᄒᆞ거날 엇지 용이ᄒᆞ게 득달ᄒᆞ리오 노부가 ᄯᅩ 맛당이 ᄉᆞ람을 ᄋᆡ쥬로 보ᄂᆡ여 존ᄃᆡ인의 신식을 탐문할지니 그ᄃᆡ난 방심ᄒᆞ고 그런 마암 ᄂᆡ지 말ᄂᆞ 소져 울며 간쳥ᄒᆞ야 왈 부친이 평거ᄋᆡ 숙수가 만으시거날 이ᄌᆡ 풍토가 좃치못한 하방ᄋᆡ 젹거ᄒᆞ실ᄉᆡ 좌우ᄋᆡ 부호할 ᄉᆞ람이 업ᄂᆞᆫ고로 소ᄌᆞ가 쥬야로 근심ᄒᆞ야 침석이 불안ᄒᆞᆫ지라 임이 이곳ᄋᆡ셔ᄂᆞᆫ 상거가 멀지

P.134

안이ᄒᆞ거날 만일 풍도의 험락함을 두려워ᄒᆞ야 근친을 안이ᄒᆞ면 비단 인ᄌᆞ의 졍니의 어길쁜안니라 진실노 쳔지간의 죄인이오니 바라건ᄃᆡ ᄃᆡ인은 이 구구한 ᄉᆞ졍을 감양ᄒᆞ소셔 셜공이 그 지셩을 보고 강작히 말유치 못ᄒᆞ야 허락ᄒᆞ니 소져 크기 깃거 츄향으로 더부러 셜공부부의게 ᄒᆞ직ᄒᆞ고 장ᄎᆞ ᄒᆡᆼ장을 ᄎᆞ려 써날ᄉᆡ 소부인이 소져의 손을잡고 ᄎᆞ마 노치못ᄒᆞ야 창연히 눈물을 흘여왈 노신이 그ᄃᆡ 동상의 쳐흔후로붓터 비록 ᄒᆡᆼ례는 못ᄒᆞ야스나 깃부기 측양업셔 오ᄅᆡ도록 쇠경의 회포를 위로ᄒᆞ더니 이ᄌᆡ ᄌᆞᆼᄎᆞ 멀이 써ᄂᆞ니 이마암이 청용도로 쎄져ᄂᆡ난덧한지라 다만 염여ᄒᆞ기는 노신이 이ᄉᆡᆼ의 오ᄅᆡ지 못ᄒᆞ야 다시 현셔를 맛ᄂᆞ기 어려올가 ᄒᆞ노라 소져 깁히 부인의 후의을 감격ᄒᆞ고 쏘 그말이 상셔롭지못함을 의심ᄒᆞ야

P.135

눈물을 ᄲᅮᆯ리며 왈 소ᄌᆞ 이길이 오ᄅᆡ지 안이ᄒᆞ야 곳 도라올 터이오니 원컨ᄃᆡ 부인은 과도이 염여치 마옵소셔 ᄒᆞ고 외당으로 나와 ᄇᆡ를 ᄌᆡ촉ᄒᆞ니 셜공이 ᄉᆞ공을 분부ᄒᆞ야 큰ᄇᆡ 한쳑을 ᄐᆡᆨᄒᆞ고 ᄒᆡᆼ즁의 소용되는 ᄌᆡ구를 쥰비ᄒᆞ며 쏘 노실한 가졍 오륙인을 ᄒᆞ야곰 소져를 보호ᄒᆞ야 가기할ᄉᆡ 은ᄌᆞ ᄇᆡᆨ양을 쥬어 ᄒᆡᆼᄌᆞ을 보용케 ᄒᆞ니라 차셜 소져 항쥬를 써ᄂᆞ 게우 남ᄒᆡ에 니르니 홀연 포풍이 ᄃᆡ즉ᄒᆞ며 파도가 흉용ᄒᆞ야 ᄇᆡ가 장ᄎᆞ 젼복코져 ᄒᆞ니 쥬즁ᄌᆡ인은 얼골이 다 토ᄉᆡᆨ이 되야 인ᄉᆞ을 ᄎᆞ리지 못ᄒᆞ고 다 혼도ᄒᆞ야스나 ᄇᆡ는 쌔르

기 살갓ᄒᆞ야 순식간ᄋᆡ 능히 쳔니를 다라나ᄂᆞᆫ지라 이윽고 풍졍낭식ᄒᆞ야 한곳ᄋᆡ 다다르니 그ᄌᆡ야 쥬즁지인이 졍신을 수십ᄒᆞ고 ᄇᆡ머리에 나와셔 ᄉᆞ면을 관망ᄒᆞ다가 문듯 놀ᄂᆡ며 왈 이곳은 남ᄒᆡ 보타산이라 별안

P.136

간ᄋᆡ 엇지ᄒᆞ야 수쳔니 밧글 도달ᄒᆞ리오 고이ᄒᆞᆫ 일이로다 ᄒᆞᆫᄃᆡ 소져 이말을 듯고 ᄀᆡ우 졍신을 수십ᄒᆞ야 ᄇᆡ머리ᄋᆡ ᄂᆞ오며 급히 물어왈 그려면 여기셔 ᄋᆡ쥬ᄭᆞ지 ᄉᆞᆼ거가 얼마뇨 ᄉᆞ공이 왈 이수를 ᄌᆞ식이 알수업ᄉᆞ오나 수로로 삼ᄉᆞ쳔니ᄂᆞᆫ 될가ᄒᆞᄂᆞ이ᄃᆞ 소져 츄향으로 더부러 묵묵히 셔로 보며 말이 업다가 피차가 눈물이 옷깃슬 젹시더니 홀연히 산갓치 밀여오ᄂᆞᆫ 파도속으로 기리가 수십장이ᄂᆞ 되ᄂᆞᆫ 큰고기 하ᄂᆞ이 이셔 머리를 들고 살갓치 오ᄂᆞᆫ 형상이 ᄇᆡ를 삼킥덧ᄒᆞ거날 ᄇᆡ가온ᄃᆡ 여러ᄉᆞ람이 다 황겁ᄒᆞ야 도망할바를 아지 못ᄒᆞ기로 다만 하날노 우러러 부르지지ᄲᅮᆫ일너니 문듯 언덕우으로 한도인이 잇셔 손ᄋᆡ 쳥여ᄌᆞᆼ을 ᄭᅳ을고 쳔쳔이 오다가 그고기를 벽역갓치 크ᄀᆡ ᄭᅮ스니 그고기ᄂᆞᆫ 급히 물속으로 도망ᄒᆞ야 들어가 아무형젹도 업

P.137

셔지고 쥬즁ᄋᆡ 든 일ᄒᆡᆼ은 도인의게 손을 읍ᄒᆞ고 이러 졀ᄒᆞ며 활명한 은혜을 무수이 ᄉᆞ례ᄒᆞ니 도인이 소져를 쳥ᄒᆞ야 언덕우흐로 올ᄂᆞ오라 ᄒᆞ며 왈 빈도가 만일 오기을 더지ᄒᆞ엿드면 공ᄌᆞ의 놀ᄂᆡ

슴이 과연 젹지안이ᄒᆞ야스리로다 여기셔 빈도의 잇ᄂᆞᆫ 암ᄌᆞᄉᆡᆨ지 상거가 멀지 아니ᄒᆞ니 공ᄌᆞ난 사양치 말고 빈도와 갓치 가시기을 원ᄒᆞ나이ᄃᆞ 소져 일어 결ᄒᆞ야 환난을 구ᄒᆞᆫ 은혜 ᄉᆞ례하고 다만 츄향과 갓치 도인을 ᄯᅡᆯ아 십여리을 힝할ᄉᆡ 산은 쳡쳡ᄒᆞ고 물은 잔잔ᄒᆞ며 창송은 울울ᄒᆞ고 녹쥭은 의의한 즁 긔회요초ᄂᆞᆫ 암셕간ᄋᆡ 버려잇고 비금쥬수ᄂᆞᆫ 수림간ᄋᆡ 츌몰ᄒᆞ니 과연 승지명구요 션경의 별건곤이라 ○10) 쳥허ᄒᆞ니 인ᄉᆞ소ᄒᆞ고 ○ 적졍ᄒᆞ니 도심ᄉᆡᆼ이로다 이글ᄯᅳᆺ은 말고허ᄒᆞ니 ᄉᆞ람의 일이 젹고 젹젹ᄒᆞ고 고요ᄒᆞ니 도ᄉᆞ의 마암이 ᄉᆡᆼᄒᆞ도다 소

P.138

져 보기을 다ᄒᆞ지 못ᄒᆞ야 산문에 도달ᄒᆞ니 일ᄀᆡ도동이 나와 영접ᄒᆞᄂᆞᆫ지라 도인이 소져와 츄향으로 더부러 수층동문을 들어가 ᄂᆡ원ᄋᆡ 일으니 그우ᄋᆡ ᄒᆡ운암이라 셕ᄌᆞ를 두려시 셧더라 도인이 도동을 명ᄒᆞ야 소져의계 다과를 권함ᄋᆡ 소져와 츄향이 그 감미가 이상ᄒᆞ고 졍신이 청상함을 못ᄂᆡ 송츅한지라 소져 먹기을 다ᄒᆞ고 도인의게 ᄇᆡᄉᆞᄒᆞ야 왈 ᄉᆞ부의 특별히 구ᄌᆡᄒᆞ신 은혜을 입ᄉᆞ와 이갓탄 션경ᄋᆡ 왓사오니 감ᄉᆞᄒᆞ기 그지업ᄉᆞ오이ᄃᆞ 도인이 왈 이ᄌᆡ 공ᄌᆞᄂᆞᆫ 쟝ᄎᆞ 어ᄃᆡ로 가시ᄂᆞ잇가 소져왈 가친이 지금 ᄋᆡ쥬ᄋᆡ 계시기로 근친코져 가ᄂᆞᆫ 길리로소이ᄃᆞ 도인이 눈을 ᄶᅵᆼ그리며 왈 존ᄃᆡ인이 지금 권간의 시기한바되야 가만이 ᄌᆞᄀᆡᆨ을 보ᄂᆡ여 ᄌᆞ로 쥭이고져

10) 원문에 표시되어 있다.

함으로 임이 심ᄉᆞᆫ을 피ᄒᆞ야 그종적을 감초와스니 공ᄌᆞ가 비록 쳔신만고ᄒᆞ

P.139

야 ᄋᆡ쥬ᄋᆡ 득달할지라도 셔로 맛ᄂᆞ기 어려올가 ᄒᆞᄂᆞ이ᄃᆞ 소져 크ᄀᆡ 놀ᄂᆡ며 ᄌᆡ비ᄒᆞ야 왈 ᄉᆞ부가 만리를 통결ᄒᆞ시니 소ᄌᆞ 엇지 감히 기망ᄒᆞ오릿가 그려면 소ᄌᆞ 가친과 셔로 맛ᄂᆞ미 과연 어ᄃᆡ 잇스리오 도인이 우셔왈 그ᄃᆡ가 지금 날을 속이거날 엇지 속이지 안인다 ᄒᆞ리오 소져왈 소ᄌᆞ의 실져이 이려ᄒᆞ오니 엇지 감히 기망ᄒᆞ리잇ᄀᆞ 쳡은 본시 여ᄌᆞ라 심양강ᄋᆡ셔 환ᄂᆞᆫ을 만ᄂᆞ싸가 근근이 도명ᄒᆞᆫ 후로부터 심규의 쳐ᄌᆞ가 ᄇᆡᆨ쥬ᄋᆡ 힝노ᄒᆞ기 미편ᄒᆞ야 권도로 남복을 입고 감히 일시을 ᄋᆡ과할 ᄀᆡ칙을 ᄂᆡ엿ᄉᆞ오니 이것은 진실노 ᄉᆞᄉᆡᆨ부득이함이로소이다 도인이 왈 ᄂᆡ가 그ᄃᆡ의 기ᄉᆡᆨ을 보고 알앗노라 쏘 그ᄃᆡ의 존ᄃᆡ인이 오히려 수연 ᄋᆡᆨ운이 이시ᄂᆞ 이것을 지ᄂᆡ면 길상이 즁쳡ᄒᆞ고 복록이 무궁할지며 그ᄃᆡ의 모부인도 회과 만연의 힝복이 잇실지오 김

P.140

소션은 본ᄂᆡ 신라국ᄐᆡ자인ᄃᆡ 젼신은 곳 션인왕ᄌᆞ진이라 그ᄃᆡ로 더부러 속ᄉᆡᆨ의 인연이 잇더니 인간ᄋᆡ 젹강ᄒᆞ야 셔로 만ᄂᆞ게 ᄒᆞ야스니 소션이 만일 어린ᄊᆡᄋᆡ 화ᄋᆡᆨ을 지ᄂᆡ지 안으면 엇지 능히 만리타국ᄋᆡ 결연ᄒᆞ리오 지금은 ᄋᆡᆨ운이 다ᄒᆞ고 복녹이 무궁ᄒᆞ야 ᄑᆡᆨ안이 ᄌᆞ연 통ᄌᆡᄒᆞ고 벼살이 경상ᄋᆡ 올ᄂᆞ 일홈이 일국ᄋᆡ 진동ᄒᆞ고 쏘한

그 천정의 인연이 한곳뿐이 안이라 닉가 그딕로 ᄒᆞ야곰 여기셔 일이연을 두류킈 ᄒᆞ야 그딕으 익운이 소진ᄒᆞ기 기다려 인싀에 ᄂᆞ가 큰ᄉᆞ업을 일우긔 할싀 히ᄉᆞᆼ익셔 풍파을 만나 이쌍의 오긔 ᄒᆞ얏노라 소져 이말을 들으니 환연히 쑴을 씐덧ᄒᆞᆫ지라 도인의 신명함을 감복ᄒᆞ고 쏘한 스ᄉᆞ로 마암을 위로ᄒᆞ야 일어 ᄌᆡ빅ᄒᆞ며 왈 육안범골이 션안을 아지못ᄒᆞ다가 이ᄌᆡ 갈아치심을 바다 아득한 길을 지시ᄒᆞ

P.141

시니 ᄌᆞ금이후로 쥭기ᄭᆞ지는 젼혀 ᄉᆞ부의계 의탁ᄒᆞ고 진싀마암을 시러바린 후 ᄉᆞ부의 교훈을 밧들고져 ᄒᆞᄂᆞ이ᄃᆞ 잇ᄯᅢ 빅의 잇는 여러ᄉᆞ람이 빅를 언덕의 ᄃᆡ이고 오릭 소져를 기달ᄂᆞ 도라오지안이 ᄒᆞ거날 노복등이 언덕우익 올나 ᄉᆞ면을 ᄎᆞ즈ᄃᆡ 다만 보이는 것은 만학천봉익 운무가 가득ᄒᆞ고 긔암괴셕에 젼후익 나렬할 ᄲᅮᆫ일닉라 가는길을 분변치 못ᄒᆞ야 셔로 도라보고 놀닉며 종일토록 방황ᄒᆞ다가 다시 빅로 도라와 쏘 십여일을 두류ᄒᆞᄂᆞ 영영 종젹이 막연ᄒᆞᆫ지라 셜공익 노복이 엇지할쥴을 아지못ᄒᆞ야 다만 남방을 바라보고 통곡ᄒᆞ다가 할일업셔 빅을 ᄯᅥᄂᆞ 도라오니라 소져 도인의 말을 드른후로 스ᄉᆞ로 아는 일이 잇셔 그암ᄌᆞ익셔 두류코져 할싀 일동 셔신을 셔셔 츄향으로

P.142

ᄒᆞ야곰 타고오던 빅익 가셔 셜공의 노복을 보고 아즉 히운암익셔

버무는 뜻으로셔 셜공의계 도라가고 하라ᄒᆞ니 츄향이 명을 밧들고 강변의 일으니 ᄇᆡ난 이ᄌᆡ 도라간지라 츄향이 악연히 도라와 이ᄉᆞ실노 소져의계 고ᄒᆞᆫᄃᆡ 소져 초창ᄒᆞ야 눈물을 흘이더니 문듯 도인이 후원으로부터 나와 소ᄆᆡ속의 도셔 세권을 ᄂᆡ여 소져을 쥬며왈 이것은 곳 쳔셔라 하날과 ᄯᅡᆼ과 ᄉᆞ람의 슴ᄌᆡ을 응ᄒᆞ야 세권을 만들어슴의 그가온ᄃᆡ 풍운조화와 신츌귀묘한 술볍이 잇ᄂᆞᆫ고로 쥰니라 강ᄌᆞ이와 츈츄젼국의 손무ᄌᆞ 귀곡션ᄉᆡᆼ과 한ᄂᆞ라 장ᄌᆞ방과 촉한의 ᄌᆡ갈양이 다 이글을 슉독ᄒᆞ얏도다 ᄂᆞ라을 다ᄉᆞ리고 쳔ᄒᆞ를 ᄐᆡ평함과 쳔지변화와 풍운조수와 기신둥갑지술과 귀신불축지법이 ᄃᆞ 이칙의 잇스되 능히 수ᄒᆡᆼᄒᆞᄂᆞᆫ ᄉᆞ람은

P.143

졍직무ᄉᆞᄒᆞ고 진ᄉᆡ의 ᄉᆞ욕을 버신후의 가히 셩공할지니 그ᄃᆡᄂᆞᆫ 이칙을 공부ᄒᆞ되 조금도 히타ᄒᆞᆫ 마암을 두지말지어다 소져 졀ᄒᆞ고 밧더니 이후로부터 깁히 후원의 쳐ᄒᆞ야 젼심으로 강십할ᄉᆡ 불과 반연의 그 신기묘술을 무불통지ᄒᆞ니 ᄃᆡ져 소져가 본ᄃᆡ 총명이 과인ᄒᆞ야 하ᄂᆞ흘 들으면 열가지를 알고 한번 보면 잇지 안이ᄒᆞ더라 소져 쳔셔를 공부ᄒᆞᆫ 후로 ᄯᅩ 션가의 수련ᄒᆞ난 방법을 어더 기골이 더옥 청수ᄒᆞ고 안ᄉᆡᆨ이 묘연ᄒᆞ며 스ᄉᆞ로 아무ᄉᆞ려가 업스되 영구히 몸을 산즁의 의탁ᄒᆞ고 진ᄉᆡ의 ᄂᆞ올 뜻이 업거ᄂᆞᆯ 츄향이 울며 간ᄒᆞ야 왈 소져가 비록 규즁여ᄌᆞ라도 부모의 의탁과 문호의 보존이 관ᄀᆡ가 지즁ᄒᆞ거날 엇지 가히 몸을 ᄉᆞᆫ즁의 의탁ᄒᆞ야 인간ᄉᆞ을 ᄒᆞ즉ᄒᆞ리잇ᄀᆞ 원컨ᄃᆡ 소져ᄂᆞᆫ 다시 상양ᄒᆞ소셔 소져 위연탄식ᄒᆞ야

왈 나

P.144

도 쏘흔 아는 바이로듸 명도가 기박흐고 챵히풍파의 오릭도록 고샹흐다가 이직 몸이 청졍흔 곳의 잇셔 만염은 다 뜬구름의 붓쳐 보닉써날 엇지 다시 연화식계를 발바 속긱이 되단말가 그러나 항상 잇지못함은 부모의 은혜로다 흐고 마암을 결단치 못흐야 호탄 호탄함의 츄향도 쏘한 탄식을 마지안이흐더라 각셜 션시예 빅소부가 빅연령과 황보박의 구무함을 입어 익쥬의 쳐하의 원근亽민이 다 빅소부의 거록함을 들은지라 쏘 소부가 빅연령황보박의 구무한 바 되야 이에 왓다는 말을 듯고 다 팔독을 쌧바닉며 타마함을 마지안이흐더라 산인 두연이라는 亽는 익쥬亽람이라 본듸 학문의 종亽흐야 일향의 션亽라 빅소부가 두연의 집의 쳐함의 부자형직나 달음이 업셔 젹거하는 신고를 이져바린지라 하로는 두연으

P.145

로 더부러 후원의 빅회흐더니 홀연의외예 의기당당한 남亽가 손의 셤셤흔 비수를 들고 압히 졀흐야 왈 소인은 장안검긱이 평싱의 의기를 조화흐다가 만일 심즁의 불편한 일이 이스면 반다시 이 비수로 찔너 닉 마암을 쾨흐게 흐더니 당금 빅승상이 소인을 불너 왈 닉가 빅소부로 더부러 깁흔원수가 잇스니 늬가 만일 일묘기로셔 익쥬의 가 빅소부를 쥭이고 도라오면 닉가 맛당히 쳔금으로셔 후샹을 쥬리라 흐오나 소인이 장안의 잇슬씩붓터 식샹공논을 듯亽

온니 샹공은 당ᄉᆡ의 현ᄌᆡᄉᆞᆼ이라 ᄒᆞ옵기로 소인이 ᄒᆞᆫ번 샹공의 얼골을 보고 만일 일홈과 실상이 합당치 못ᄒᆞ오면 쟝ᄎᆞ 샹공을 ᄒᆡᄒᆞ야 ᄇᆡ승샹의계 회보코져 ᄒᆞ야삽더니 잠간 이곳ᄋᆡ 들어와 ᄇᆡᆨ셩의 말을 듯ᄌᆞ오니 다 샹공의 셩덕을 찬송ᄒᆞ며 이ᄌᆡ ᄯᅩ 샹공의계 뵈오니 진실노 졍직한 군ᄌᆞ라 소

P.146

인이 비록 우ᄆᆡ한들 엇지 가히 ᄇᆡ승상의 말을 신청ᄒᆞ고 츙신을 ᄒᆡᄒᆞ리잇ᄀᆞ 다만 ᄇᆡ승샹이 샹공을 투기함이 너무 심ᄒᆞ야 만일 소인이 상공의계 가ᄒᆡ치 안니ᄒᆞ얏다ᄂᆞᆫ 말을 들으면 반다시 ᄯᅩ ᄌᆞᄀᆡᆨ을 보ᄂᆡ여 샹공을 ᄒᆡ코져 ᄒᆞ리니 샹공은 삼좀심ᄒᆞ야 몸을 피ᄒᆞ소셔 소부 듯기를 다ᄒᆞ더니 손을 들어 ᄉᆞᄅᆡᄒᆞ야 왈 ᄂᆡ가 이ᄌᆡ 잔명을 보존함은 다 의ᄉᆞ의 은덕이라 감히 뭇나니 의ᄉᆞ의 셩명은 뉘라ᄒᆞ나뇨 의ᄉᆞ왈 소인의 셩명은 손형이온ᄃᆡ 하남ᄉᆞ람이라 어려셔 부모일코 샤방으로 쥬류할ᄉᆡ 평ᄉᆡᆼᄋᆡ 영융호걸과 사괴임을 원ᄒᆞ옵더니 오널날 이ᄯᅡᆼᄋᆡ셔 비로소 샹공을 뵈오니 평ᄉᆡᆼ소원을 일우ᄂᆡᆺᄂᆞ이다 비록 구려ᄂᆞ 소인이 이ᄌᆡ ᄇᆡ승샹의계 죄를 어더ᄉᆞ오니 일노좃ᄎᆞ 강호ᄋᆡ 은젹ᄒᆞ야 ᄇᆡ승샹의 ᄒᆡ을 피코져 ᄒᆞᄂᆞ이ᄃᆞ ᄒᆞ고 일어 ᄌᆡᄇᆡᄒᆞ며 표연이 가거날 소부

P.147

탄식ᄒᆞ야 왈 이ᄉᆞ람은 진실노 의ᄉᆞ라 만일 이ᄉᆞ람이 안이드면 ᄂᆡ가 반다시 연령의계 ᄒᆡ한바 되야스리로다 두연이 ᄯᅩ한 분ᄀᆡ함을

이기지 못ᄒᆞ야 왈 비ᄒᆞ건ᄃᆡ 소인과 군ᄌᆞᄂᆞᆫ 원수지간이라도 반다시 나를 죽이고져 안이ᄒᆞ리잇ᄀᆞ 지금 갓흐면 몸을 감초와 ᄒᆡ를 ᄌᆞ연 피ᄒᆞ기만 갓지 못ᄒᆞ다 ᄒᆞᄂᆞ이ᄃᆞ 셔기셔 샹거 수십이 되ᄂᆞᆫ 쌍ᄋᆡ 심ᄉᆞᆫ절협이 이셔 인젹이 부도ᄒᆞ고 그 가온ᄃᆡ 청원암이라 ᄒᆞᄂᆞᆫ 암ᄌᆞ가 이스니 청쇄ᄒᆞ고 유벽ᄒᆞ야 가히 은신할맘직ᄒᆞ오니 청컨ᄃᆡ 샹공으로 더부러 ᄒᆡ를 피ᄒᆞ고져 ᄒᆞᄂᆞ이ᄃᆞ 소부 그말을 올히 녁여 촌민을 속이고 야간ᄋᆡ 두연과 갓치 청원암ᄋᆡ 당도ᄒᆞ니 다른 ᄉᆞ람 은 아ᄂᆞᆫ ᄌᆞ 업더라 ᄇᆡ연영이 ᄌᆞᄀᆡᆨ을 보ᄂᆡᆫ 후로 일연이 지ᄂᆡ되 회보가 업거날 마암ᄋᆡ 심히 의심ᄒᆞ야 ᄉᆞ람을 보ᄂᆡ여 ᄇᆡᆨ소부의 거취를 탐문ᄒᆞ고 아즉 무ᄉᆞ함을 아ᄂᆞᆫ지라

P.148

비밀히 황보박으로 더부러 셔로 샹의ᄒᆞ야 왈 ᄇᆡᆨ문현은 현ᄌᆞ라 황상이 심히 영명ᄒᆞ시니 지금은 비록 방축ᄒᆞ야스ᄂᆞ 만일 ᄇᆡᆨ모의 ᄋᆡ리한 것을 ᄭᆡ닷고 다시 등용키 ᄒᆞ시면 ᄇᆡᆨ모가 우리를 원망ᄒᆞ고 반다시 보복할 염여가 이스니 다시 ᄌᆞᄀᆡᆨ을 보ᄂᆡ여 영구히 후환이 업게 ᄒᆞ기만 갓지 못ᄒᆞ도다 황보박이 왈 이 계칙이 실노 ᄂᆡ뜻ᄋᆡ 합ᄒᆞ도다 ᄒᆞ고 인ᄒᆞ야 ᄌᆞᄀᆡᆨ수인을 불너 쳔금을 쥬어 ᄋᆡ쥬로 보ᄂᆡ 니라 ᄌᆞᄀᆡᆨ이 ᄇᆡᆨ소부를 탐문ᄒᆞ니 소부가 벌셔 수연젼ᄋᆡ 가동수인을 다리고 두연의 집을 ᄯᅥᄂᆞᄆᆡ 일촌이 다 간 곳을 아지 못ᄒᆞᄂᆞᆫ지라 ᄌᆞᄀᆡᆨ이 월여를 ᄉᆞ면ᄋᆡ 탐문ᄒᆞ되 필경 소식을 아지 못ᄒᆞ고 이연유 를 ᄇᆡ연령 황보박의계 회보ᄒᆞ니 ᄇᆡ연령과 황보박이 이말을듯고 셔로 도라보며 능히 마암노이지 못ᄒᆞ더라 잇ᄯᆡ ᄇᆡᆨ소져ᄂᆞᆫ ᄒᆡ운암ᄋᆡ

잇는지 수연이라 도

P.149

인의계 수확한후로붓터 직기가 탁월ᄒᆞ고 도술이 고명ᄒᆞ니 진실노 희ᄒᆞᆼ신션이오 여즁호걸이로다 일일은 도인이 소져다려 왈 ᄂᆡ가 밤의 쳔문을 보니 즁국의 일이 만코 ᄯᅩ 그ᄃᆡ의 익운이 이직 다ᄒᆞ여스니 그ᄃᆡ는 ᄲᆞᆯ이 인ᄉᆡ의 나가 빅혼 직조를 시험ᄒᆞ고 힘을 다ᄒᆞ야 나라일의 죵ᄉᆞᄒᆞ면 가히 셔 ᄉᆞ직을 편안이 ᄒᆞ고 환란을 평졍할지며 ᄯᅩ 부모의 얼골을 다시 볼지니 반다시 부용각의 녯 언약을 발리지 말지어다 소져 눈물을 흘이며 왈 직자가 ᄉᆞ부의 교양ᄒᆞ신 은혜을 입ᄉᆞ와 수도한 지 여러ᄒᆡ예 인간ᄉᆞ욕은 다 시러바리고 몸을 청졍한 곳의 두어스니 이산문을 ᄯᅥᄂᆞ 다시 연화ᄉᆡ계를 발고져 안이ᄒᆞᄂᆞ이ᄃᆞ 도인이 칙망ᄒᆞ야 왈 ᄃᆡ져 ᄉᆞ람영욕이 졍수가 잇스니 엇지 버셔ᄂᆞ리오 그ᄃᆡ는 고집불통ᄒᆞ야 쳔수를 어기고져 하는다 이직 쳔운이

P.150

닷쳐스니 즉시의 이곳을 ᄯᅥ날지어다 소져가 도인의 젼지지감이 잇슴을 알고 감히 지쳐치 못ᄒᆞ야 즉시 연연ᄒᆞ직ᄒᆞ고 ᄉᆞᆫ문밧긔 나와 쥭장을 ᄯᅥᆫ지니 청용이 되는지라 츄향과 갓치 타고 빅운을 힛치고 청쳔을 바라고 살갓치 가는지라 순식간의 남히를 건너 장안의 득달ᄒᆞ야 구름ᄉᆞ이로 나려와 픠릉교 다리 아ᄅᆡ셔 쥬져방황ᄒᆞ더니 문듯 한 연소직상이 얼골은 관옥갓고 나흔 가히 십오륙ᄉᆡ라

수리를 타고 청ᄂᆞ산을 밧쳐스ᄃᆡ 수솔이 심히 만은지라 젼도의 적봉을 들고 샹샹이 오거날 소져 급히 보니 젼이 부용각에셔 부친으 명을 밧들어 셔로 ᄃᆡᄒᆞ야 글을 짓고 ᄆᆡᆼ약을 ᄆᆡ진 김공ᄌᆞ 소션이라 우리집을 ᄯᅥᄂᆞᆫ 후로부터 삼연을 지ᄂᆞ도록 존망을 아지 못ᄒᆞ야 경경일염이 심간의 이치지 못ᄒᆞ더니 홀연 이ᄯᅡᆼ의셔 셔로 만나보니 그 픠안을 다

P.151

시 쓰고 부귀혁혁ᄒᆞ거날 일번 슬푸고 일번 깃거ᄒᆞ야 ᄉᆞᆫ연 눈물이 흐름을 ᄭᆡ다지 못ᄒᆞ다 급히 나무 아ᄅᆡ 피신코져 할ᄉᆡ 소션이 수리 우의셔 소죄를 번듯 보니 긔골이 쳥수ᄒᆞ고 옥용이 염여ᄒᆞᆫ지라 마암에 크기 고히 넉여 수리의 나려 소져의 압픠 와셔 손을 들어 읍ᄒᆞ며 왈 현형은 어ᄃᆡ 계시관ᄃᆡ 호을노 여기셔 방황ᄒᆞ시ᄂᆞ잇가 소져 진즉 피치못ᄒᆞ고 황망ᄒᆞᆫ 즁 답례ᄒᆞ야 왈 ᄉᆡᆼ은 ᄐᆡ쥬ᄉᆞᄂᆞᆫ ᄇᆡᆨ운경이온ᄃᆡ 어려셔 부모일코 ᄉᆞ방으로 유리ᄒᆞ던 ᄎᆞ 우연히 이곳의 왓다가 쳔만의외에 ᄉᆼ공의 ᄒᆞ문ᄒᆞ신 은덕을 입ᄉᆞ오니 감송ᄒᆞ기 그지업ᄉᆞ오이ᄃᆞ 소션이 소져의 손을 잡으며 흔연히 우셔왈 나ᄂᆞᆫ 예부샹셔 한림학ᄉᆞ 김소션이라 ᄂᆡ가 쳔ᄒᆞ을 듀류ᄒᆞ여도 현형갓한 미남ᄌᆞᄂᆞᆫ 보지 못ᄒᆞ얏더니 이ᄌᆡ야 비로소 옛날 반악과 위ᄀᆡ와 갓ᄒᆞ니가 금ᄉᆡ에도 이

P.152

슴을 아랏노라 ᄂᆡ집이 여기셔 멀지 안이ᄒᆞ니 현형은 ᄉᆞ양치 말고

ᄌᆡ와 갓치 가심이 엇더ᄒᆞ뇨 소져 ᄉᆞ양ᄒᆞ야 왈 ᄉᆡᆼ은 본ᄃᆡ 한민ᄒᆞᆫ 자취라 경ᄉᆞᆼ가문ᄒᆞᄋᆡ 몸을 의탁ᄒᆞ기 원치 안이ᄒᆞ오니 감히 명을 밧들지 못ᄒᆞ깃ᄂᆞ이ᄃᆞ 샹셔 우셔왈 고어ᄋᆡ 일녀스ᄃᆡ ᄉᆞ히지ᄂᆡ가 다 형제라 ᄒᆞ엿고 정의가 후ᄒᆞ기로 연분이 잇ᄃᆞᄒᆞ니 ᄉᆞ람이 ᄉᆡ간ᄋᆡ ᄂᆞ셔 지긔를 맛ᄂᆞ기 가ᄌᆞᆼ 어려운지라 ᄂᆡ가 ᄒᆞᆫ번 현형을 보니 장ᄂᆡ 영귀일졈이 셔로 빗취여스니 엇지 반다시 이갓치 뇌곤ᄒᆞ리오 ᄒᆞ고 소져의 답치못ᄒᆞ야 종ᄌᆞ를 ᄒᆞ야곰 소져를 붓들어 후거ᄋᆡ 실으니 소져 잇ᄯᆡ을 당ᄒᆞ야 탈신할 도리가 만무ᄒᆞ더라 소져 스ᄉᆞ로 ᄉᆡᆼ각ᄒᆞ야 왈 샹공 일즉 ᄂᆡ 낫틀 아지못ᄒᆞ고 나도 ᄯᅩᄒᆞᆫ 본적을 감초와거날 샹공이 엇지 ᄂᆡ몸을 알리오 하고 일어ᄂᆞ 절ᄒᆞ며 ᄉᆞᄅᆡᄒᆞ야 왈 샹

P.153

공의 후의가 이갓치 권권ᄒᆞ시니 엇지 감히 고ᄉᆞᄒᆞ리잇ᄀᆞ 샹셔 크ᄀᆡ 깃거ᄒᆞ야 이ᄌᆡ 갓치 영풍방ᄉᆞ쳐로 도라오니라 샹셔 일즉 한림에 입각ᄒᆞᆫ 후로붓터 쳔ᄌᆞ의 총ᄋᆡᄒᆞ심이 나날로 융심ᄒᆞᄉᆞ ᄆᆡ양 침면으로 소ᄃᆡᄒᆞ고 정무로 ᄌᆞ문ᄒᆞ시니 그 경윤ᄒᆞ신바이 모다 치국지법일너라 쳔ᄌᆞ 샹셔의 도량이 넉넉ᄒᆞ심을 알으시고 깁히 ᄋᆡ즁ᄒᆞᄉᆞ 불과 수연ᄋᆡ 은청광녹ᄃᆡ부 예부상셔겸 한림학ᄉᆞ를 승수ᄒᆞ신고로 샹셔 후원ᄋᆡ 한 초막을 짓고 당호를 청은당이라 ᄒᆞ야 어ᄉᆞᄋᆡᆨ을 봉안ᄒᆞ고 그 당ᄋᆡ셔 항상 거쳐ᄒᆞ더니 이날 ᄇᆡᆨ소져를 샹봉ᄒᆞ야 청은당으로 영접ᄒᆞ고 쥬연을 ᄇᆡ셜ᄒᆞ야 상셔 친히 물어 왈 현형의 셜부화용을 보니 완연ᄒᆞᆫ 쳐ᄌᆞ와 갓흐니 방연이 얼마뇨 소져 흉조가

만면함을 ᄭᆡ닷지 못ᄒᆞ고 찬찬이 ᄃᆡ답ᄒᆞ야 왈 금연이 십오ᄉᆡ로소이
ᄃᆞ 샹셔 우셔왈 나

P.154

도 금연이 십오ᄉᆡ오니 형과 역시 동갑이로ᄃᆞ 현형의 현형의 셩시가
ᄇᆡᆨ시라 하오니 혹 강쥬 ᄉᆞ난 ᄇᆡᆨ소부와 족의가 엇지 되ᄂᆞ뇨 소져왈
ᄉᆡᆼ은 하방ᄉᆞ람이라 비록 ᄇᆡᆨ소부가 현ᄌᆡ상이라 ᄒᆞ난 말은 들어스ᄂᆞ
족의ᄂᆞᆫ 잇지 안니ᄒᆞᄂᆞ이ᄃᆞ 그러ᄂᆞ 샹공은 엇지 ᄇᆡᆨ소부를 무르시ᄂᆞ
잇ᄀᆞ 샹셔 츄연탄식ᄒᆞ야 왈 ᄌᆡ가 현형을 보니 비록 초면이라 할지
라도 심간이 이ᄌᆡ 셔로 빗취여스니 무ᄉᆞᆫ 은휘할 일이 이스리오
나ᄂᆞᆫ 즁국ᄉᆞ람이 안이라 본ᄃᆡ 신라국 ᄐᆡᄌᆞ로셔 십ᄉᆡ를 당ᄒᆞ미
부왕의 병환이 위즁ᄒᆞ시거날 도인으 말을 듯고 호을노 남ᄒᆡ 보타산
ᄋᆡ 가 영약을 구ᄒᆞ야 가지고 도라오ᄂᆞᆫ 길ᄋᆡ 수젹을 맛ᄂᆞ 영약을
일코 일ᄒᆡᆼ은 다 춤살을 당ᄒᆞ여시ᄃᆡ 나ᄂᆞᆫ 호을노 바다물ᄋᆡ 써러져
표류ᄒᆞ다가 요ᄒᆡᆼ 무인절도ᄋᆡ 도착ᄒᆞ야 비록 ᄉᆡᆼ명은 보젼ᄒᆞ야스나
두눈이 ᄌᆞᆼ독의 샹ᄒᆞᆫ ᄇᆞ되야 압흘

P.155

보지 못ᄒᆞ더니 긋ᄭᆡ 맛츰 ᄇᆡᆨ소부가 외국ᄋᆡ 봉ᄉᆞᄒᆞ얏다가 도라오
ᄂᆞᆫ 길ᄋᆡ 나의 혈혈무의함을 어엿비 녀겨 갓치 즁국ᄋᆡ 도라와셔
ᄯᅩᄒᆞᆫ 그 귀녀로 ᄂᆡ의 ᄇᆡ필을 허ᄒᆞ시니 이러ᄒᆞᆫ 고의ᄂᆞᆫ 고금ᄋᆡ 쳐음
이라 그후 소부가 당조권가 참소한바되야 ᄋᆡ쥬로 찬츅ᄒᆞᆷᄋᆡ 나도
ᄯᅩᄒᆞᆫ 그 쳐소를 편안히 ᄒᆞ지 못ᄒᆞ야 ᄇᆡᆨ소부의 집을 써ᄂᆞ ᄉᆞ방으로

표박ᄒᆞ다가 우연히 니원령관의 집의 긱이 되엿더니 황ᄉᆼ이 나의 통소 잘분다 말을 들으시고 궐ᄂᆡ로 불너들어 봉ᄂᆡ젼 후원의 거쳐케 ᄒᆞ실ᄉᆡ 황ᄉᆞ의 ᄋᆡ녀 옥셩공쥬가 쏘ᄒᆞᆫ 통소를 부더니 ᄒᆞ로젼역에 ᄂᆞᆫ 문덧 기리ᄒᆞᆫ마리가 동편으로 나라와 ᄂᆡ의계히 안ᄌᆞ 슬피우니 이기력이ᄂᆞᆫ ᄂᆡ가 본국동궁의 이슬ᄯᆡ의 항ᄉᆼ 길드리던 기력이라 기력이를 안고 통곡할ᄯᆡ의 공쥬가 기력이 발의 ᄆᆡ인 셔간을 보고 글너셔 일그니 이것은 모후가 ᄂᆡ게 부치

P.156

신 글이라 나ᄂᆞᆫ 두눈으로 능히 보지 못ᄒᆞ야 호읍노 한탄ᄒᆞ다가 홀연 두눈이 통긔ᄒᆞ야 여젼히 압을 보계되야스니 이일이 엇지 ᄒᆞ날이 ᄒᆞ신바 안이리오 황ᄉᆼ이 ᄂᆡ의 양안이 여젼함을 보시고 놀ᄂᆡ여 그 연고를 물으신ᄃᆡ 비로소 젼후수말을 엿쥬우고 본국의 도라가기를 청ᄒᆞᆫᄃᆡ 황ᄉᆼ이 허락치 안이ᄒᆞ시고 즉시 쟝원급ᄌᆡ를 시기시더니 부과 수년의 졍ᄉᆼ의 반열의 올으계 ᄒᆞ시니 황송감ᄉᆞ함은 말할바업거이와 지금 경경ᄒᆞᆫ 일념은 다만 ᄇᆡᆨ소져으계 잇노라 연젼에 들으니 ᄇᆡᆨ소부의 가권이 ᄌᆞᆼᄎᆞ 강쥬항여로 도라가다가 즁노의셔 수젹을 맛ᄂᆞ ᄇᆡᆨ소져와 시비 츄향이ᄂᆞᆫ 일시의 물의 ᄲᅡ져 쥭엇다ᄒᆞ니 다시 뉘를 발아리오 그말을 들은후로부터 나ᄂᆞᆫ 항ᄉᆼ 홀홀ᄒᆞ야 인ᄉᆡ에 쾨락ᄒᆞᆫ 일을 아지 못ᄒᆞ노라 ᄒᆞ고 이의 목이미어 말을 일우지 못ᄒᆞ거날 소져 묵묵히 듯다가 상셔와 ᄌᆞ기가

P.157

쳔신만고를 지ᄂᆡ여 잇ᄯᅡᆼᄋᆡ셔 셔로 맛남이 다 보타ᄉᆞᆫ 도인의 지도함인 쥴 알아써라 이ᄌᆡ 샹셔가 ᄌᆞ기를 위ᄒᆞ야 무수이 슬펴함을 보고 ᄌᆞ연 눈물이 소ᄉᆞ남을 금치못ᄒᆞ다가 인ᄒᆞ야 물어왈 샹공의 이왕지ᄂᆡᆫᄋᆡᆨ운은 다시 말할것 업거나와 지금은 고진감ᄂᆡ로 부귀겸젼ᄒᆞ여시니 엇지 다시 명문거족ᄋᆡ 숙여를 ᄐᆡᆨᄒᆞ야 가약을 정치 안이ᄒᆞ시고 한갓 구쳔ᄋᆡ 도라간 ᄉᆞ람을 ᄉᆡᆼ각ᄒᆞ야 무단이 비감ᄒᆞ시ᄂᆞ잇ᄀᆞ 샹셔왈 ᄂᆡ가 ᄇᆡᆨ소져의 집ᄋᆡ 잇슬ᄯᆡᄋᆡ 양목이 구ᄑᆡᆨᄒᆞ야 ᄇᆡᆨ소져를 ᄃᆡᄒᆞ야 안즈면 그 용모를 보지 못ᄒᆞᄂᆞ 그 화답한 글귀를 들으니 진실 쳔ᄌᆡ오 ᄂᆡ의 지기가 될ᄲᅮᆫ안이라 그글귀속ᄋᆡ 절ᄀᆡ를 직힐 ᄯᅳᆺ이 이스니 ᄂᆡ두ᄉᆞ를 미리 아ᄂᆞᆫ 것 갓흐니 엇지 ᄉᆡ간범ᄉᆞᆼ한 녀ᄌᆞᄋᆡ 비할비이리오 그런고로 ᄂᆞᄂᆞᆫ ᄇᆡᆨ소져를 위ᄒᆞ야 종신토록 ᄇᆡᆨ필을 구ᄒᆞ지 안이할 마암이 잇노라 소져 우셔왈 상공이

P.158

너무 과ᄒᆞ시도다 녀ᄌᆞ가 남ᄌᆞ를 위ᄒᆞ야 수절함은 잇거니와 남ᄌᆞ가 녀ᄌᆞ를 위ᄒᆞ야 종신불취ᄒᆞᆫ다ᄂᆞᆫ 말은 듯지 못ᄒᆞ야ᄉᆞ오니 샹공은 비비ᄒᆞᆫ 미ᄉᆡᆼ의 신을 ᄲᆡᆫ밧고져 ᄒᆞᄂᆞ잇ᄀᆞ 비록 그러ᄂᆞ ᄇᆡᆨ소져로 더부러 당일ᄋᆡ 챵화ᄒᆞᆫ 글귀를 가히 어더 들으리잇ᄀᆞ 상셔 낭즁ᄋᆡ 화젼일폭을 ᄂᆡ여 소져를 쥬며 눈물이 흘어 옷깃슬 적시거날 소져왈 ᄌᆡᄉᆞᆼ가의 규수의 필적을 외간남ᄌᆞ가 볼것은 안이오ᄂᆞ 샹공이 이ᄌᆡ 보기를 허락ᄒᆞ시기로 감히 청ᄒᆞ노이ᄃᆞ ᄒᆞ고 바다보니 완연ᄒᆞᆫ 부용각ᄋᆡ셔 ᄌᆞ기가 지은 글이로 필적이라 젼ᄉᆞ를 ᄉᆡᆼ각ᄒᆞ고 ᄌᆞ연 비감

지회를 금치못ᄒᆞ야 눈물이 비오덧ᄒᆞᄂᆞ 혹 샹셔가 ᄭᆡ달을가 염여ᄒᆞ야 간신히 억ᄌᆡᄒᆞ고 구구히 그 화젼을 도로 샹셔으계 쥬며왈 무셥다 샹공이 ᄇᆡᆨ소져를 잇지못ᄒᆞ심이 이갓치 간졀ᄒᆞ시니 진실노 신이 잇고 의가잇ᄂᆞᆫ 군ᄌᆞ라

P.159

ᄒᆞ리로소이ᄃᆞ 샹셔 우셔왈 나ᄂᆞᆫ 들으니 ᄇᆡᆨ소부의 ᄎᆞᆫ축됨은 ᄇᆡ연령이 그 아달을 위ᄒᆞ야 ᄇᆡᆨ소져의계 구혼ᄒᆞ다가 여의치 못ᄒᆞᆫ고로 형의ᄒᆞᆫ 소치라 ᄒᆞ니 밧비 맛당히 글월을 올여 젼후ᄋᆡ 인군을 속이고 나라를 그릇한 죄를 확논할 거시로ᄃᆡ 황ᄉᆞ의 총ᄋᆡᄒᆞ심이 너무 융숭함으로 지금ᄭᆞ지 ᄎᆞᆷ고 잇셔 그 기회를 엿보노라 소져왈 아즉 불가ᄒᆞ니이다 연령은 간흉이라 황ᄉᆞ계 아유용ᄒᆞ야 가ᄌᆞᆼ 은춍을 어더스니 쥐를 치ᄆᆡ 그 독을 ᄭᆡ리난 혐의가 잇고 하물며 ᄇᆡ젹은 ᄉᆞ람을 ᄒᆡᄒᆞ고 일을 그릇함이 만은지라 져의 죄가 구쳔ᄋᆡ ᄉᆞ뭇쳐스니 그 멸망함을 가히 멀지 안이ᄒᆞ야 볼지니이ᄃᆞ 샹공은 아즉 기다리소셔 샹셔 ᄉᆞᄅᆡ왈 현형의 심견이 가히 고명ᄒᆞᆫ지라 ᄂᆡ의 요량도 ᄯᅩᄒᆞᆫ 이갓도다 소져 다시 왈 젼ᄌᆞ 과봉누ᄋᆡ 계셔 기력의 편지을 들으시고 양안이 통ᄀᆡᄒᆞᆫ 후ᄋᆡ

P.160

다시 공쥬와 ᄃᆡ면ᄒᆞ야 셔로 보셧ᄂᆞ잇ᄀᆞ 상셔왈 긋ᄭᆡ 공쥬가 황망이 피ᄒᆞ야 가슴으로 셔로 보지 못ᄒᆞ얏노라 소져 ᄯᅩ 물어왈 그러면 이일을 황샹이 아시ᄂᆞ잇ᄀᆞ 샹셔왈 ᄂᆡ가 엇지 감히 스ᄉᆞ로 공쥬를

뫼신 일노 황승계 들이리오 또 공쥬도 이일을 ᄃᆞ른ᄉᆞ람으계 눈셜치 안이ᄒᆞ야스리로 소져 ᄌᆞ유로 ᄉᆡᆼ각ᄒᆞ야 왈 히운암 도인이 일즉 말ᄒᆞ기를 ᄐᆡᄌᆞ의 가연이 ᄒᆞᆫ두곳이 안리라 ᄒᆞ더니 일노셔 억양ᄒᆞ면 다른날ᄋᆡ 옥셩공쥬도 반다시 샹셔의계 도라오리로다 또 샹셔ᄶᅡ려 왈 ᄉᆡᆼ의 쳔셩이 본ᄃᆡ 번요ᄒᆞᆫ 곳을 조와안이ᄒᆞᆫ고로 한 죵용곳을 비러셔 편안히 유식코져 ᄒᆞ오니 샹공은 용셔허락ᄒᆞ시리잇ᄀᆞ 샹셔 흔연ᄃᆡ왈 그ᄂᆞᆫ 어렵지 안이ᄒᆞ도ᄃᆞ ᄒᆞ고 후원ᄋᆡ ᄒᆞᆫ 셔당을 쇠소ᄒᆞ야 츄향과 갓치 거쳐케 ᄒᆞ고 외인츌립을 금ᄒᆞ거날 소져 크ᄀᆡ 깃거 ᄒᆞ더라 츄향 가만이 소져

P.161

의계 말ᄒᆞ야 왈 이ᄌᆡ 샹셔의 지ᄂᆡ신 일을 들으니 다 ᄒᆞ날의 ᄒᆞ신바오 인력으로 할바 안이며 또 상셔 소져를 위ᄒᆞ야 신을 직히심이 이갓치 간졀ᄒᆞ니 엇지 ᄉᆞ람의 마암을 감동케 안이ᄒᆞ리오 소져ᄂᆞᆫ 고집 마르시고 다시 샹량ᄒᆞ야 ᄲᆞᆯ이 가연을 ᄆᆡᆺᄂᆞᆫ 것이 조흘가 ᄒᆞᄂᆞ 이ᄃᆞ 소져왈 샹공이 비록 ᄂᆡ계 다졍ᄒᆞ다 할지라도 나ᄂᆞᆫ 또한 져탁ᄒᆞᄂᆞᆫ 바 이스니 이것은 너의 알바안이라 아모쪼록 경솔이 말을 말지어다 ᄒᆞᆫᄃᆡ 츄향이 감히 다시 말을 ᄒᆞ지 ᄯᅩᄒᆞ더라 샹셔 소져를 맛ᄂᆞᆫ후로부터 공ᄉᆞ의외예ᄂᆞᆫ 항상 소져를 ᄃᆡᄒᆞ야 피ᄎᆞ간 졍담을 토셜ᄒᆞ미 용이 구름을 타고 고기가 물을 어든 것 갓ᄒᆞᆫ지라 ᄌᆞ시도 ᄯᅥᄂᆞ지 안이ᄒᆞ고 셔로 보기가 느진것만 한탄ᄒᆞ더라 ᄒᆞ로ᄂᆞᆫ 샹셔 조회를 팔ᄒᆞ고 집ᄋᆡ 도라와 후당ᄋᆡ 들엉가니 소져가 업거날 셔동의계 무르니 셔동이 ᄃᆡ답ᄒᆞ야 왈 ᄇᆡᆨ샹공이 후원에셔 ᄭᅩᆺ

P.162

귀경ᄒᆞᄂᆞ이ᄃᆞ 상셔 춘춘히 후원ᄋᆡ 이르니 소져 츄향과 갓치 ᄭᅩᆺ아리 ᄃᆡ좌ᄒᆞ야 멀이 양친을 ᄉᆡᆼ각ᄒᆞ고 눈물이 얼골을 가리우더니 샹셔 소져를 바라보더니 의용이 요조ᄒᆞ야 ᄒᆡ당화ᄭᅩᆺ이 아츰이슬을 먹음은덧고 부용물우ᄋᆡ 소ᄉᆞ옴갓흔지라 더욱 흠양함을 마지못ᄒᆞ야 압흐로 가면 손을 잡아 왈 현형은 엇지ᄒᆞ야 이갓치 번뢰ᄒᆞ나뇨 소져 읍ᄒᆞ고 ᄃᆡ답ᄒᆞ야 왈 고향을 ᄯᅥᄂᆞᆫ ᄉᆞ람이 엇지 부모를 ᄉᆡᆼ각ᄒᆞᄂᆞᆫ 회포가 업스리잇ᄀᆞ ᄒᆞ니 상셔 조흔말노셔 위로ᄒᆞ고 셔당으로 갓치 도라오니라

이ᄭᅳᆺᄉᆞ실은 즁권에 연속ᄒᆞ야 잇ᄂᆞᆫ이라

■ 〈김광순 소장 필사본 고소설 100선〉 간행 ■

□ 택민국학연구원 연구총서 (1권~10권)

택민국학연구원	저서 명	쪽수	저자	출판사	출판 일자
택민국학연구원 연구총서 1	한국고전문학사의 쟁점[*2006년도대한민국학술원기초학문육성우수학술도서로 선정]	527	김광순	새문사	2004.2.20
택민국학연구원 연구총서 2	오일론심기연구, 정각록연구[*2006년 문화체육관광부우수학술도서 선정]	388	김광순	박이정	2006.1.16
택민국학연구원 연구총서 3	고소설사	558	김광순	새문사	2006.8.20
택민국학연구원 연구총서 4	한국구비문학	666	김광순	새문사	2006.10.21
택민국학연구원 연구총서 5	한국고소설의 이해	291	조동일, 황패강, 설성경, 김광순, 신해진, 西岡健治	박이정	2008.9.30
택민국학연구원 연구총서 6	성주의 구비문학	763	김광순, 강영숙	한영종합인쇄	2008.12.1
택민국학연구원 연구총서 7	대구지명유래총람	727	김광순, 황재찬, 정병호, 강영숙, 김재웅	한영종합인쇄	2009.2.15
택민국학연구원 연구총서 8	군위의 구비문학	750	김광순, 배계용, 강영숙	경북프린팅	2008.2.28
택민국학연구원 연구총서 9	가정보감	811	김영국	경북프린팅	2011.6.30
택민국학연구원 연구총서 10	계산유고	398	강영숙	칼라원	2012.8.15

□ 김광순 소장 필사본 고소설 100선 역주 1차본

직위	역주자	소속	택민국학연구원	작품
책임연구원	김광순	경북대학교	연구총서 11	1. 진성운전
연구원	김동협	동국대학교	연구총서 12	2. 왕낭전 3. 황월선전
연구원	정병호	경북대학교	연구총서 13	4. 서옥설 5. 명배신전
연구원	신태수	영남대학교	연구총서 14	6. 남계연담
연구원	권영호	영남대학교	연구총서 15	7. 윤선옥전 8. 춘매전 9. 취연전
연구원	강영숙	경북대학교	연구총서 16	10. 수륙문답 11. 주봉전
연구원	백운용	경북대학교	연구총서 17	12. 강릉추월전
연구원	박진아	경북대학교	연구총서 18	13. 송부인전 14. 금방울전

□ 김광순 소장 필사본 고소설 100선 역주 2차본

직위	역주자	소속	택민국학연구원	작품
책임연구원	김광순	경북대학교	연구총서 19	15. 숙영낭자전 16. 홍백화전
연구원	김동협	동국대학교	연구총서 20	17. 사대기
연구원	정병호	경북대학교	연구총서 21	18. 임진록 19. 유생전 20. 승호상송기
연구원	신태수	영남대학교	연구총서 22	21. 이태경전 22. 양추밀전
연구원	권영호	경북대학교	연구총서 23	23. 낙성비룡
연구원	강영숙	경북대학교	연구총서 24	24. 권익중실기 25. 두껍전
연구원	백운용	경북대학교	연구총서 25	26. 조한림전 27. 서해무릉기
연구원	박진아	경북대학교	연구총서 26	28. 설낭자전 29. 김인향전

□ 김광순 소장 필사본 고소설 100선 역주 3차본

직위	역주자	소속	택민국학연구원	작품
책임연구원	김광순	경북대학교	연구총서 27	**30.** 월봉기록
연구원	김동협	동국대학교	연구총서 28	**31.** 천군기
연구원	정병호	경북대학교	연구총서 29	**32.** 사씨남정기
연구원	신태수	영남대학교	연구총서 30	**33.** 어룡전 **34.** 사명당행록
연구원	권영호	경북대학교	연구총서 31	**35.** 꿩의자치가 **36.** 박부인전
연구원	강영숙	경북대학교	연구총서 32	**37.** 정진사전 **38.** 안락국전
연구원	백운용	경북대학교	연구총서 33	**39.** 이대봉전
연구원	박진아	경북대학교	연구총서 34	**40.** 최현전

□ 김광순 소장 필사본 고소설 100선 역주 4차본

직위	역주자	소속	택민국학연구원	작품
책임연구원	김광순	경북대학교	연구총서 35	**41.** 춘향전
연구원	김동협	동국대학교	연구총서 36	**42.** 옥황기
연구원	정병호	경북대학교	연구총서 37	**43.** 구운몽(상)
연구원	신태수	영남대학교	연구총서 38	**44.** 임호은전
연구원	권영호	경북대학교	연구총서 39	**45.** 소학사전 **46.** 흥보전
연구원	강영숙	경북대학교	연구총서 40	**47.** 곽해룡전 **48.** 유씨전
연구원	백운용	경북대학교	연구총서 41	**49.** 옥단춘전 **50.** 장풍운전
연구원	박진아	경북대학교	연구총서 42	**51.** 미인도 **52.** 길동

□ 김광순 소장 필사본 고소설 100선 역주 5차본

직위	역주자	소속	택민국학연구원	작품
책임연구원	김광순	경북대학교	연구총서 43	53. 심청전 54. 옥란전 55. 명비전
연구원	김동협	동국대학교	연구총서 44	56. 어득강전 57. 숙향전
연구원	정병호	경북대학교	연구총서 45	58. 구운몽(하)
연구원	신태수	영남대학교	연구총서 46	59. 수매청심록
연구원	권영호	경북대학교	연구총서 47	60. 유충렬전
연구원	강영숙	경북대학교	연구총서 48	61. 최호양문록 62. 옹고집전
연구원	백운용	경북대학교	연구총서 49	63. 장국증전 64. 임시각전
연구원	박진아	경북대학교	연구총서 50	65. 화용도 66. 화용도전

□ 김광순 소장 필사본 고소설 100선 역주 6차본

직위	역주자	소속	택민국학연구원	작품
책임연구원	김광순	경북대학교	연구총서 51	67. 정각록 68. 장선생전
연구원	김동협	동국대학교	연구총서 52	69. 천군기2 70. 추서
연구원	정병호	경북대학교	연구총서 53	71. 금산사기 72. 달천몽유록 73. 화사
연구원	신태수	영남대학교	연구총서 54	74. 효자전 75. 강기닌전
연구원	권영호	경북대학교	연구총서 55	76. 고담낭전 77. 윤지경전 78. 자치개라
연구원	강영숙	경북대학교	연구총서 56	79. 설홍전 80. 다람전
연구원	백운용	경북대학교	연구총서 57	81. 창선감의록
연구원	박진아	경북대학교	연구총서 58	82. 임진록 83. 제읍노정기

□ 김광순 소장 필사본 고소설 100선 역주 7차본

직위	역주자	소속	택민국학연구원	작품
책임연구원	김광순	경북대학교	연구총서 59	**84.** 순금전 **85.** 오일론심기
연구원	김동협	동국대학교	연구총서 60	**86.** 청학동기 **87.** 자치가 **88.** 쟈치가
연구원	정병호	경북대학교	연구총서 61	**89.** 운영전 **90.** 박응교전
연구원	신태수	영남대학교	연구총서 62	**91.** 장현전 **92.** 마두영전
연구원	권영호	경북대학교	연구총서 63	**93.** 소대성전 **94.** 장끼전
연구원	강영숙	경북대학교	연구총서 64	**95.** 정비전 **96.** 김신선전 **97.** 양반전
연구원	백운용	경북대학교	연구총서 65	**98.** 서유록 **99.** 장화홍련전 **100.** 진대방전
연구원	박진아	경북대학교	연구총서 66	**101.** 김태자전